UM HOLOGRAMA PARA O REI

 A marca FSC® é a garantia de que a madeira utilizada na fabricação do papel deste livro provém de florestas que foram gerenciadas de maneira ambientalmente correta, socialmente justa e economicamente viável, além de outras fontes de origem controlada.

DAVE EGGERS

Um holograma para o rei

Tradução
Jorio Dauster

Copyright © 2012 by Dave Eggers
Todos os direitos reservados

Grafia atualizada segundo o Acordo Ortográfico da Língua
Portuguesa de 1990, que entrou em vigor no Brasil em 2009.

Título original
A Hologram for the King

Capa
Retina_78

Preparação
Leny Cordeiro

Revisão
Thaís Totino Richter
Ana Maria Barbosa

Dados Internacionais de Catalogação na Publicação (CIP)
(Câmara Brasileira do Livro, SP, Brasil)

Eggers, Dave
    Um holograma para o rei / Dave Eggers ; tradução Jorio Dauster. —
1ª ed. — São Paulo : Companhia das Letras, 2015.

    Título original: A Hologram for the King.
    ISBN 978-85-359-2607-1

    1. Ficção norte-americana I. Título.

15-04217   CDD-813

Índice para catálogo sistemático:
1. Ficção : Literatura norte-americana 813

[2015]
Todos os direitos desta edição reservados à
EDITORA SCHWARCZ S.A.
Rua Bandeira Paulista, 702, cj. 32
04532-002 — São Paulo — SP
Telefone: (11) 3707-3500
Fax: (11) 3707-3501
www.companhiadasletras.com.br
www.blogdacompanhia.com.br

*Para Daniel McSweeney, Ron Hadley
e Paul Vida, todos eles grandes homens*

Não é todo dia que precisam de nós.

Samuel Beckett

1

Alan Clay acordou em Jidá, na Arábia Saudita, no dia 30 de maio de 2010. Havia passado dois dias voando para chegar lá.

Em Nairóbi, tinha encontrado uma mulher. Sentaram-se lado a lado enquanto esperavam por seus voos. Ela era alta, curvilínea e usava pequenos brincos de ouro. Tinha a pele rosada e uma voz melodiosa. Alan gostou mais dela que de muita gente que via todos os dias. Ela disse que morava ao norte do estado de Nova York. Não muito longe da casa dele nos subúrbios de Boston.

Se tivesse coragem, encontraria meios de ficar mais tempo com ela. Em vez disso, pegou seu avião e voou para Riad, seguindo de lá para Jidá. Um homem o apanhou no aeroporto e o levou para o Hilton.

Com um clique, Alan entrou no quarto do Hilton à 1h12. Aprontou-se rapidamente para dormir. Precisava dormir. Às sete, teria de viajar uma hora rumo ao norte para chegar às oito na Cidade Econômica Rei Abdullah. Lá, ele e sua equipe montariam um sistema de teleconferências holográficas e aguardariam para apresentá-lo ao próprio rei Abdullah. Caso o impressionassem, ele concederia o contrato de tecnologia de informação de toda a cidade para a Reliant, e a comissão de Alan, de cerca de meio milhão de dólares, daria um jeito em tudo que o afligia.

Por isso, precisava estar descansado. Sentir-se preparado. No entanto, passou quatro horas na cama sem dormir.

Pensou em sua filha, Kit, que cursava a universidade, uma universidade muito boa e cara. Não tinha como pagar as mensalidades no período escolar do outono. Não tinha como cobrir suas despesas na universidade porque havia tomado uma série de decisões tolas na vida. Não planejara bem. Faltou-lhe coragem quando mais necessitava dela.

Suas decisões tinham sido míopes.
As decisões de seus pares tinham sido míopes.
Todas as decisões tinham sido tolas e oportunistas.

Mas ele não sabia que essas decisões eram míopes, tolas ou oportunistas. Ele e seus pares não sabiam que aquelas decisões deixariam Alan quase quebrado, para todos os fins práticos, desempregado, dono de uma firma de consultoria composta apenas dele e tocada de um escritório em sua própria casa.

* * *

Era divorciado da mãe de Kit, Ruby, estando agora separados havia mais tempo do que tinham vivido juntos. Ruby, uma mulher insuportável, morava atualmente na Califórnia e não contribuía em nada para o sustento de Kit. A universidade é contigo, ela dissera; trate de ser um homem de verdade.

Kit agora teria de largar a universidade no outono. Alan pusera sua casa à venda, mas ainda não surgira um comprador. Fora isso, não lhe restava nenhuma opção. Devia dinheiro a muita gente, inclusive dezoito mil dólares a um par de projetistas que haviam construído o protótipo de uma nova bicicleta que ele pensou em fabricar na área de Boston. Muitos o chamaram de idiota por conta disso. Devia dinheiro a Jim Wong, que lhe emprestara quarenta e cinco mil dólares para a compra de materiais e o aluguel de um galpão. Devia outros sessenta e cinco mil dólares ou coisa parecida a meia dúzia de amigos e ex-parceiros em potencial.

Estava simplesmente quebrado. E, quando se deu conta de que não poderia pagar as mensalidades de Kit, já era tarde demais para pedir alguma bolsa. Tarde demais para se matricular em outra universidade. Seria uma tragédia o fato de que uma jovem saudável como Kit ficasse sem estudar durante um semestre? Não, não era tragédia nenhuma. A longa e tortuosa história do mundo não registraria a perda de um semestre na universidade por uma moça inteligente e capaz como Kit. Ela sobreviveria. Não era tragédia nenhuma. Nem de longe.

Diziam que era uma tragédia o que tinha acontecido com Charlie Fallon. Charlie Fallon morreu congelado no lago próximo à casa de Alan. O lago que ficava ao lado da casa de Alan.

Alan pensava em Charlie Fallon enquanto permanecia acordado no quarto do Hilton de Jidá. Alan vira Charlie entrar no lago naquele dia. Alan estava saindo de carro em direção à pedreira. Não parecia normal que um homem como Charlie Fallon estivesse entrando no lago escuro e reluzente em setembro, porém também não era incomum.

Charlie Fallon vinha lhe enviando páginas retiradas de livros nos últimos dois anos. Tinha descoberto os transcendentalistas no final da vida e se apegara a eles. Descobrira que a Brook Farm não era distante de onde ele e Alan moravam, achando que isso tinha algum significado. Estudou seus ancestrais de Boston na esperança de encontrar uma conexão, porém não achou nada. Apesar disso, enviava páginas a Alan, marcando as passagens mais relevantes.

Produtos de uma mente privilegiada, Alan pensava. Não me mande mais essas merdas, ele tinha dito a Charlie. Porém Charlie sorriu e continuou a mandar.

Por isso, quando Alan viu Charlie entrando no lago ao meio-dia de um sábado, entendeu se tratar de uma extensão lógica de sua nova paixão pela natureza. A água lhe batia na altura dos tornozelos quando Alan passou por ele naquele dia.

2

Quando Alan acordou no Hilton de Jidá, já estava atrasado. Eram oito e quinze. Caíra no sono pouco depois das cinco.

Era esperado na Cidade Econômica Rei Abdullah às oito. Ficava a pelo menos uma hora de distância. Depois de tomar banho e se vestir, chegaria lá às dez. Duas horas de atraso no primeiro dia da missão. Era um idiota. A cada ano se tornava mais idiota.

Tentou o celular de Cayley. Ela respondeu, a voz roufenha. Numa outra vida, numa outra jogada do destino, em que ele fosse mais jovem e ela mais velha, e os dois imbecis o suficiente para tentá-lo, ele e Cayley formariam um par imbatível.

"Ei, Alan! Aqui está uma beleza. Bom, talvez não tão bonito, mas você não veio."

Ele explicou. Não mentiu. Já não conseguia mobilizar a energia nem a criatividade exigida para tal.

"Bem, não se preocupe", ela disse, soltando uma risadinha, com aquela voz que sugeria a possibilidade, ou celebrava a existência, de uma vida fantástica de permanente sensualidade, "só estamos começando a nos preparar. Mas você vai ter de arranjar sua própria condução. Algum de vocês sabe como o Alan pode vir até aqui?"

Ela parecia estar gritando para o resto da equipe. O espaço soava cavernoso. Ele visualizou um lugar escuro e vazio, três jovens carregando velas, esperando por ele e sua lanterna.

"Ele não pode alugar um carro", ela lhes disse.

E agora para ele: "Você pode alugar um carro, Alan?".

"Vou dar um jeito."

Chamou a portaria.

"Bom dia, quem fala aqui é Alan Clay. Com quem estou falando?"

Ele perguntava os nomes das pessoas. Um hábito instilado por Joe Trivole nos tempos da Fuller Brush. Pergunte os nomes, repita os nomes. Se você se lembrar do nome das pessoas, elas se lembrarão de você.

O funcionário disse se chamar Edward.

"Edward?"

"Sim, senhor. Me chamo Edward. Em que posso ajudá-lo?"

"De onde você vem, Edward?"

"Jacarta, na Indonésia, senhor."

"Ah, Jacarta", disse Alan. Então se deu conta de que nada tinha a dizer sobre Jacarta. Não sabia coisa nenhuma sobre Jacarta.

"Edward, será que posso alugar um carro através do hotel?"

"O senhor tem uma carteira de motorista internacional?"

"Não."

"Então não, não acho que seja possível."

Alan chamou o *concierge*. Explicou que precisava de um motorista para levá-lo à Cidade Econômica Rei Abdullah.

"Vai levar uns minutinhos", disse o *concierge*. Seu sotaque não era saudita. Aparentemente, não havia nenhum cidadão saudita trabalhando naquele hotel saudita.

Alan presumia que seria assim. Tinham lhe dito que havia poucos sauditas trabalhando em qualquer lugar. Importavam a mão de obra em todos os setores. "Precisamos encontrar alguém adequado para conduzi-lo", disse o *concierge*.

"Não pode simplesmente chamar um táxi?"

"Não exatamente, meu senhor."

O sangue de Alan ferveu, mas fora ele o causador de toda aquela confusão. Agradeceu e desligou. Sabia que não se podia simplesmente chamar um táxi em Jidá ou Riad pela leitura dos guias turísticos, todos excessivamente cuidadosos ao elucidar os perigos que correm os viajantes estrangeiros no Reino da Arábia Saudita. O Departamento de Estado mantém o país no mais alto grau de alerta. Os sequestros não são improváveis. Alan poderia ser vendido à Al-Qaeda, objeto de uma exigência de resgate, transportado através das fronteiras. Mas ele nunca se sentira ameaçado em lugar nenhum, embora seus empregos o tivessem levado a Juárez na década de 1990 e à Guatemala na década de 1980.

O telefone tocou.

"Temos um motorista para o senhor. Quando vai precisar dele?"

"Tão logo seja possível."

"Ele estará aqui dentro de doze minutos."

Alan tomou uma chuveirada e barbeou o pescoço manchado. Vestiu a camiseta, a camisa social branca, calças cáqui e meias bege, calçando mocassins. Vista-se como um homem de negócios americano, tinham lhe dito. Contavam-se muitas histórias sobre ocidentais excessivamente zelosos que usavam túnicas e turbantes. Tentando não ser tão conspícuos, fazendo um esforço. Esse tipo de esforço não era bem-visto.

Ao ajeitar o colarinho da camisa, Alan sentiu o caroço no pescoço que havia descoberto um mês antes. Era do tamanho de uma bola de golfe, projetando-se da coluna e dando a sensação de ser uma cartilagem. Certos dias, imaginava que fazia parte de sua coluna, pois o que mais podia ser?

Podia ser um tumor.

Ali, na espinha, um caroço daqueles era inevitavelmente invasivo e letal. Como nos últimos tempos seu raciocínio se tornara meio nebuloso e suas passadas algo desajeitadas, fazia um sentido perfeito e terrível que alguma coisa estivesse crescendo naquele ponto, corroendo-o, roubando sua vitalidade, solapando toda a sua acuidade e determinação.

* * *

Ele tinha planejado ver alguém sobre aquilo, mas desistira. Nenhum médico poderia operar ali. Alan não queria fazer radioterapia, não queria ficar careca. Não, o truque era tocar nele de vez em quando, atentar para os sintomas secundários, tocar de novo, e então não fazer nada.

Em doze minutos Alan estava pronto.
Chamou Cayley.
"Estou saindo agora do hotel."
"Muito bem. Vai estar tudo pronto quando você chegar."

A equipe podia chegar lá sem ele, a equipe podia montar o sistema sem ele. Sendo assim, por que ele estava lá? As razões eram capciosas, mas tinham se mostrado efetivas. A primeira é que ele era mais velho que os demais membros da equipe, todos eles umas crianças, ninguém com mais de trinta anos. A segunda é que Alan tinha conhecido no passado o sobrinho do rei Abdullah quando participaram de um projeto sobre plásticos em meados da década de 1990, e Eric Ingvall, vice-presidente da Reliant em Nova York, achou que se tratava de uma conexão boa o suficiente para chamar a atenção do rei. É provável que isso não fosse verdade, porém Alan preferira não convencê-los do contrário.

Alan estava feliz de ter arranjado aquele trabalho. Precisava dele. Os dezoito meses ou mais que precederam o telefonema de Ingvall tinham sido humilhantes. Preencher uma declaração com uma renda sujeita a impostos de 22 350 dólares era uma experiência que não esperava ter em sua idade. Vinha trabalhando em casa como consultor havia sete anos, com receitas a cada ano menores. Ninguém gastava nada. Até cinco anos antes as coisas tinham ido bem; velhos amigos lhe arranjavam trabalhos e ele se revelava útil a eles. Estabelecia contatos entre eles e vendedores que conhecia, obtinha favores, fechava transações, cortava custos. Sentia-se capaz.

Agora, com cinquenta e quatro anos de idade, era visto pelos homens de negócio do país como algo tão fascinante quanto um avião feito de lama. Não conseguia encontrar emprego, não fechava contratos com novos clientes. Ele se transferira da Schwinn para a Huffy, de lá para a Frontier Manufacturing Partners, até terminar na Alan Clay Consulting, quando ficava em casa vendo DVDs dos Red Sox ganhando os campeonatos de beisebol de 2004 e 2007. A partida em que eles fizeram quatro *home runs* consecutivos contra os Yankees, em 22 de abril de 2007. Ele já vira aqueles quatro minutos e meio uma centena de vezes, e a cada vez sentia mais do que alegria: um quê de justiça, de ordem. Uma vitória que jamais seria apagada.

Alan chamou o *concierge*.

"O carro já chegou?"

"Sinto muito, vai chegar um pouco mais tarde."

"Você é o sujeito de Jacarta?"

"Sou."

"Edward."

"Sim."

"Bom dia outra vez, Edward. Quanto tempo vai demorar?"

"Vinte minutos. Posso mandar subir alguma coisa para o senhor?"

* * *

Alan foi à janela e olhou para fora. O mar Vermelho estava calmo, sem nada de notável quando visto daquela altura. Uma estrada de seis pistas corria ao longo de sua margem. Três homens vestidos de branco pescavam no píer.

Alan olhou para a varanda do quarto vizinho. Podia ver seu reflexo no vidro. Um homem de aspecto normal. Quando barbeado e vestido, era bem passável. Mas o rosto se tornara mais sombrio. Os olhos tinham ficado mais fundos, o que era percebido pelas pessoas. Na última reunião de ex-colegas de escola, um antigo jogador de futebol, que ele odiava, lhe disse: "Alan, que olheiras são essas? O que te aconteceu?".

Soprou uma aragem vinda do mar, à distância um navio transportando contêineres seguia seu curso. Aqui e ali outras embarcações, tão pequenas como se fossem de brinquedo.

No voo entre Boston e Londres um homem se sentara ao seu lado. Bebia gim-tônica, falava sem parar.

Durante algum tempo, foi tudo bem, não é mesmo?, ele tinha dito. Quanto tempo, uns trinta anos? Talvez vinte, vinte e dois. Mas acabou, sem dúvida acabou, e agora tínhamos que nos preparar para viver, como a Europa ocidental, uma era de turismo e comércio de bens de consumo. Não foi essa a essência do que disse o sujeito no avião? Algo no gênero.

Ele não calava a boca, os drinques não paravam de vir.

Passamos a ser uma nação de gatos domesticados, ele disse.

Uma nação de pessoas irresolutas, ansiosas, que pensam demais. Felizmente não foi esse o tipo de gente que povoou o país. Era outra raça! Atravessaram o continente em carroças com rodas de madeira! A turma ia morrendo no caminho, e eles mal paravam. Naquela época, enterravam os mortos e seguiam em frente.

O homem, que estava bêbado e talvez tivesse um parafuso de menos, havia, como Alan, começado a vida trabalhando na indústria, mais tarde se perdendo em setores que só tangencialmente tratavam de produzir coisas. Estava se afogando em gim-tônica, tinha chegado ao fim da linha. Rumava para a França a fim de se aposentar perto de Nice, numa casinha que seu pai construíra depois da Segunda Grande Guerra. Ponto final.

Alan tinha levado o homem na conversa, intercambiando reflexões sobre a China, a Coreia, a manufatura de roupas no Vietnã, a expansão e a queda da indústria de vestuário no Haiti, o preço de um bom quarto em Hyderabad. Alan trabalhara durante algumas décadas com bicicletas, dedicando-se depois a tarefas de consultoria em diversas áreas, ajudando as empresas a competir mediante uma eficiência impiedosa, o uso de robôs, o método de manufatura enxuta, esse tipo de coisa. No entanto, a cada ano havia menos oportunidades para um indivíduo como ele. As pessoas não queriam mais fabricar nada nos Estados Unidos. Como era possível a ele ou qualquer outro argumentar em favor de um gasto cinco ou dez vezes maior do que na Ásia? E quando os salários asiáticos atingiram os níveis insuportáveis de "digamos, cinco dólares por hora", ainda restava a África. Os chineses já estavam fabricando tênis na Nigéria. Jack Welch disse que os processos de fabricação deveriam ser executados numa barcaça que circulasse sem parar o globo em busca dos menores custos possíveis, e parecia que o mundo havia aceitado seu conselho. O homem no avião se lamentava. Devia ser *relevante* o lugar onde se fabrica alguma coisa!

Mas Alan não queria se desesperar, assim como não queria ser puxado para baixo pela depressão do seu companheiro de viagem. Alan era um otimista, não é mesmo? Ele dizia ser. *Depressão*. Esta era a palavra que o homem mais usava. O humor negro é que arrasa com tudo. As piadas!, lamentava o homem. Eu costumava ouvir piadas desse tipo na França, na Inglaterra, na Espanha. E na Rússia! As pessoas resmungando contra um governo incorrigível, contra a ineficiência estrutural e irreversível de seus países. E a Itália! O amargor, a expectativa do declínio. Estavam por toda parte, mas agora estavam conosco também. O sarcasmo doentio. Esse é o tiro de misericórdia, juro por Deus. É o sinal de que você está na lona e não consegue se levantar!

Alan tinha ouvido tudo isso antes e não queria ouvir mais uma vez. Pôs os fones de ouvido e assistiu a vários filmes durante o resto da viagem.

Saindo da varanda, Alan voltou para o quarto escuro e fresquinho.

Pensou na sua casa. Pensou em quem estaria lá naquele momento. Quem poderia estar de passagem, tocando nas coisas, indo embora.

Sua casa estava à venda nos últimos quatro meses. É aquele lago onde o cara morreu congelado?

A única razão para Ruby telefonar era a casa. Já foi vendida? Precisava do dinheiro e achava que Alan iria vendê-la sem lhe contar. Você vai saber quando for vendida, ele dizia. Também tem a internet, ele dizia. Batia o telefone quando ela começava a gritar.

* * *

Uma mulher tinha dado uma ajeitada na casa de Alan. Há gente especializada em fazer isso. Chegam em sua casa e a tornam mais atraente do que você jamais conseguiria fazer. Eliminam tudo de sombrio que você gerou simplesmente por habitá-la na sua condição de ser humano.

Então, até que seja vendida, você vive numa versão de sua casa, uma versão melhorada. Há mais toques de amarelo. Há flores e mesas de madeira antiga. Seus pertences ficam num depósito.

Ela se chamava Renee, com cabelos de fios muito finos e puxados para cima como algodão-doce. A primeira coisa é acabar com esse acúmulo de coisas. Você vai precisar embalar noventa por cento disso, ela continuou, englobando com um gesto tudo o que Alan tinha juntado em vinte anos.

Ele embalou tudo. Foi guardando coisa atrás de coisa. Deixou os móveis, mas, ao voltar, ela disse: "Agora substituímos a mobília. Quer comprar ou alugar?".

Retirou os móveis. Tratou de dar os dois sofás da sala de visitas. Um para uma amiga de Kit. Outro para Chuy, que cortava a grama do jardim. Renee alugou obras de arte. Quadros abstratos que não comprometiam, segundo explicou. Espalhavam-se por todos os aposentos, pinturas com cores agradáveis e formas vagas que nada significavam.

Isso tinha acontecido quatro meses atrás. Ele continuava a morar na casa, saindo quando os corretores queriam mostrá-la. Às vezes ficava trancado no escritório enquanto os visitantes percorriam todos os cômodos fazendo comentários. Tetos baixos, eles diziam. Quartos pequenos. Este assoalho é original? Cheira a mofo. Os moradores são gente idosa?

Às vezes ele observava os compradores em potencial ao chegar ou sair. Olhava de soslaio da janela do escritório, como um idiota. Um casal se demorou tanto que ele foi obrigado a urinar numa xícara de café. Uma das visitantes, uma executiva com um casaco longo de couro, o viu através da janela quando descia o caminho que levava ao portão. Virou-se e disse para o corretor: "Acho que acabei de ver um fantasma".

Alan contemplou as ondas que quebravam de leve na costa. Quem sabia que a Arábia Saudita possuía uma vasta e intocada costa? Alan não tinha a menor ideia antes de chegar lá. Olhou para algumas dezenas de palmeiras plantadas no pátio de seu hotel ou do hotel vizinho, com o mar Vermelho ao fundo. Pensou em ficar por ali. Podia adotar outro nome. Abandonar todas as dívidas. Mandar dinheiro para Kit de algum modo, deixar para trás o rolo compressor que era sua vida nos Estados Unidos. Já servira por cinquenta e quatro anos. Não era o bastante?

Mas não. Ele era mais que isso. Vez por outra era mais que isso. Em certos dias era capaz de abarcar o mundo. Em certos dias podia ver a quilômetros de distância. Em certos dias ele galgava a cordilheira da indiferença para contemplar a paisagem de sua vida e de seu futuro pelo que ela era — passível de ser mapeada, passível de ser atravessada, passível de ser conquistada. Se tudo o que ele desejava fazer já havia sido feito antes, por que não poderia fazer de novo? Podia. Bastava engajar-se de forma contínua. Era só traçar um plano e executá-lo. Ele podia! Precisava acreditar que podia. Naturalmente acreditava.

Esse negócio com Abdullah tinha tudo para ser um passeio. Ninguém era capaz de competir em tamanho com a Reliant, e agora eles tinham desenvolvido um puto de um holograma. Alan ia fechar o negócio, ganhar sua comissão, pagar todo mundo em Boston e seguir em frente. Abrir uma pequena fábrica, começar com mil bicicletas por ano e ir aumentando aos poucos. Pagar a universidade de Kit com os trocados que sobrassem. Pôr para correr os corretores imobiliários, liquidar o resto da hipoteca da casa, olhar o mundo de cima, um colosso, dinheiro suficiente para mandar se foder a quem bem entendesse.

Uma batida na porta. O café da manhã havia chegado. Batatas e tomates cozidos servidos em cinco minutos no seu quarto. Impossível, a menos que estivesse comendo algo preparado para outro hóspede. O que era óbvio. Não se importou. Deixou o garçom arrumar tudo numa mesa na varanda e, com um floreio, assinou a conta sentado no décimo andar, semicerrando os olhos por causa do vento. Por alguns momentos sentiu que aquilo era ele. Tudo que merecia. Precisava adotar um ar de mando, de pertencimento. Se era o tipo de homem capaz de comer as batatas e os tomates cozidos de outro hóspede porque o hotel queria impressioná-lo a ponto de lhe mandar o café da manhã de outra pessoa, então talvez fosse o tipo de homem capaz de conseguir uma audiência com o rei.

3

O telefone tocou.

"Tivemos um problema com o primeiro motorista. Chamamos outro. Está a caminho. Deve chegar dentro de vinte minutos."

"Obrigado", disse Alan, e desligou.

Sentou-se, respirando com cuidado até recuperar a calma. Ele era um homem de negócios americano. Não podia ser humilhado. Talvez realizasse alguma coisa importante ainda hoje. Não era nenhum idiota.

Eles não tinham dado nenhuma garantia a Alan. O rei era muito ocupado, lhe disseram diversas vezes em e-mails e telefonemas. Claro que é, Alan havia respondido, repetindo que estava pronto a ir a seu encontro em qualquer lugar, na hora que fosse mais conveniente para sua majestade. Porém não era tão simples assim: não se tratava apenas das muitas ocupações do rei, mas do fato de que a agenda era alterada rápida e frequentemente. E isso porque muita gente desejava fazer mal ao rei. Em consequência, a programação era mudada pelas exigências oficiais, mas também pelo bem do rei e do reino. Foi dito a Alan que a Reliant e outros interessados em fornecer serviços para a Cidade Econômica Rei Abdullah (CERA) deviam preparar seus materiais e apresentá-los num local a ser determinado, no coração da cidade em franco crescimento, junto à costa, para o que seriam notificados pouco antes da chegada do rei. Podia ser a qualquer dia e a qualquer hora, segundo disseram a Alan.

"Quer dizer dias? Semanas?", Alan perguntou.

"Exatamente", responderam.

Por isso Alan organizara aquela viagem. Não era a primeira vez que o fazia: beije o anel, mostre o material, feche o negócio. Em geral, nada de impossível caso se possa contar com bons contatos e se mantenha a cabeça baixa. Além do mais, representar a Reliant, a maior supridora de tecnologia de informação do mundo, não chegava a ser um desafio. Abdullah, era de supor, desejaria o que havia de melhor, e a Reliant se considerava a melhor, sendo sem dúvida a maior, duas vezes maior que sua principal competidora nos Estados Unidos.

Conheço seu sobrinho Jalawi, Alan diria.

Ou talvez, *sou muito próximo de seu sobrinho Jalawi.*

Seu sobrinho, Jalawi, é um velho amigo meu.

Alan bem sabia que, em outros lugares, os relacionamentos já não tinham importância. Não importavam nos Estados Unidos, não importavam muito em país nenhum, mas aqui, na família real, ele esperava que aquela amizade significasse alguma coisa.

* * *

Três funcionários da Reliant participavam da missão, dois engenheiros e uma diretora de comercialização: Brad, Cayley e Rachel. Eles demonstrariam o potencial da Reliant enquanto Alan discutiria por alto os valores. Suprir a CERA de equipamentos de informática representaria de imediato pelo menos algumas centenas de milhões de dólares para a Reliant, com maiores receitas no futuro — e, o que era mais importante, uma vida confortável para Alan. Talvez não uma vida confortável, mas ele poderia evitar a bancarrota em potencial e ter alguma coisa que o garantisse na aposentadoria, sem falar que Kit continuaria na universidade de sua preferência, ficando muito menos desapontada com sua vida e seu pai.

Saiu do quarto. A porta se fechou como o estrondo de um tiro de canhão. Caminhou pelo corredor cor de laranja.

O hotel tinha sido construído de modo que ninguém soubesse que estava situado no Reino da Arábia Saudita. Todo o complexo, fortemente protegido tanto do lado da estrada quanto do mar, era desprovido de conteúdo e contexto, sem o menor sinal da cultura árabe. Aquele prédio, com as palmeiras e as paredes de adobe, podia estar no Arizona, em Orlando, em qualquer lugar.

Alan deu uma olhada no átrio, dez andares abaixo, onde dezenas de homens andavam de um lado para o outro, todos vestindo a indumentária tradicional do país. Ele precisava lembrar a terminologia: a longa túnica branca chamava-se *thobe*. O pano cobrindo o cabelo e o pescoço, *gutra*, mantido no lugar pela corda preta e redonda chamada *iqal*. Alan ficou observando a movimentação dos homens, suas túnicas transmitindo a sensação de que gravitavam. Uma congregação de espíritos.

Notou que a porta do elevador se fechava na extremidade do hall. Deu uma corridinha até lá e enfiou a mão na fresta ainda aberta. As portas recuaram com um solavanco, assustadas, pedindo desculpas. Havia quatro homens no elevador de vidro, todos portando *thobes* e *gutras*. Alguns ergueram os olhos quando Alan entrou, mas rapidamente voltaram a se concentrar num novo tablet cujo dono demonstrava as funções do teclado: girando o aparelho, os botões mudavam prontamente de configuração, o que estava proporcionando grande prazer a seus amigos.

Tão silenciosa quanto a neve quando cai, a cápsula de vidro que os conduzia atravessou o átrio até chegar ao lobby, as portas se abrindo diante de uma parede de pedras artificiais. Cheiro de cloro.

Alan segurou a porta para os sauditas, nenhum dos quais lhe agradeceu. Ele os seguiu. Chafarizes lançavam água para o alto sem obedecer a nenhuma sistemática.

No lobby, sentou-se diante de uma pequena mesa de ferro. Apareceu um garçom. Alan pediu um café.

Perto dele estavam sentados dois homens, um negro e um branco, usando idênticas túnicas brancas. O guia turístico de Alan havia mencionado a existência de um pronunciado racismo na Arábia Saudita, por vezes bastante ostensivo, mas ali estavam os dois. Talvez não servisse como prova de harmonia social, mas de qualquer modo... Ele era incapaz de recordar quando algum costume descrito num guia turístico se comprovara na prática. Transmitir normas culturais era como reportar as condições do tráfego. No momento da publicação, já haviam se tornado irrelevantes.

* * *

Alguém se aproximou de Alan. Levantando a vista, ele deu com um homem gorducho, fumando um cigarro branco muito fino, que ergueu a mão num aceno. Alan acenou de volta, confuso.

"Alan? Você é Alan Clay?"

"Sou."

O homem apagou o cigarro num cinzeiro de cristal e estendeu a mão para Alan. Os dedos eram longos e finos, macios como se feitos de camurça.

"Você é o motorista?", Alan perguntou.

"Motorista, guia, herói. Yousef", disse o homem.

Alan se levantou. Yousef era baixo, o *thobe* de cor creme muito clara dando a seu corpo rechonchudo a silhueta de um pinguim. Jovem, não muito mais velho que Kit. Rosto redondo, sem rugas, com o bigodinho delgado de um adolescente.

"Estava tomando café?"

"Sim."

"Não quer terminar?"

"Não, está bem."

"Bom, então é por aqui."

Caminharam para o lado de fora. O calor era um ente vivo, predador.

"Por ali", disse Yousef, e ambos apressaram o passo para atravessar o pequeno pátio de estacionamento em direção a um velho Chevrolet Caprice de cor marrom. "Eis aqui minha paixão", ele disse, apresentando o carro como um mágico o faria com um buquê de flores artificiais.

Era um calhambeque.

"Podemos ir? Não leva uma pasta nem nada?"

Alan não levava. Costumava carregar uma maleta executiva e blocos de papel amarelo, porém jamais havia consultado as anotações feitas durante uma reunião. Agora ficava sentado durante os encontros sem escrever nada, e este hábito se tornara um fator muito positivo. As pessoas atribuíam grande acuidade mental a quem não tomava notas.

Alan abriu a porta de trás.

"Não, não", disse Yousef. "Eu não sou um chofer. Sente na frente."

Alan obedeceu. Subiu do assento uma nuvenzinha de poeira.

"Tem certeza de que este troço vai nos levar até lá?", Alan perguntou.

"Vou sempre com ele a Riad", Yousef respondeu. "Nunca me deixou na mão."

Yousef entrou e girou a chave. O motor não se manifestou.

"Ah, espere", ele disse e, saindo do carro, abriu o capô e desapareceu atrás dele. Após alguns segundos, fechou o capô, voltou a entrar no carro e deu a partida. O motor despertou tossindo, com um som doentio.

* * *

"Problemas no motor?", Alan perguntou.

"Não, não. Desliguei o motor de arranque antes de entrar no lobby. Preciso me certificar de que ninguém vai mexer nele."

"Mexer nele?", Alan perguntou. "Ligar a uma bomba?"

"Nada a ver com terroristas", disse Yousef. "É só um cara que acha que eu estou comendo a mulher dele."

Yousef deu marcha a ré.

"Ele pode estar tentando me matar. Lá vamos nós."

Contornaram o canteiro na frente do hotel e, ao entrar na rua, passaram por um Humvee com as cores do deserto e uma metralhadora montada em cima. Um soldado saudita estava sentado ao lado dela numa cadeira de lona, os pés mergulhados numa banheirinha inflável.

"Quer dizer que estou num carro que pode explodir?"

"Não, agora não. Acabei de checar. Você viu."

"Está falando sério? Alguém está mesmo tentando te matar?"

"Pode ser", disse Yousef, entrando na estrada principal paralela ao mar Vermelho. "Mas a gente nunca tem certeza até que acontece, certo?"

"Esperei uma hora por um motorista e o carro dele pode ser explodido."

"Não, não", disse Yousef, agora distraído. Estava tentando ligar o iPod, um modelo antigo, que repousava sobre o porta-copos entre os dois assentos. Algo não funcionava na conexão entre o iPod e o som do carro.

"Não precisa se preocupar. Acho que ele não sabe armar

uma dessas bombas. Não é um cara durão. Só é rico. Seria possível se contratasse alguém."

Alan olhou fixamente para Yousef até ele acrescentar: um homem rico pode muito bem contratar alguém para pôr uma bomba no carro do sujeito que está comendo a mulher dele.

"Porra!", exclamou Yousef, voltando-se para Alan. "Agora *você* é que está me assustando."

Alan considerou a possibilidade de abrir a porta e rolar para fora do carro. Parecia ser uma linha de ação mais prudente do que seguir viagem com aquele homem.

Enquanto isso, Yousef retirou outro cigarro fino de um maço branco e o acendeu, semicerrando os olhos que fitavam a estrada. Passavam diante de uma longa série de enormes esculturas com cores de jujuba.

"Terrível, não é?", perguntou Yousef. Deu uma longa tragada, superando de vez a ansiedade com respeito a assassinos de aluguel. "E então, Alan, onde você mora?"

Alguma coisa no jeito despreocupado de Yousef contagiou Alan, que parou de se angustiar. Com seu formato de pinguim, cigarros finos e o Chevy Caprice, ele não fazia o tipo capaz de interessar a um assassino profissional.

"Boston", disse Alan.

"Boston, Boston", repetiu Yousef, dando tapinhas no volante. "Morei no Alabama. Um ano de universidade."

Contrariando seu bom senso, Alan continuou a conversar com aquele lunático.

"Estudou no Alabama? Por que Alabama?"

"Por eu ser o único árabe num raio de alguns milhares de

quilômetros? Ganhei uma bolsa de um ano. Em Birmingham. Bem diferente de Boston, correto?"

Alan gostava de Birmingham e disse isso. Tinha amigos em Birmingham.

Yousef sorriu. "Aquela enorme estátua de Vulcano, certo? Assustadora."

"Isso mesmo. Adoro aquela estátua", disse Alan.

O tempo passado no Alabama explicava o inglês americanizado de Yousef. A pronúncia saudita quase não era notada. Ele usava sandálias feitas à mão e óculos escuros da marca Oakley.

Atravessaram velozmente Jidá, tudo parecendo novo, não muito diferente de Los Angeles. *Los Angeles com burcas*, tal como Angie Healy lhe dissera algum tempo atrás. Tinham sido colegas de trabalho na Trek. Ele sentia saudades dela. Outra mulher morta em sua vida. Havia muitas, namoradas que se tornaram velhas amigas e depois amigas velhas, namoradas que se casaram, que tinham envelhecido um pouco, cujos filhos já eram adultos. E havia ainda as mortas — devido a aneurismas, câncer de mama, linfomas não Hodgkin. Uma loucura. Sua filha tinha agora vinte anos, em breve teria trinta, e logo depois começariam a chover as doenças.

"Então, você anda comendo a mulher desse cara ou não?", Alan perguntou.

"Não, não. É minha ex-mulher, fomos casados há muito tempo..."

Olhou na direção de Alan para ver qual a sua reação até ali.

"Mas não deu certo. Ela casou com outra pessoa. Agora vive chateada e me envia mensagens de texto o tempo todo. Escreve no Facebook, em todo lugar. O marido sabe disso e acha que estamos tendo um caso. Quer comer alguma coisa?"

"Está sugerindo que devemos parar para comer?"

"Podíamos ir a algum lugar na Cidade Velha."

"Não, acabei de comer. Estamos atrasados, não se lembra?"

"Ah, está com pressa? Não me disseram nada. Não devíamos ir por aqui se estamos atrasados."

Yousef fez uma volta em U e acelerou.

4

Talvez fosse melhor para Kit passar um ano em casa. Sua colega de quarto era bem estranha, uma garota magérrima de Manhattan, que prestava atenção em tudo. A colega havia notado que o sono de Kit era muito agitado e tinha opiniões sobre o que isso significava, como devia ser tratado e quais as causas profundas de tal comportamento. Suas observações eram seguidas de perguntas, suspeitas acerca dos vários problemas que Kit poderia ter. Notou pequenos arranhões nos braços de Kit e exigiu saber que homem lhe fizera aquilo. Notou que Kit tinha uma vozinha aguda, quase infantil, e explicou que isso costumava ser um sinal de abuso sexual na infância, porque a voz da vítima não progredia além da idade em que havia sofrido o trauma. "Você já reparou que tem voz de criança?", ela perguntou.

"Você faz isso sempre?", Alan perguntou.
"Dirigir para outras pessoas? É um bico. Sou estudante."
"Estuda o quê?"

"Estudo a vida!", disse Yousef, soltando depois uma risada. "Não, estou de sacanagem contigo. Administração de negócios, marketing. Esse tipo de coisa. Não me pergunte a razão."

Passaram por um vasto playground, e pela primeira vez Alan viu crianças. Sete ou oito, penduradas nas armações de ferro ou subindo nos escorregadores. Acompanhadas por três mulheres vestidas de burcas negras como carvão. Ele já estivera em ambientes com burcas antes, mas ver aquelas sombras se movendo no playground atrás das crianças... Alan sentiu um calafrio. Não era um pesadelo ser perseguido por uma figura com um manto preto tremulante, os braços estendidos para pegá-lo? Mas Alan não entendia daquilo e não abriu a boca.

"Quanto tempo para chegar lá?", Alan perguntou.

"Para a Cidade Econômica Rei Abdullah? É para lá que estamos indo?"

Alan não respondeu. Yousef estava sorrindo. Dessa vez era brincadeira.

"Mais ou menos uma hora. Talvez um pouco mais. A que horas você devia estar lá?"

"Oito. Oito e meia."

"Bem, vai chegar ao meio-dia."

"Você gosta do Fleetwood Mac?", Yousef perguntou. Conseguira fazer o iPod funcionar — dava a impressão de ter ficado enterrado sob a areia durante séculos — e agora selecionava algo para ouvir.

Saíram da cidade e em breve tomaram uma estrada reta

que cortava o deserto virgem. Não era um deserto bonito. Não tinha dunas. Totalmente plano e atravessado por uma estrada feia. O carro de Yousef ultrapassou caminhões transportando carga geral e combustível. Vez por outra, à distância, se via um pequeno povoado de cimento cinza, um labirinto de paredes e fios elétricos.

Alan e Ruby certa feita haviam atravessado de carro os Estados Unidos, de Boston ao Oregon, a fim de comparecerem ao casamento de um amigo. O tipo de opção ridícula que é possível antes da chegada dos filhos. Brigaram numerosas vezes, explosivamente, quase sempre por causa de seus ex-namorados. Ruby queria falar em detalhe sobre os dela. Queria que Alan soubesse por que os deixara e o escolhera, e Alan não tinha a menor vontade de ouvir isso. Seria muito pedir uma página em branco? Para, por favor, ele implorou. Ela continuou, orgulhosa de sua história. Chega, chega, chega, ele afinal rugiu, e nada foi dito entre Salt Lake City e o Oregon. Cada quilômetro em silêncio lhe dava mais força e, segundo imaginou, aumentava o respeito que ela lhe devia. Suas únicas armas contra Ruby eram o silêncio e a truculência; vez por outra ele exibia um ar intensamente ensimesmado. Nunca fora tão teimoso como com ela. Essa era a versão que fazia de si mesmo durante os seis anos de casado. Nessa versão, Alan era ardente, ciumento, sempre alerta. Nunca se sentira tão estuante de vida.

Yousef acendeu outro cigarro.
"Essa aí não é das marcas mais masculinas", Alan comentou.
Yousef sorriu. "Estou tentando parar, por isso troquei os de

tamanho normal por esses. Têm metade da largura. Menos nicotina."

"E são mais graciosos."

"Graciosos. Graciosos. Gostei dessa. É verdade, são graciosos."

Um dos dentes da frente de Yousef era diagonal, trepando por cima de seu vizinho. Dava a seu sorriso um quê de loucura.

"O maço também", disse Alan. "Veja só."

Além de pequeno, era branco e prateado, como um Cadillac de miniatura dirigido por um cafetão do tamanho de um inseto.

Yousef abriu o porta-luvas e jogou o maço dentro.

"Melhor assim?"

Alan riu. "Obrigado."

Durante dez minutos nada foi dito.

Alan se perguntou se aquele sujeito o estava mesmo levando à Cidade Econômica Rei Abdullah. Ou era um simpático sequestrador.

"Você gosta de piadas?", Alan perguntou.

"O que você quer dizer com isso? Piadas que a gente lembra e conta?"

"Exatamente", disse Alan. "Piadas que a gente lembra e conta."

"Não é uma coisa muito saudita, esse tipo de piada", disse Yousef. "Mas já ouvi algumas. Um inglês me contou uma sobre a rainha e um caralho enorme."

Ruby odiava piadas. "É tão embaraçoso", ela dizia depois de uma noitada em que Alan tivesse contado uma ou dez. Ele conhecia milhares de piadas, e todo mundo que o conhecia sabia disso.

Havia sido até testado: um grupo de amigos, alguns anos

antes, o obrigara a contar piadas durante duas horas sem interrupção. Pensavam que ele esgotaria seu estoque no fim desse tempo, porém só estava começando. Jamais saberia como se lembrava de tantas. Mas uma estava terminando e outra já aparecia à sua frente. Nunca falhava. Cada piada estava ligada à seguinte, como a fieira de lenços de um mágico.

"Deixa de bancar o engraçadinho", Ruby lhe disse. "Você parece um cômico de teatro de revista. Ninguém conta mais piadas desse jeito."

"Eu conto."

"As pessoas contam piadas quando não têm nada a dizer."

"As pessoas contam piadas quando não há mais nada a dizer", ele retrucou.

Na verdade, não disse isso. Pensou na resposta muitos anos depois, mas a essa altura ele e Ruby já não se falavam.

Yousef batucou no volante.

"Muito bem", disse Alan. "O marido de uma mulher ficou doente. Entrou e saiu do coma durante vários meses, e ela ali, firme ao lado de sua cama. Quando ele acorda de vez, faz sinal para que ela se aproxime. Ela chega mais perto, senta-se ao seu lado. A voz dele está fraca. Segura a mão da mulher. 'Sabe de uma coisa?', ele diz. 'Você tem me acompanhado em todos os momentos ruins da minha vida. Quando perdi o emprego, você estava lá para me sustentar. Quando meu negócio fracassou, você estava lá para me consolar. Quando perdemos a casa, você me deu todo o apoio. Quando minha saúde começou a degringolar, você ficou ao meu lado. Sabe de uma coisa?' 'O quê, meu querido?' 'Acho que você me dá um puta dum azar!'"

* * *

Yousef soltou uma gargalhada, tossiu. Foi obrigado a apagar o cigarro.

"Essa é boa. Não esperava aquele final. Sabe outras?"

Alan ficou muito grato. Há anos nenhum jovem apreciava uma piada sua.

"Sei", respondeu Alan. "Vejamos... ah, essa é boa. Muito bem, tinha um cara chamado Esquisito. João Esquisito. E ele odiava o seu sobrenome. As pessoas frequentemente faziam brincadeiras com ele, dizendo que nunca tinham visto nada tão esquisito, que era muito esquisito alguém se chamar Esquisito, coisas assim. Por isso, quando ficou mais velho, João escreveu um testamento declarando que não queria seu nome gravado na lápide. Queria ser enterrado numa cova sem identificação, com uma pedra sem nome nem nada. Depois que morreu, sua mulher respeitou o desejo e ele foi enterrado numa sepultura sem nenhuma inscrição. Mas, toda vez que alguém passa por ela no cemitério, não deixa de comentar: "Olha só: esquisito, não?".

Yousef riu a ponto de ter de enxugar os olhos.

Alan estava adorando aquele sujeito. Até sua filha, Kit, sacudia a cabeça e dizia não, por favor não, sempre que ele se preparava para contar alguma piada.

Alan continuou. "Muito bem. Agora é uma pergunta. Qual é a profissão de um cara que conhece quarenta e oito posições para fazer sexo mas não conhece nenhuma mulher?"

Yousef deu de ombros.

"Consultor."

* * *

Yousef sorriu. "Nada mau", ele disse. "Consultor. Como você."

"Como eu", disse Alan. "Pelo menos por algum tempo."

Passaram por um pequeno parque de diversões, pintado com cores vivas embora aparentemente abandonado. Uma roda-gigante, rosa e amarela, se erguia em isolamento, esperando pelas crianças.

Alan se lembrou de outra piada.

"Muito bem, essa é ainda melhor. Um policial acaba de chegar à cena de um acidente de carro horrível. Há pedaços das vítimas espalhados por toda parte, um braço aqui, uma perna ali. Ele está anotando tudo quando encontra uma cabeça. Escreve no caderno 'Cabeça no bulevard', mas sabe que escreveu errado. Risca e tenta de novo 'Cabeça no boulevar'. Outra vez errado, falta um 'd'. Risca e escreve 'bolevard'. 'Porra!', ele diz. Dá uma olhada em volta e vê que ninguém está prestando atenção nele. Empurra a cabeça com o pé, e pega o caderno de volta: 'Cabeça no meio-fio'."

"Essa é boa", disse Yousef, embora não tenha rido.

Rodaram em silêncio por dois ou três quilômetros. O terreno era plano e sem nada de interessante à vista. Qualquer coisa construída naquele deserto implacável era um ato de vontade imposto num território impróprio para a ocupação humana.

O corpo de Charlie parecia lixo quando o retiraram do lago. Ele usava um blusão preto e, na mente de Alan, a primeira imagem que surgiu foi de um monte de folhas embrulhado numa lona. Apenas suas mãos eram inegavelmente humanas.

"Vocês precisam alguma coisa de mim?", Alan perguntou aos policiais. Não precisavam de nada. Haviam testemunhado tudo. Catorze policiais e bombeiros tinham visto Charlie morrer naquele lago ao longo de cinco horas.

5

"Então, para que você está indo lá?"

"Onde?"

"CERA, a Cidade Econômica Rei Abdullah."

"Trabalho", respondeu Alan.

"Você está metido em construção?"

"Não. Por quê?"

"Pensei que podia ajudar a fazer o troço andar. Não está acontecendo nada lá. Nem um edifício."

"Você esteve lá?"

Alan presumiu que a resposta seria positiva. Como era a coisa mais importante nas imediações de Jidá, Yousef devia ter visitado o lugar.

"Não", ele disse.

"Por que não?"

"Não há nada lá."

"Ainda não", Alan corrigiu.

"*Nunca.*"

"*Nunca?*"

"Não vai acontecer", Yousef disse. "Já nasceu morto."

"O quê? Não está morto. Venho pesquisando isso há meses. Vou fazer uma apresentação lá. Estão tocando o projeto a todo vapor."

Yousef se voltou na direção de Alan e sorriu, um largo sorriso, achando uma graça monumental. "Espere até chegar lá", ele disse, acendendo outro cigarro.

"A todo vapor?", ele disse. "Deus meu."

Naquele preciso momento apareceu um cartaz anunciando o projeto. Via-se uma família num deque, tendo ao fundo um pôr do sol pouco convincente. O pai era um homem de negócios saudita, com um celular numa das mãos e um jornal na outra. A mulher, que servia o café da manhã para o marido e duas crianças com ar faminto, usava um *hijab*, uma blusa modesta e calças. Abaixo da fotografia estava escrito: CIDADE ECONÔMICA REI ABDULLAH — A VISÃO DE UM HOMEM, A ESPERANÇA DE UMA NAÇÃO.

Alan apontou para o cartaz. "Você não acredita que isso vai acontecer?"

"Como é que posso saber? Só sei que ainda não fizeram nada."

"E em Dubai? Lá aconteceu."

"Aqui não é Dubai."

"Não pode ser como em Dubai?"

"Não vai ser como em Dubai. Que mulheres querem vir para cá? Nenhuma vem para a Arábia Saudita a não ser que precise realmente, nem com bangalôs cor-de-rosa à beira-mar."

"A mulher no cartaz parece ser um sinal de progresso", disse Alan.

Yousef suspirou. "Essa é a ideia, eles dizem. Ou não dizem, mas sugerem que, na CERA, as mulheres terão maiores liberdades.

Vão poder conviver mais livremente com os homens e dirigir. Esse tipo de coisa."

"E isso não é bom?"

"Se acontecer, talvez. Mas não vai acontecer. Poderia ter acontecido algum tempo atrás, mas não há mais dinheiro. A Emaar está quebrada, estão indo à falência em Dubai. Tudo foi superestimado e agora estão quebrados. Devem a todo o planeta, e a CERA está morta. Tudo está morto. Você vai ver. Sabe alguma outra piada?"

Alan ficou alarmado, mas tentou não levar muito a sério as palavras de Yousef. Sabia que havia detratores na Arábia Saudita e em todos os lugares. Emaar, a empreiteira de porte mundial que havia construído boa parte de Dubai, estava com problemas, vítima da bolha, e era bem sabido que, sem o envolvimento pessoal e os recursos próprios do rei Abdullah, a CERA enfrentaria dificuldades. Mas, obviamente, o rei iria entrar com seu dinheiro. Obviamente, garantiria o êxito do projeto. Trazia seu nome. Era seu legado. O orgulho do rei Abdullah não permitiria que a coisa toda fracassasse. Alan fez essas ponderações a Yousef, procurando também se convencer.

"E se ele morrer?", Yousef perguntou. "Tem oitenta e cinco anos. E aí?"

Alan não tinha resposta. Queria crer que aquele tipo de coisa, uma cidade se levantando do pó, podia acontecer. Os planos arquitetônicos que tinha visto eram magníficos. Torres reluzentes, praças e avenidas ladeadas de árvores, uma série de canais tornando possível que quase todos os deslocamentos fossem feitos de barco. A cidade era futurística e romântica, mas também prática.

Podia ser construída com a tecnologia existente e muito dinheiro, mas dinheiro Abdullah certamente tinha. Por que não bancara tudo sozinho, sem a Emaar, era um mistério. Se o homem tinha recursos para erguer a cidade da noite para o dia, por que não o fez? Às vezes um rei precisava se comportar como rei.

A saída seguinte indicava Cidade Econômica Rei Abdullah. Yousef se voltou para Alan, ergueu as sobrancelhas num gesto de falsa dramaticidade.

"Lá vamos nós. A todo vapor!"

Deixaram a autoestrada e seguiram rumo ao mar.

"Tem certeza de que este é o caminho certo?", Alan perguntou.

"É para onde você queria ir", respondeu Yousef.

Alan não via sinal da futura cidade.

"O que existe fica lá adiante", disse Yousef apontando para a frente. A estrada era nova, mas atravessava um vazio. Rodaram por um quilômetro e meio antes de chegarem a um modesto portão, dois arcos de pedra sobre a estrada encimados por uma grande cúpula. Era como se alguém houvesse construído uma estrada cortando um deserto cruel e então erguido um portão no meio do nada para dar a impressão de ser o final de alguma coisa e o começo de outra. Um quê de esperança, mas em nada convincente.

Yousef parou e baixou o vidro da janela. Dois guardas em uniformes azuis, com rifles pendurados displicentemente nos ombros, se aproximaram com cautela e deram a volta em torno do carro. Pareciam surpresos em ver qualquer pessoa, em particular dois homens num Chevrolet com trinta anos de uso.

Yousef falou com eles, indicando seu passageiro com um movimento do queixo para a direita. Os guardas se curvaram para ver o americano no assento do carona. Alan deu um sorriso profissional. Um dos guardas disse algo para Yousef, que se dirigiu a Alan.

"Sua identidade."

Alan passou-lhe o passaporte. O guarda desapareceu no escritório.

Voltou e devolveu o passaporte a Yousef, fazendo sinal para que passassem.

Depois do portão, a estrada se dividia em duas pistas. A parte central era coberta de grama esturricada e mirrada, mantida viva por dois empregados em macacões vermelhos que a regavam com uma mangueira.

"Acho que esses sujeitos não são trabalhadores sindicalizados", disse Alan.

Yousef deu um sorriso amargo. "Ouvi um sujeito na loja do meu pai outro dia. Ele disse: 'Aqui não temos sindicatos. Temos filipinos'."

Continuaram a rodar. Surgiu uma fileira de palmeiras no canteiro central, todas plantadas recentemente, algumas ainda embrulhadas em sacos de estopa. Mais ou menos a cada dez palmeiras, e presos a postes de iluminação, havia cartazes de pano com imagens de como a cidade seria quando pronta. Um deles mostrava um homem de *thobe* saindo de um iate com a pasta na mão e sendo recebido por dois homens de ternos pretos e óculos escuros. Em outro, um homem dava uma tacada de golfe nas primeiras horas da manhã, tendo ao lado um caddie que também parecia ser do sul da Ásia. Havia um desenho tipo grafite mostrando um estádio fabuloso. Uma visão aérea da costa polvilhada de resorts. A foto de uma mulher ajudando o filho a utilizar um laptop. Ela portava um *hijab*, mas o resto de suas vestimentas era ocidental, tudo cor de lavanda.

"Por que anunciariam essas formas de liberdade se não fossem sinceros?", Alan perguntou. "O rei Abdullah corre um grande risco de contrariar os conservadores."

Yousef deu de ombros.

"Quem sabe? Se impressiona gente como você, vai ver está funcionando."

A estrada voltou a ficar reta e cortar o deserto informe, sem nenhum acidente de terreno notável. Excetuados os postes de iluminação colocados de sete em sete metros, não havia nada, tudo parecendo um bairro novo e recentemente abandonado na Lua.

Rodaram mais um quilômetro e meio rumo ao mar até as árvores voltarem a aparecer. Grupos de trabalhadores, alguns usando capacetes, outros usando lenços na cabeça, se abrigavam sob as palmeiras. À distância, a estrada terminava uns cem metros antes da água, onde se erguia um punhado de prédios, dando a impressão de serem velhas lápides mortuárias.

"Basicamente, isto é tudo", disse Yousef.

O vento do deserto soprava forte, o pó cobria o asfalto como um nevoeiro. Não obstante, dois homens varriam a estrada.

Yousef os apontou e riu. "É assim que o dinheiro está sendo gasto." Varriam areia num deserto.

6

A nova cidade contava até agora com três prédios. Um edifício de apartamentos rosa-claro, mais ou menos acabado porém dando a impressão de estar vazio. Um centro de recepção de dois andares em estilo vagamente mediterrâneo e circundado por chafarizes, a maior parte deles secos. E um prédio de escritórios com fachada de vidro preto, quadrado e atarracado, de dez andares. Numa placa fixada à fachada lia-se 7/24/60.

Yousef foi sarcástico. "Significa que estão abertos para negócio todos os dias, todas as horas, todos os minutos. Coisa que eu duvido."

Estacionaram diante do centro de recepção, o prédio baixo próximo à praia. Era enfeitado com pequenas cúpulas e minaretes. Saíram do carro, o calor infernal, trinta e oito graus.

"Quer vir comigo?"

Yousef parou diante do prédio, como se ponderasse se alguma coisa lá dentro valesse seu tempo.

"Põe na conta", Alan disse.

Yousef sacudiu os ombros. "Pode ser engraçado."

As portas se abriram para fora, automaticamente, e surgiu um homem num *thobe* de um branco fulgurante.

"Sr. Clay! Estávamos esperando pelo senhor. Meu nome é Sayed."

Rosto fino, bigode grosso, olhos pequenos e sorridentes.

"Sinto muito que tenha perdido a condução", ele disse. "Soube que o hotel teve dificuldade em despertá-lo."

"Sinto muito por ter me atrasado", disse Alan, sem piscar.

Sayed sorriu amistosamente. "O rei não vem hoje, por isso seu atraso não tem a menor importância. Vamos entrar?"

Entraram no prédio, fresco e sombrio.

Alan olhou ao redor. "A equipe da Reliant está aqui ou…"

"Estão na área de apresentações", respondeu Sayed, acenando na direção da praia. Seu sotaque era inglês. Tinham dito a Alan que todos os altos funcionários do reino haviam estudado nas universidades de elite americanas ou no Reino Unido. O palpite de Alan é que aquele sujeito tivesse cursado a St. Andrews.

"Pensei em lhe mostrar primeiro o lugar", disse Sayed. "Estaria bem para o senhor?"

Alan achou que devia ao menos dar um alô para a equipe, porém nada disse. A volta de apresentação devia ser inócua e provavelmente rápida.

"Muito bem. Vamos."

"Excelente. Aceita um suco?"

Alan fez que sim com a cabeça. Sayed se voltou para trás e outro funcionário lhe passou um copo de suco de laranja, que ele entregou a Alan. O copo era de cristal, em formato de cálice. Alan o pegou e os seguiu através do vestíbulo, repleto de arcos e imagens da futura cidade, até chegarem a um aposento mais amplo, dominado por uma enorme maquete arquitetônica disposta sobre uma plataforma na altura da cintura.

"Este é meu colega, Mujaddid", disse Sayed, indicando outro homem, postado junto à parede, que vestia um terno preto. Mujaddid devia ter uns quarenta anos e era robusto, o rosto bem escanhoado. Ele acenou com a cabeça.

"Esta é a cidade quando pronta", disse Sayed.

Mujaddid assumiu. "Sr. Clay, desejamos lhe apresentar o sonho do rei Abdullah."

Os pequenos edifícios da maquete, do tamanho de um polegar, eram todos cor de creme, ladeando ruas brancas que faziam curvas suaves. Havia arranha-céus, fábricas e árvores, pontes e canais, milhares de casas.

Alan sempre tivera um fraco por maquetes desse tipo, visões como aquela, planos de trinta anos, algo criado do nada — embora suas próprias experiências em concretizar tais visões não tivessem sido tão bem-sucedidas.

Certa vez ele encomendara uma maquete. Só de pensar nisso sentia uma pontada de tristeza. Aquela fábrica em Budapeste não tinha sido sua ideia, mas ele aceitara prazerosamente a tarefa achando que lhe proporcionaria voos mais altos. Mas converter uma fábrica da era soviética num modelo de eficiência capitalista sob o controle da Schwinn tinha sido uma loucura total. Ele fora mandado para a Hungria a fim de tocar o projeto, introduzir os métodos americanos de fabricação de bicicletas no Leste Europeu, abrir todo o continente para a Schwinn.

Alan tinha encomendado a maquete e organizara uma inauguração festiva marcada por grandes esperanças. Talvez pudessem exportar as bicicletas húngaras para fora da Europa. Talvez até para os Estados Unidos. Os custos de mão de obra seriam ínfimos, a capacitação técnica, de primeira. Essas eram as premissas.

Mas foi um fracasso total. A fábrica nunca atingiu a capacidade prevista, nunca foi possível treinar os trabalhadores, que continuaram ineficientes, e a Schwinn não tinha capital suficiente para modernizar o equipamento. Um fracasso colossal, e desde então os dias de Alan na Schwinn — onde antes era visto como um homem capaz de fazer as coisas acontecerem — estavam contados.

No entanto, vendo agora aquela maquete, Alan tinha a sensação de que a cidade realmente podia ser construída, que com o dinheiro de Abdullah isso ocorreria. Sayed e Mujaddid contemplavam a maquete, pelo jeito com igual fascínio, enquanto explicavam as várias etapas da construção. A cidade, disseram, ficaria pronta em 2025, com uma população de um milhão e meio de habitantes.

"Muito impressionante", disse Alan. Procurou por Yousef, que vagava pelo vestíbulo. Alan captou seu olhar e fez sinal para que ele se aproximasse, porém Yousef sacudiu a cabeça rapidamente, rejeitando a coisa toda.

"Estamos aqui", disse Mujaddid.

Indicou com a cabeça um prédio bem abaixo de seu nariz, idêntico àquele em que se encontravam, embora do tamanho de uma uva. Na maquete, estava situado à beira de um extenso passeio que corria ao longo da costa. De repente, apareceu um ponto de laser vermelho no seu segundo andar, como se uma nave espacial o tivesse assinalado como alvo para ser desintegrado.

Alan terminou o suco mas não viu onde depositar o copo. Não havia nenhuma mesa, o homem com a bandeja tinha desaparecido. Com a manga do paletó, secou o fundo do copo e o colocou na superfície do que parecia ser o mar Vermelho, a uns oitocentos metros da costa. Sayed sorriu educadamente, pegou o copo e saiu do aposento.

Mujaddid deu um riso amarelo. "Podemos ver um filme?"

Alan e Yousef foram conduzidos a um salão de baile de teto alto, resplandecente de espelhos e folhas de ouro, onde uma série de sofás amarelos, dispostos em fileiras, ficava de frente para uma tela gigantesca que cobria toda a parede. Sentaram-se e a sala foi escurecida.

Uma voz feminina começou a falar com o típico sotaque inglês, rápido e esmerado.

"Inspirado pela liderança exemplar e visão audaciosa do rei Abdullah..." Apareceu uma versão da maquete gerada no computador, mostrando a cidade à noite. A câmera mergulhou sobre uma cordilheira de vidros escuros e luzes. "Apresentamos o despertar da próxima grande cidade econômica do mundo..."

Alan olhou na direção de Yousef. Queria que ele ficasse impressionado. O filme devia ter custado milhões de dólares. Yousef lia as mensagens em seu celular.

"... para diversificar a maior economia do Oriente Médio..."

Logo depois já era dia na CERA, ao nível da rua, com lanchas cruzando os canais, homens de negócio trocando apertos de mão junto ao mar, navios porta-contêineres chegando aos portos, presumivelmente transportando os muitos produtos fabricados na CERA.

"... cooperação financeira entre os países árabes..."

Apareceu uma série de bandeiras, representando a Jordânia, a Síria, o Líbano, os Emirados Árabes Unidos. Um segmento exibiu a mesquita capaz de acomodar duzentos mil fiéis de uma vez. Em breve tomada, mulheres de um lado e homens do outro numa sala de aula da universidade.

"... uma cidade ativa durante vinte e quatro horas..."

Um porto capaz de processar dez milhões de contêineres por ano. Um terminal dedicado à *hajj* que poderia receber trezentos mil peregrinos na temporada. Um gigantesco complexo esportivo que se abriria como uma concha!

Agora Yousef se interessou. Curvou-se na direção de Alan. "Um estádio em forma de vagina. Nada mau."

Alan não achou graça. Estava convencido. O filme era espetacular. Parecia ser a maior cidade depois de Paris. Alan anteviu o papel da Reliant em tudo aquilo: tráfego de informações, vídeos, telefones, transporte em redes, etiquetas RFID para os contêineres marítimos, tecnologia nos hospitais, escolas, tribunais. As possibilidades eram infinitas, muito além do que até mesmo ele, Ingvall ou qualquer um tivesse imaginado. Finalmente, o filme alcançou seu clímax, com a câmera se elevando a fim de mostrar toda a Cidade Econômica Rei Abdullah à noite, coruscante, fogos de artifício pipocando por cima de toda a área.

As luzes se acenderam.

Encontravam-se de novo numa sala de espetáculos com espelhos e sofás amarelos.

"Nada mau, hein?", disse Mujaddid.

"Nem um pouco", disse Alan.

Ele olhou para Yousef, que se mantinha impassível. Se tinha gracinhas a fazer, dúvidas a suscitar — como parecia ser o caso —, sabia que era melhor não fazê-lo agora, naquele aposento, com as luzes acesas.

"Vamos ver a maquete do distrito industrial", disse Sayed.

Foram para uma sala cheia de plantas de fábricas, depósitos, caminhões sendo carregados e descarregados. A ideia, Sayed explicou, era produzir artigos que usassem o petróleo saudita — plásticos, brinquedos, até fraldas — e os distribuírem por todo o Oriente Médio. Talvez também para a Europa e os Estados Unidos.

"Tomei conhecimento de que o senhor trabalhou na indústria por algum tempo", disse Sayed.

Alan ficou surpreso.

"Fazemos nossas pesquisas, sr. Clay. E eu tive uma Schwinn quando criança. Morei em Nova Jersey durante uns cinco anos. Quando cursei a escola de administração de negócios, a Schwinn foi um dos nossos estudos de caso."

Sempre os estudos de caso. Alan havia participado de alguns, mas, passado algum tempo, era deprimente demais. As perguntas daqueles estudantes metidos a besta, se fazendo passar por argutos empresários. Por que vocês não previram a popularidade das bicicletas BMX? E das *mountain bikes*? Era um massacre. Foi um erro ter transferido todo o trabalho manual para a China? E isso vindo de uns meninos cuja única experiência em matéria de negócios era cortar grama no verão. Como seus fornecedores se transformaram em competidores? Essa era uma pergunta retórica. Se você quer reduzir seu custo unitário, fabrica na Ásia, mas muito em breve seus fornecedores não precisam mais de você, não é mesmo? Ensine alguém a pescar... Agora os chineses sabem pescar, e noventa e nove por cento das bicicletas são fabricadas por eles, numa única província.

"Mas foi interessante durante algum tempo, não foi?", perguntou Sayed. "Quando as Schwinn eram fabricadas em Chicago, as Raleigh na Inglaterra, as italianas, as francesas... Durante algum tempo houve uma verdadeira competição internacional, quando a gente escolhia entre produtos muito diversos, com diferentes origens, sensibilidades, técnicas de fabricação..."

Alan se lembrava. Foi a época de ouro. Pelas manhãs, ele estaria na fábrica do West Side, observando as bicicletas, centenas delas, sendo carregadas nos caminhões, brilhando ao sol em meia dúzia de cores de sorvetes. Pegava o carro e seguia para o sul do estado, podendo à tarde se encontrar em Mattoon, Rantoul ou Alton, se informando sobre um revendedor. Veria uma família — mãe, pai e filha de dez anos — entrar na loja da World Sport, a garotinha tocando na bicicleta como se fosse alguma coisa sagrada. Alan sabia, o revendedor sabia e a família sabia que a bicicleta tinha sido feita à mão algumas centenas de quilômetros ao norte por um grupo extraordinário de trabalhadores, a maioria deles imigrantes — alemães, italianos, suecos, irlandeses, muitos japoneses e, naturalmente, um bom número de poloneses —, e aquela bicicleta duraria mais ou menos para sempre. Por que isso importava? Por que importava que todas tivessem sido feitas na estrada 57 rumo ao norte? Difícil dizer. Mas Alan era bom no que fazia. Não que o trabalho fosse difícil, vender algo assim, uma coisa sólida que faria parte integral da memória de milhares de crianças.

"Bom, isso acabou", disse Alan, esperando que o assunto morresse.

Mas Sayed não tinha terminado.

"Agora é uma questão de pôr rótulos diferentes nas mesmas bicicletas. São todas fabricadas no mesmo punhado de fábricas... todas as marcas imagináveis."

Alan não tinha muito a dizer. Concordou com Sayed. Queria dar seguimento à visita, mas o aluno de administração de negócios que existia em Sayed estava mergulhado no estudo de caso.

"O senhor alguma vez pensou que poderia ter agido de forma diferente?"

"Eu? Pessoalmente?"

"Bem, na parte que lhe tocava. Quem sabe pudesse ser diferente? Quem sabe a Schwinn pudesse ter sobrevivido?"

Quem sabe. Quem sabe. Alan pronunciou bem as palavras. Bateria no sujeito se ele usasse aquelas palavras outra vez.

Sayed aguardava uma resposta.

"Era complicado", Alan resmungou.

Alan já tivera de enfrentar isso também. As pessoas sentiam saudades da Schwinn. Achavam que, de algum modo, a empresa devia ter sido malbaratada por um bando de imbecis, imbecis como ele. Como era possível uma companhia como a Schwinn, que tinha dominado o mercado americano por cerca de oitenta anos, ir à falência, ser vendida por uma ninharia? Como isso era possível? Bem, como não era possível? Os dirigentes da Schwinn haviam tentado continuar a fabricar bicicletas nos Estados Unidos. Segundo alguns, esse foi o erro número um. Insistiram em Chicago até 1983. Alan tinha vontade de sacudir aquele babaca com diploma de administração de negócios. Tem ideia de como foi difícil aguentar por tanto tempo? Tentar fabricar bicicletas, máquinas muito complicadas e dependentes de mão de obra, no West Side de Chicago, numa fábrica centenária, até 1983?

"Alan?"

Alan ergueu os olhos. Era Yousef.

"Vamos continuar. Você quer vir? Deseja mesmo ver o resto?"

* * *

Sayed aguardava nos fundos do hall.

"Vamos subir", ele disse.

Dois lances de escada e se viram acima da cidade em cons-trução. A sala permitia uma visão de trezentos e sessenta graus, e Alan caminhou ao longo de todas as janelas. Ainda estava crua, sem dúvida, mas, daquele posto de observação elevado, a cidade era linda. Agora fazia sentido. O mar Vermelho era cor de tur-quesa, uma brisa empurrava a maré para a praia. A areia era quase branca, muito fina. Um calçadão de lajotas serpenteava até perder de vista, separando a praia do edifício de apartamentos cor-de-rosa e do que Alan agora viu serem as fundações de pelo menos alguns outros prédios. Palmeiras por toda parte, inclusive margeando o canal mais próximo, azul-celeste e limpo, que rece-bia a água do mar e a levava através da cidade, na direção leste. O que tinha parecido um fracasso total visto da estrada se mos-trava agora uma realidade pujante. O lugar estava em ebulição, operários por toda parte em seus macacões de cores primárias, prédios sendo erguidos. Qualquer investidor vendo o projeto daquele ponto se convenceria de que ele estava sendo executado com muito bom gosto e, ao menos segundo Alan, com admirável rapidez.

"Então, gostou?", perguntou Mujaddid.

"Gostei muito", respondeu Alan. "Todas as cidades necessi-tam de rios."

"É verdade", disse Mujaddid.

Yousef também estava olhando através das janelas, seu rosto sem o menor traço de ceticismo. Parecia estar apreciando a vista com toda a sinceridade.

Sayed e Mujaddid conduziram Alan e Yousef até um elevador. Desceram dois andares e, quando as portas se abriram, estavam numa garagem subterrânea.

"Por aqui."

Sayed o levou até o utilitário. Entraram. Cheirava a novo. Subiram uma rampa e voltaram à superfície fortemente iluminada pelo sol. Virando à esquerda, seguiram em direção ao mar, parando segundos depois.

"Aqui estamos", disse Mujaddid.

Tinham rodado duzentos metros. Diante deles se erguia uma enorme tenda, branca e rígida, do tipo usado em casamentos e eventos.

"Obrigado", disse Alan, enfrentando de novo o calor.

"Então nos veremos às três da tarde?", Sayed perguntou.

Em algum momento deve ter havido a menção a esse compromisso.

"Muito bem", disse Alan. "No edifício principal ou no centro de recepção?"

"Vai ser no edifício principal", disse Sayed. "Com Karim al-Ahmad, que é o seu contato no projeto."

Alan parou em frente à tenda, perplexo. Havia uma porta de náilon.

"Meu pessoal está lá dentro?", ele perguntou.

"Está", disse Mujaddid, sem demonstrar dúvida ou esboçar alguma desculpa.

Parecia impossível. Alan tinha certeza de que havia algum engano.

"É isso mesmo", confirmou Mujaddid. "A apresentação vai ser feita na tenda. Espero que encontre tudo de que precisa lá dentro."

Fechou a porta do carro e partiu.

Alan voltou-se para Yousef.

"Acho que você pode ir agora."

"Você tem como voltar?"

"Tenho, há uma van ou coisa que o valha."

Acertaram um preço, e Alan o pagou. Yousef escreveu uma série de algarismos num cartão de visita.

"No caso de você perder a condução outra vez."

Trocaram um aperto de mãos.

Yousef levantou as sobrancelhas dando uma olhada na direção da tenda.

"A todo vapor", ele disse, e foi embora.

7

Alan não viu ninguém ao entrar na tenda. O amplo espaço estava vazio, cheirando a suor e a plástico. O chão estava coberto de tapetes persas, dezenas deles, em certos lugares se sobrepondo uns aos outros. Umas trinta cadeiras de armar estavam espalhadas por toda a área, como se os convidados de um casamento tivessem acabado de sair. Havia um palco numa das extremidades da tenda onde a equipe de Alan montaria os alto-falantes e os projetores.

Num canto escuro ele divisou três figuras agachadas que olhavam fixamente para as telas cinzentas de seus laptops. Caminhou na direção delas.

"Ei-lo!", alguém exclamou.

Era Brad. Vestia calça cáqui e uma camisa branca bem passada, com as mangas enroladas. Levantou-se para apertar a mão de Alan e quase amassou os ossos do seu chefe. Baixo e corpulento, com as pernas arqueadas, tinha a aparência de um treinador de luta livre.

"Oi, Brad. Bom te ver."

Rachel e Cayley também se puseram de pé. Haviam se livra-

61

do de suas *abayas* e receberam Alan descalças, usando apenas shorts e camisetas regata. A tenda tinha ar condicionado, mas a temperatura não atingira um nível nem de longe confortável. Todos os três reluziam de suor.

Esperaram que Alan dissesse qualquer coisa. Ele não tinha ideia do que esperavam ouvir. Só os conhecia superficialmente. Tinham se encontrado por pouco tempo três meses antes, em Boston, por insistência de Eric Ingvall. Fizeram planos, tiveram as funções de cada um explicadas, estudaram os cronogramas e as metas. Precisaram assinar os papéis exigidos pelo reino, afirmando que acatariam as normas da Arábia Saudita e que, caso violassem alguma lei e fossem condenados, estariam sujeitos às punições aplicadas a todos. Os documentos mencionavam expressamente a execução entre as penas aplicáveis a certos crimes, incluindo adultério, e todos assinaram com alguma hesitação.

"Tudo bem com vocês?", Alan perguntou.

Não conseguiu produzir nada melhor. Ainda estava tentando processar o fato de que se encontravam numa tenda.

"Tudo bem, só que não conseguimos um sinal de wi-fi", disse Cayley.

"Conseguimos um fraquinho da Caixa Preta", Brad acrescentou, acenando com a cabeça na direção do prédio de escritórios que trazia a placa 7/24/60 e estava situado num local mais elevado.

Já tinham inventado um apelido para o edifício.

"Quem trouxe vocês para essa tenda?", Alan perguntou.

Cayley respondeu: "Quando chegamos, disseram que a apresentação seria feita aqui".

"Numa tenda."

"Isso aí."

"Eles te disseram alguma coisa", arriscou Rachel, "sobre a

razão de, você sabe, nos botarem aqui? Em vez de no edifício principal?"

"Não, não me disseram nada", respondeu Alan. "Talvez todos os vendedores fiquem aqui."

Alan imaginava que estariam presentes mais de dez companhias, preparando-se freneticamente na expectativa da visita real. Mas estar ali sozinhos, numa tenda escura... isto Alan não conseguia entender.

"Acho que faz sentido", disse Rachel, mordendo o interior da boca. "Mas somos os únicos aqui."

"Talvez só sejamos os primeiros", disse Alan, tentando manter um bom astral.

"É bem estranho ser a Reliant e estar aqui, não é mesmo?", Brad comentou. Era um entusiasta da empresa, um jovem muitíssimo competente que, até então, provavelmente nunca tinha encontrado uma situação que fugisse ao manual de treinamento por ele memorizado.

"É uma nova cidade. Território não mapeado, certo?", disse Alan. "Vocês já perguntaram a alguém sobre o wi-fi?"

"Ainda não", Cayley respondeu. "Pensamos que era melhor esperar por você."

"E tivemos um sinal decente por algum tempo", Rachel acrescentou. Dito isso, ela deslizou de volta para o canto da tenda, como se suspeitasse que o sinal, agora que se tornara objeto da discussão, trataria de reaparecer.

Alan olhou para o computador de Cayley, viu as curvas concêntricas do sinal, a maioria delas cinzentas e não pretas. Para uma apresentação holográfica, precisavam de uma linha firme, de um sinal forte, nada fraco ou roubado de outra fonte.

"Bom, acho que vou ter de perguntar sobre isso. Vocês começaram a montar o resto do equipamento?"

"Não, ainda não", disse Brad, defensivamente. "Estávamos

esperando que fosse alguma coisa temporária. A apresentação não vai ser muito boa aqui."

"Vocês só ficaram esperando pelo sinal?"

"Até agora, sim", Cayley disse, parecendo se dar conta somente naquele momento de que poderiam ter feito mais.

Das sombras, na outra extremidade, Rachel acrescentou: "Tivemos um sinal decente durante algum tempo".

"Verdade. Mais ou menos há uma hora", Cayley finalizou.

8

Devia haver algum motivo para Alan estar lá. Quanto ao fato de se encontrar numa tenda a centenas de quilômetros de Jidá, não havia dúvida, mas por que estava vivo? Muito frequentemente a razão não era clara. Muito frequentemente exigia ser escavada. O sentido de sua vida era um veio d'água irregular centenas de metros abaixo da superfície, e de tempos em tempos ele baixava um balde no poço, enchia-o e bebia a água trazida. Mas isso não o satisfazia por longos períodos.

A morte de Charlie Fallon foi notícia em todo o país. Ele entrou no lago pela manhã vestido dos pés à cabeça. Alan o viu com água pela altura das canelas e não deu grande importância ao fato. O transcendentalista estava metendo os pés na lama.

Alan não parou o carro.

Mas Charlie entrou mais fundo. Lentamente. Outros vizinhos o viram com água pelos joelhos, pela cintura. Ninguém disse nada.

Por fim, a água chegara a seu peito e Lynn Maggiano telefonou para a polícia. Ela veio, o corpo de bombeiros também. Ficaram na margem e o chamaram aos gritos. Disseram-lhe que voltasse. Mas ninguém foi buscá-lo.

Mais tarde, os policiais e os bombeiros afirmaram que, devido a cortes orçamentários, não haviam sido treinados para aquele tipo de salvamento. Se o pegassem à força, isso poderia gerar uma questão jurídica complicada. Além do mais, eles alegaram, o homem continuava de pé. Parecia estar bem.

Finalmente, uma aluna da escola secundária remou até lá numa boia de pneu. Ao alcançar Charlie Fallon, ele estava roxo e insensível.

Ela gritou. A polícia e o corpo de bombeiros usaram seus equipamentos para puxá-lo até a margem. Fizeram-lhe massagens no coração, porém ele estava morto.

"Alan?"

Brad procurava por ele, preocupado.

"Sim", disse Alan. "Vamos dar uma olhada lá fora."

Caminhou em direção à entrada. Rachel e Cayley fizeram menção de vir atrás, mas Brad fez com que parassem.

"Vocês não devem ser vistas do lado de fora vestidas desse jeito", ele disse. As duas disseram que ficariam felizes de permanecer lá dentro, onde estava mais fresco.

Alan e Brad saíram juntos. Semicerraram os olhos por causa da claridade e do calor, buscando encontrar uma torre ou um equipamento com cabos.

"Para lá", disse Brad, indicando o edifício de apartamentos

cor-de-rosa, que tinha ao lado uma pequena antena de satélite em forma de disco.

Caminharam até lá.

"Estamos procurando o quê?", perguntou Alan.

Como Brad era o engenheiro, Alan preferia que ele tomasse a iniciativa em matérias de tecnologia.

"Saber se está ligado", disse Brad.

Alan deu uma olhada de relance na direção de Brad a fim de ver se ele falava sério. Sim, era para valer.

Parecia estar ligado. Mas ficava a uns trinta metros da tenda e, por isso, provavelmente era inútil para eles. Endireitaram o corpo, semicerraram de novo os olhos, examinaram os arredores. Viram grupos de operários em macacões, roxos e vermelhos, instalando lajotas no calçadão ou varrendo a areia que o cobria.

"Aquilo é uma torre?", Alan perguntou. Apontou para uma estrutura de metal de dois andares, um misto de torre de perfuração de petróleo e cata-vento no meio do calçadão. Foram até lá mas não viram nenhum fio saindo dali. Não estava claro se tinha alguma utilidade para eles. Voltaram para a tenda, sem haver feito o menor progresso.

Lá dentro, Rachel e Cayley se encontravam em cantos opostos, quase no escuro, mais uma vez debruçadas sobre suas telas como mães cuidando de seus bebês.

"Alguma coisa?", Brad lhes perguntou.

"Realmente não", disse Cayley. "Aparece e desaparece."

"Você já conseguiu enviar algum e-mail?", Brad perguntou.

"Ainda não", disse Rachel.

* * *

Precisando se recuperar por alguns minutos do calor, Alan se sentou numa cadeira de armar. Brad tomou a cadeira ao lado.

"Estamos tentando mandar um e-mail para Karim, nosso contato aqui", disse Brad.

"Onde ele está?", Alan perguntou.

"Supostamente aqui na CERA."

"No prédio? Na Caixa Preta?"

"Acho que sim."

"Já tentou caminhar até lá?"

"Ainda não. Só volto para aquele calor se não tiver outro jeito."

E assim continuaram na tenda.

9

Eric Ingvall e seu rosto idiota. Sentado à longa mesa de granito, lendo o relatório de Alan e franzindo aqueles lábios horríveis. Alan teve vontade de dar um murro na cara dele. Esmurrar aquela cara falsa até que lhe mostrasse algum respeito.

"Eu realmente preciso que você esteja muito bem organizado nessa missão", Ingvall havia dito.

Ingvall era sabidamente um detalhista de merda. Se as coisas não fossem apresentadas da forma que ele queria, seu rosto assumia uma expressão de tortura. Não ficou satisfeito com o relatório de Alan sobre a CERA. Tinham pedido a ele que fizesse um estudo antes da viagem, explicando a cidade, as perspectivas que se abriam para a Reliant — e Alan fizera isso. O relatório ficou pronto antes do prazo e era mais longo e detalhado do que Ingvall solicitara.

"Mas você deixa tantas perguntas sem resposta", disse Ingvall, com uma careta de dor. "E isso faz com que eu me sinta incomodado."

Alan deu uma risadinha e disse que havia perguntas não

respondidas no relatório porque ele ainda não visitara a Arábia Saudita, não tinha como conhecer as condições locais e muito menos o que ia dentro da cabeça de Abdullah.

"Essa é uma operação típica de venda", disse Alan, sorrindo. "A gente faz estimativas, estabelece um plano e, quando chega lá, muda tudo, mas a gente não deixa de fechar a venda."

Ingvall não sorriu e não concordou.

"Preciso ter certeza absoluta que você é o homem certo para essa missão", disse Ingvall. "Você tem andado encostado ultimamente, e preciso saber se ainda está afiado. Que não vai deixar a peteca cair."

Alan olhou pela janela para o porto, lá embaixo.

Os antepassados de Alan tinham vindo da Irlanda para os Estados Unidos durante a Grande Fome. Três irmãos deixaram County Cork e desembarcaram em Boston em 1850. Começaram a fabricar botões de metal, o que resultou numa fundição no sul de Boston, onde era produzida uma vasta gama de artigos, tais como tubos, válvulas, caldeiras e radiadores. Contrataram outros irlandeses, e depois alemães, poloneses e italianos. O negócio foi um sucesso. Os irmãos construíram casas de praia. Contrataram professores particulares para seus filhos, que aprenderam latim e grego. O nome da família apareceu em muitos prédios de Boston, igrejas e alas de hospitais. Aí veio a Depressão, e todo mundo voltou à estaca zero. O pai de Alan não tinha uma segunda casa em Chatham. Era capataz na fábrica da Stride Rite em Roxbury. Prosperou e juntou dinheiro suficiente para pôr seu filho, Alan, na universidade. Mas Alan abandonou os estudos a fim de vender produtos da Fuller Brush e mais tarde bicicletas. Deu-se bem nisso, durante algum tempo muito bem, até ele e outros decidirem que gente situada a vinte mil quilômetros de distância fabricaria as coisas que vendiam, e em pouco tempo se viram sem nada para vender. Agora Alan se encontrava naquela sala de reuniões vendo o porto lá de cima e fixando o olhar na cara amarrada de Eric Ingvall — que o tinha no bolso e sabia perfeitamente disto.

"Acho que vai ser uma barbada", Alan havia dito.

"É isso que me preocupa", Ingvall havia retrucado. "Seu excesso de confiança não me tranquiliza nem um pouco."

10

Cayley puxou uma cadeira. "E então? Quantas pessoas você acha que virão com ele?"

"Ele quem?", Alan perguntou.

"O rei", ela disse.

"Não sei. Talvez uma dúzia. Talvez mais."

"Acha que ele pode tomar sozinho as decisões sobre tecnologia da informação?"

"Acredito que sim, sem dúvida. A cidade tem o nome dele."

Rachel se juntou à conversa. "Você o conhece?", perguntou.

"Eu? Não. Conheci o sobrinho dele faz uns vinte anos."

"Ele era um dos príncipes?"

"Era. E ainda é."

"Ele vai estar aqui?"

"Não, não. Mora em Mônaco. Não se envolve mais em negócios. Viaja por toda parte, dá dinheiro para boas causas."

Alan visualizou Jalawi, o sobrinho de Abdullah. Um rosto muito peculiar. A boca torta, como se desenhada por mão trêmula, lhe dava uma expressão irônica, gozadora. Mas ele era muito sincero, muito curioso e chorava à toa. Chorava o tempo todo. Viúvas, órfãos, qualquer história lhe provocava lágrimas e abria sua carteira de notas. Jalawi tinha sido aconselhado a reduzir seus contatos porque se envolvia com cada pessoa que encontrava e tentava transformá-la. Dizia-se que estava morrendo de câncer nos ossos.

"De qualquer modo", Alan disse, "o rei Abdullah não vem aqui hoje. Vocês podem relaxar."

Continuaram todos sentados em silêncio por algum tempo. Era óbvio que Rachel e Cayley desejavam voltar para seus laptops, mas a boa educação exigia que mantivessem uma conversa com Alan, o membro mais velho da equipe, um homem de origem misteriosa e possivelmente importante.

"Já deu uma volta por Jidá?", Rachel lhe perguntou.

"Não vi nada ainda."

"Dormiu um pouco?", Cayley perguntou.

Alan lhe disse a verdade, que não pregara o olho por quase sessenta horas e tinha por fim caído no sono lá pelas seis da manhã. Todos lhe recomendaram que fosse para o hotel descansar. Podiam cuidar das coisas durante o resto do dia.

"Você tem alguma coisa que te ajude a dormir?", Cayley perguntou.

"Não. Imaginei que iriam me matar na alfândega. Você tem?"

Ninguém tinha.

"Tive uma ideia", disse Brad. Olhou para Alan, como se testando a mera noção de ter ideias. Alan tentou se mostrar encorajador.

"Bom, quero sua opinião antes de seguir adiante", Brad arriscou, "mas estou pensando em chamar a empresa e comunicar que as condições aqui não são satisfatórias."

Alan encarou Brad longamente. Como iria lhe dizer que aquela era uma ideia pavorosa? Tentou pensar em alguma saída.

"Bem pensado", ele disse, "mas por enquanto vamos cuidar disso aqui mesmo."

"Então está bem", disse Brad.

"Tenho um encontro com Karim al-Ahmad às três horas", disse Alan. "Tenho certeza de que aí vamos esclarecer tudo."

Os jovens assentiram com a cabeça, permanecendo todos sentados e silenciosos por mais algum tempo.

Passava um pouco do meio-dia, mas parecia que já estavam naquela tenda dias a fio.

"Alguém sabe onde vamos comer?", Cayley perguntou.

"Não sei", respondeu Alan. "Mas vou descobrir."

Como se quisesse evitar que o clima piorasse, Rachel se inclinou para a frente. "Sabem de uma coisa, estou achando tudo aqui incrível. Vocês viram a academia do hotel?"

Brad vira, Cayley não.

"Tem um ThighMaster da Nautilus", Rachel disse.

Vinte minutos se passaram assim, discutindo por que a situação em que se encontravam era nova e estranha, embora não de todo ideal.

Eram muitas as perguntas: se alguém lhes traria comida, se deviam ir à Caixa Preta para ver se lá encontravam o que comer, se aquela gente esperava que eles mesmos a tivessem trazido.

Cayley falou sobre seu novo telefone, mostrando-o a todos. Disse que havia procurado um lugar para jogar fora o velho, terminando por fazê-lo num monte de entulho.

* * *

Alan logo deixou de acompanhar a conversa. Desligou-se e ficou olhando para fora. A tenda tinha uma série de janelas que permitiam uma visão difusa da areia e do mar. Alan desejava estar lá, na luz e no calor.

Levantou-se.

"Hora de ver que porra está acontecendo", ele disse, ajeitando a camisa. Prometeu que ia cuidar da questão da comida e do sinal do wi-fi, além de saber por que estavam numa tenda de náilon à beira do mar.

11

Alan saiu da tenda, sendo atacado de pronto pelo calor. Caminhou até a Caixa Preta, o edifício com a fachada de vidro, seguindo o calçadão e evitando áreas não acabadas, montes de poeira ou pedras, ferramentas soltas pelo chão. Pulou por cima de uma palmeira que aguardava para ser plantada. Atravessou a rua e chegou diante do edifício de escritórios. Precisou subir uns quarenta degraus até a porta principal e, ao chegar lá, sua camisa pingava de suor.

O vestíbulo era bem iluminado, lustroso, com ar condicionado, o assoalho de madeira clara. Parecia um aeroporto escandinavo.

"Posso ajudá-lo?"

Uma moça, com um lenço de cabeça que deixava seus cabelos soltos, estava sentada atrás de um balcão de mármore negro em forma de meia-lua à direita da porta.

"Boa tarde", disse Alan. "Qual o seu nome?"

"Me chamo Maha." Olhos negros, nariz aquilino.

"Olá, Maha. Meu nome é Alan Clay, da Reliant Systems. Tenho um encontro às três horas com Karim al-Ahmad, e…"

"Ah, o senhor está adiantado. São duas horas agora."

"Sim, eu sei. Mas trabalho para a Reliant e estamos naquela tenda perto da praia, sem conseguirmos o sinal de wi-fi que é essencial para nossa apresentação."

"Ah, não sei nada sobre o wi-fi na tenda. Nem sei se têm um sinal de wi-fi lá na tenda."

"Este é o problema. Há alguém aqui com quem eu possa falar sobre isto?"

Maha acenou vigorosamente com a cabeça. "Sim, acho que o sr. Al-Ahmad seria a pessoa certa. É o responsável pelas apresentações dos vendedores na tenda."

"Ótimo. Ele está?"

"Não, sinto muito, ele não está. Provavelmente vai chegar aqui um pouquinho antes da reunião com o senhor. Ele passa a maior parte do dia em Jidá."

Inútil discutir mais. O encontro de Alan com Al-Ahmad seria dentro de uma hora.

"Obrigado, Maha", ele disse, e saiu.

Mas não podia voltar para a tenda. Não tendo nenhuma notícia para os jovens, imaginou que, se pudesse ficar longe de lá até o final do encontro, eles teriam a impressão de que Alan passara todo aquele tempo numa longa discussão com Al-Ahmad, durante a qual todos os problemas haviam sido resolvidos.

Tão logo voltou ao calor e à luz, lembrou-se da comida. Não tinha perguntado sobre a comida. Porém não podia retornar agora à Caixa Preta. Seria patético, aquele homem suado com suas perguntinhas queixosas tendo esquecido a questão central da alimentação. Não, faria todas as perguntas às três horas. Até lá os jovens teriam de aguentar.

Caminhou pelo calçadão, um caminho sinuoso coberto de lajotas, pensando o tempo todo. Tinha cinquenta e quatro anos. Vestindo uma camisa branca e calças cáqui, caminhava por aquilo que algum dia seria um local de passeio à beira-mar. Acabara de deixar para trás sua equipe, três jovens incumbidos de montar e demonstrar uma tecnologia de comunicação holográfica para um rei. Mas não havia nenhum rei e eles se encontravam numa tenda, sozinhos, sendo impossível prever quando as coisas entrariam nos eixos.

Tropeçou. Seu pé penetrara num buraco onde as lajotas não haviam sido instaladas. Endireitou o corpo, mas havia torcido o tornozelo e a dor era aguda. Firmando o pé, procurou espantar a dor.

Seu corpo trazia as marcas dos acidentes sofridos nos últimos cinco anos. Ele perdera a coordenação motora. Batia com a cabeça em armários. Amassava os dedos na porta dos carros. Depois de escorregar num estacionamento com gelo no chão, caminhara durante meses como se fosse feito de madeira. Não era mais elegante. Décadas atrás alguém dissera que ele era elegante. Verão, um vento quente, ele dançava. A mulher era idosa, uma estranha, mas a palavra tinha se alojado dentro dele, lhe dera grande prazer. Será que tinha algum significado o fato de uma mulher de idade tê-lo considerado elegante em certo momento de sua vida?

Pensou em Joe Trivole. Naquele primeiro dia juntos, ao se aproximarem da primeira porta Joe disse a Alan que fizesse a mulher lá dentro saber que eles tinham chegado. Alan instintivamente fez menção de apertar a campainha.

"Não, não", Trivole disse, batendo então na porta, uma série de batidinhas leves e musicais. Voltou-se para Alan: "Um estranho toca a campainha, um amigo bate à porta". A porta se abriu.

A mulher continuou atrás da porta de tela, com ar perplexo. Devia ter uns cinquenta anos, cabelos grisalhos e despenteados, os óculos pendendo de uma corrente de cobre. Alan olhou para Trivole, que sorria como se acabasse de dar de cara com sua professora predileta no curso primário.

"Bom dia! Como está passando hoje?"

"Estou bem. Quem é o senhor?", ela perguntou.

"Somos representantes da Fuller Brush Company, com sede em East Hartford, Connecticut. A senhora já ouviu falar da Fuller Brush?"

A mulher pareceu achar graça. "É claro. Mas não vejo nenhum representante dela faz anos. Vocês ainda estão circulando por aí, hein?"

"É verdade, minha senhora, continuamos a circular por aí. E fico muitíssimo grato pela senhora nos conceder alguns segundos num dia maravilhoso como o de hoje."

Trivole voltou-se para contemplar o quintal, as árvores, o céu azul. Depois olhou de volta para a porta e começou a esfregar a sola dos sapatos. Automaticamente, a mulher recuou alguns passos e abriu mais a porta. Ela não tinha convidado Trivole e Alan a entrar, mas agora estava abrindo caminho para eles simplesmente porque Trivole começara a limpar a sola dos sapatos. De repente, Alan teve a mesma sensação de quando via um hipnotizador ou um mágico — o fato de haver pessoas para quem o mundo e seus habitantes eram algo sujeito a seus sortilégios.

Alan continuou a caminhar pelo calçadão ainda em obras até se aproximar do edifício de apartamentos cor-de-rosa. De perto, parecia com os que ele já vira centenas de vezes na costa da Flórida. Nada tinha de especial e era enorme, a fachada larga e plana encarando o mar teimosamente. Devia ter uns trezentos apartamentos.

Olhando através das janelas, viu algo plausível. O primeiro andar havia sido reservado para lojas e restaurantes, tendo alguns dos futuros ocupantes já marcado seus espaços. Pizzeria Uno, Wolfgang Puck. Talvez algum dia houvesse gente ali comendo e rindo, vivendo intensamente.

Ele ainda era capaz de fazer isso. Pensou em sua bicicleta prateada. O protótipo que mandara fazer. Tão bonito! Tudo prateado ou cromado, até as engrenagens, até o assento. Alguém já fizera um objeto mais bonito? Podia ser visto do espaço, de tão reluzente, de tão desafiadoramente brilhante.

Levara Kit para ver o protótipo.

"Você construiu isto?", ela perguntou.

"Bom, mandei construir. Ajudei a desenhar."

"É impressionante", ela disse. "Pode andar nela?"

"Qualquer um pode."

Ela tocou na bicicleta, recuou para vê-la por inteiro, reavaliando.

"É uma *beleza*, papai."

Quando voltasse ao hotel, iria escrever uma carta para Kit. Ela lhe havia escrito uma carta extraordinária alguns dias antes, seis páginas na caligrafia disciplinada, a maior parte condenando sua mãe, Ruby, dizendo que não queria mais saber dela. Alan agora se via na estranha situação de precisar defender uma mulher que tinha arrancado tantos pedaços dele, e com tamanha

80

fúria, que se sentia um felizardo por ainda parecer inteiro quando visto de longe. A carta de Kit era uma denúncia final, um documento que marcava, justificava e celebrava o fim de seu relacionamento com a mãe.

Alan não podia concordar com aquilo. Precisava reparar o estrago. Não queria ser o único sobrevivente do casal, pois o preocupava a possibilidade, quase uma certeza, de que, se Kit era capaz de desprezar sua mãe, usando as mesmas ferramentas de avaliação ela também consideraria Alan inaceitável. Ele necessitava traçar um limite. Precisava levantar a figura de Ruby.

Ele e Kit vinham se correspondendo havia anos. Começou logo depois que Ruby foi apanhada dirigindo alcoolizada pela primeira vez. Ele queria relativizar o incidente para Kit. "Carta bonita, papai", ela havia dito depois da primeira. Desde então, Alan expunha a Kit seus pensamentos por escrito, cartas de três ou quatro páginas que tinham algum impacto. Ela voltava a essas cartas em momentos de dúvida, assim lhe dizia. Refreavam sua exasperação, tiravam-na de situações de risco. Em geral, Kit queria abandonar sua mãe, cortar relações de modo definitivo. Agora era evidente que as duas eram constitucionalmente diferentes, Kit tendo herdado sobretudo a fleuma de Alan — que Ruby chamava de comportamento burguês —, mas em qualquer caso Kit estava cansada das tiradas rocambolescas, exausta das análises profundas que Ruby tentava fazer cada vez que conversavam.

No entanto, antes de tudo Kit necessitava de estratégias para manter o caos sob controle. Para circunscrever os contatos. Só recentemente Alan conseguira descobrir um modo de fazê-lo. A chave tinham sido os e-mails. Ele e Ruby haviam concordado em limitar suas comunicações a mensagens referentes a Kit e com um máximo de três linhas. Tinha funcionado. Nos últimos dois anos Alan não havia falado ao telefone com Ruby, e a pausa na batalha permitira que seus nervos se fortalecessem, que sua mente ganhasse algum alívio. Ele não tinha mais sobressaltos ao ouvir vozes altas.

"Alan!"

Ele se voltou. Era Brad. Alan se assustou, porém fingiu estar calmo.

"Como estão as coisas lá na tenda?", perguntou.

"Tudo bem", Brad disse. "Mas são quase três horas. Você está a caminho do escritório?"

Brad indicou com o queixo por cima do ombro a Caixa Preta.

Alan olhou o relógio. Eram 2h52.

"Estou", disse Alan. "Só repassando minha mensagem."

Seguiu Brad de volta ao longo do calçadão.

"Não se preocupe com a comida", disse Brad. "Rachel tinha umas bolachas na bolsa. Todo mundo comeu o que precisava."

Leve sarcasmo. Ele não simpatizava com Brad.

Ao passarem diante da tenda, Brad parou. "Boa sorte", ele disse.

Seu rosto exprimia preocupação e perplexidade. Alan soube naquele instante como seriam as coisas décadas mais tarde, quando ele estivesse fraco, incapaz de tomar conta de si próprio, quando Kit pela primeira vez o surpreendesse cagando nas calças e babando na camisa. O olhar que ela lhe daria era aquele, o que Brad lhe dava agora — o de quem contempla um ser humano que é mais ônus do que bônus, capaz de fazer mais mal do que bem, irrelevante, supérfluo no que tange ao progresso do mundo.

12

Maha estava tomando chá gelado.

"Ah, sr. Clay, mais uma vez boa tarde."

"Boa tarde, Maha. O sr. Karim al-Ahmad já chegou?"

"Não, sinto muito mas ainda não chegou."

"Devo esperar aqui? Temos um encontro marcado para as três."

"Eu sei disso. Mas ele não vai poder vir hoje. Sinto muito, ficou retido em Jidá."

"Ficou o dia todo retido em Jidá?"

"Sim, senhor. Mas disse que estará aqui amanhã. O dia todo, o senhor pode escolher a hora da reunião."

"Tem certeza de que não há ninguém mais aqui com quem eu possa conversar? Sobre o wi-fi e a comida, coisas assim?"

"Acho que o sr. Al-Ahmad é o seu melhor contato para todas essas questões. E, amanhã, qualquer hora será conveniente. Tenho certeza de que tudo vai se arranjar."

Alan voltou para a tenda, onde encontrou os três em seus próprios cantos, debruçados sobre os laptops. Rachel assistia a um DVD de culinária com um chef barbudo. Alan lhes disse que o sr. Al-Ahmad não viria naquele dia.

A viagem de regresso a Jidá passou depressa, com os jovens conversando o tempo todo como se fossem um grupo de veranistas. Alan observou a estrada, semiacordado, o tornozelo doendo. Chegando ao quarto, não conseguia lembrar se havia se despedido de nenhum deles. Lembrava-se de entrar no lobby sombrio, cheirando a cloro.

Tendo ficado tanto tempo no sol, a semiobscuridade era bem-vinda, assim como o eram o frescor e as coisas feitas pelo homem, mesmo quando feias. No entanto, no momento em que a pesada porta do quarto marcou o fim do dia, ele se sentiu solitário, aprisionado numa armadilha. O hotel não tinha um bar, nenhuma diversão capaz de satisfazer suas necessidades, quaisquer que elas fossem. Passava um pouco das seis, e ele não tinha nada para fazer.

Pensou em chamar um dos três jovens, mas não daria certo convidá-los para jantar. Não seria apropriado. Não podia convidar nenhuma das mulheres. Cheiraria a safadeza. Poderia convidar Brad, mas não gostava dele.

Se estivessem todos jantando e ele fosse convidado, então tudo bem. Se o convidassem, ele iria. Até às sete, porém, ninguém o havia convidado. Telefonou para o serviço de quarto e comeu um peito de frango com salada.

Tomou um banho de chuveiro. Massageou o caroço no pescoço.

Deitou-se com a esperança de cair logo no sono.

Não conseguiu dormir. Abriu os olhos e ligou a televisão. Havia uma reportagem sobre o vazamento da British Petroleum. Até então, nenhum progresso discernível. Tentaram fazê-lo parar jogando cimento pela boca do furo. Alan não conseguia assistir. O vazamento o devastava. Fora impossível controlá-lo ao longo de semanas, tudo que ele e outras pessoas podiam fazer era observar os jatos de petróleo escapando do fundo do oceano. Alan era favorável a qualquer método, por mais extremo, para resolver o problema. Quando soube que um oficial da Marinha propusera colocar um explosivo nuclear lá embaixo, ele pensou, isso mesmo, seus babacas, façam isso, mas, por favor, acabem logo com essa porra. O mundo inteiro está nos observando.

Desligou a televisão.
Olhou para o teto. Olhou para a parede.
Pensou em Trivole.
"Qualquer coisa pode ser vendida usando quatro recursos", ele disse.
Nove da manhã, e eles já se encontravam na rua, diante de uma casa caindo aos pedaços. Ficava a poucos quarteirões de onde Alan tinha sido criado, mas ele jamais dera a menor atenção àquela casa meio caída para a direita.
"A primeira coisa que você tem de fazer é analisar a freguesa, entendeu?"
Trivole usava um jaquetão de lã. No começo de setembro ainda era quente demais para aquele tipo de roupa, porém ele não parecia suar. Alan nunca o viu suando.

"Cada freguesa precisa ser abordada de uma maneira diferente, usando uma atração especial", disse Trivole. "Há quatro recursos. O primeiro é o Dinheiro. Este é fácil. Apele para o senso de economia dela. Os produtos Fuller vão lhe poupar dinheiro ao preservarem os investimentos que ela fez — seus móveis de madeira, suas porcelanas finas, seus pisos de linóleo. Você pode imediatamente verificar se alguém tem senso prático. Vê uma casa simples, bem cuidada, um vestido apropriado para dentro de casa, um avental, alguém que prepara sua própria comida e faz a limpeza, então trate de usar essa primeira estratégia.

"O segundo é o Romance. Nesse caso, você vende o sonho. Faça com que os produtos Fuller sejam parte de seus desejos. Juntinho às férias e aos iates. 'Champanhe!', eu gosto de dizer. Com o spray de pé, faço elas tirarem os sapatos, e digo 'Champanhe!'."

Alan não entendeu esse conselho. "Só 'Champanhe!', assim sem mais nem menos?", ele perguntou.

"É, e quando digo isso elas se sentem como a Cinderela."

Trivole passou um lenço de seda pela testa seca.

"O terceiro é a Autopreservação. Se você percebe medo nos olhos delas, venda a autopreservação. Essa é fácil. Se mostram receio de deixar você entrar, se falam da janela ou coisa parecida, você usa esse recurso. Estes produtos vão manter sua saúde a salvo dos germes, das doenças, segue por aí. Entendeu?"

"Entendi."

"Bom. O último é o Reconhecimento. Ela quer comprar o que todo mundo está comprando. Você pega quatro ou cinco nomes das vizinhas mais respeitadas, diz que essa gente já comprou os produtos. 'Acabo de sair da casa da sra. Gladstone e ela insistiu para que eu viesse direto para cá'."

"Só isso?"

"Só isso."

Alan se tornou um bom vendedor e bem depressa. Precisava do dinheiro para se mudar da casa dos pais, o que fez um mês depois. Passados seis meses, tinha um carro novo e mais dinheiro vivo do que podia gastar. Dinheiro, Romance, Autopreservação e Reconhecimento — ele aplicava essas categorias a tudo. Quando largou a Fuller e foi trabalhar para a Schwinn, utilizou as mesmas lições na venda de bicicletas. Todos os princípios eram válidos: as bicicletas eram práticas (Dinheiro); eram bonitas, reluzentes (Romance); eram seguras e duradouras (Autopreservação); e eram símbolos de status para qualquer família (Reconhecimento). E, com isso, também subiu rapidamente na Schwinn, das vendas a varejo no sul do estado de Illinois para o escritório regional de vendas, e dali para um lugar à mesa com os executivos em Chicago, planejando a estratégia da empresa e os projetos de expansão. E depois desmontando o poder dos sindicatos. Seguiram-se a Hungria, Taiwan, China, o divórcio, aquilo.

Voltou a ligar a televisão. Notícias sobre o ônibus espacial. Um dos últimos voos. Alan desligou o aparelho. Também não queria ver isso.

Viu-se discando o número de seu pai. Longa distância internacional, ia custar uma fortuna. Mas o ônibus espacial o fizera pensar em chamá-lo.

Foi um erro. Sabia que era um erro no instante em que o telefone começou a tocar.

* * *

Visualizou seu pai na fazenda de New Hampshire. Na última vez em que o vira, ele parecia mais forte do que nas décadas anteriores. O rosto estava corado, os olhos gloriosamente vivos.

"Olha só esse vira-lata", Ron disse naquele dia.

Bebiam uísque na varanda, observando os cachorros de Ron, três deles, todos latindo, todos bem sujos. O favorito era um tipo de pastor australiano que não parava um único segundo.

"Esse é um vira-lata especial", Ron disse.

Ron vivia numa fazenda perto de White River Junction. Criava porcos, cabras, galinhas e dois cavalos, um que montava e outro de que cuidava para um amigo. Ron não entendia nada de fazendas, mas, depois que se aposentou e a mãe de Alan morreu, comprou cerca de cinquenta hectares num vale pantanoso perto da cidade. Reclamava da fazenda o tempo todo. "Essa porra desse lugar vai me matar", mas, pelo jeito, ela o vinha mantendo bem vivo.

Alan se tornara mais lento com a idade, tinha sido operado e guardava as cicatrizes, porém seu pai, sabe-se lá como, havia ficado mais forte. Alan queria ter com ele uma relação menos conflituosa, seria muito pedir isso? Gostaria de evitar as tiradas sarcásticas. Alan, você virou um *fominha*? Adorava gozá-lo sobre o fracasso na Hungria. Ron tinha sido sindicalista. Produziam cinquenta mil sapatos por dia na Stride Rite!, ele dizia. Em Roxbury! Era impossível fazê-lo calar sobre a fábrica, todas as suas inovações. A primeira empresa a proporcionar creches para seus operários. E também assistência aos idosos! Ele se aposentara com uma pensão equivalente a seu salário integral. Mas isso foi antes que a companhia enxotasse os sindicatos e transferisse a fábrica para Kentucky. Em 1992. Cinco anos depois, toda a produção foi levada para a Tailândia e a China. Tudo isso tornou o papel de Alan na Schwinn ainda mais desagradável para Ron. O fato de que Alan alcançara uma posição como executivo, ajudara a encontrar uma nova localização para a Schwinn com trabalhadores não sindicalizados, pesquisara os fornecedores na China e em Taiwan, contribuíra *substancialmente* — palavra de Ron — para tudo que destruiu a Schwinn e botou na rua mil e duzentos empregados... bem, a comunicação se tornara difícil. A maioria dos assuntos conduzia às ideias diferentes que cada um tinha sobre os males da nação, transformando-se por isso em tabus e os obrigando a falar apenas sobre cachorros e natação.

Havia um laguinho que Ron cavara na propriedade e no qual nadava todos os dias, de abril a outubro. A água era fria e cheia de algas, cujo cheiro grudava no corpo de Ron. *O homem do pântano*, Alan o chamava, embora Ron não achasse a menor graça.

"Quer me ajudar a matar um porco?", ele perguntou.

Alan recusou o convite.

"Bacon fresco, garoto", ele disse.

Alan queria ir à cidade para ter uma refeição decente. Até certo ponto, Ron estava fazendo teatro, se passando por um fazendeiro de verdade. Ele conhecia bem a culinária francesa, bons vinhos, mas agora vinha com aquela conversa de carne com batata. Na cidade, Ron olhava maliciosamente para as mulheres na rua. "Olha aquela ali. Aposto que tem um bucetão."

Isto tudo era novidade, ele desempenhar o papel de homem das cavernas. A mãe de Alan jamais admitiria essas barbaridades. Mas qual era o verdadeiro Ron? Talvez aquele ali mesmo, o homem que foi antes que a mãe de Alan o educasse, o melhorasse? Talvez tivesse retornado à forma original.

O telefone parou de tocar.

"Alô?"

"Oi, papai."

"Alô?"

"Papai, é o Alan."

"Alan? Sua voz parece vir da Lua."

"Estou na Arábia Saudita."

O que Alan havia esperado? Pasmo? Elogios?

Houve silêncio.

"Eu estava pensando no ônibus espacial", disse Alan. "Naquela viagem que fizemos para ver o lançamento."

"O que é que você está fazendo na Arábia Saudita?"

Como parecia uma abertura, um convite para que ele se gabasse um pouco, Alan tentou a sorte.

"Bom, é um bocado interessante, papai. Estou aqui representando a Reliant, estamos procurando vender um sistema de tecnologia da informação para o rei Abdullah. Temos um equipamento sensacional de teleconferência e vamos fazer uma apresentação para o próprio rei, um encontro holográfico em três dimensões. Um dos nossos representantes vai estar em Londres, mas dará a impressão de estar aqui, na mesma sala em que o rei Abdullah…"

Silêncio.

"Sabe o que eu estou vendo aqui, Alan?"

"Não. Está vendo o quê?"

"Como uma enorme ponte para Oakland, na Califórnia, está sendo feita na China. Pode imaginar um troço desses? Agora estão fabricando até a porra das nossas pontes, Alan. Vou te confessar, vi tudo que estava para acontecer. Quando fecharam a Stride Rite, vi que aquilo ia acontecer. Quando você começou a fabricar as bicicletas em Taiwan, vi o que ia acontecer. Vi o resto chegando: brinquedos, aparelhos eletrônicos, móveis. Faz sentido, se você é um executivo de merda que está cagando para a economia desde que ganhe uma boa nota. Tudo isso faz sentido. É assim que as coisas são. Mas as pontes eu juro que não vi. Deus meu, estrangeiros fazendo nossas *pontes*. E agora você está na Arábia Saudita vendendo um holograma para os faraós. Essa é a *campeã*!

Alan pensou na possibilidade de desligar. Por que não?

Caminhou até a varanda e olhou para o mar, luzes diminutas à distância. O ar estava tão quente!

Ron continuava a falar. "Entra dia, sai dia, Alan, em toda a Ásia, centenas de navios porta-contêineres saem dos portos cheios de todo tipo de bem de consumo. São coisas *tridimensionais*, Alan, são coisas de *verdade*. Lá eles estão fabricando produtos, enquanto nós fazemos websites e hologramas. Todos os dias nossa gente faz esses sites e esses hologramas sentados em cadeiras fabricadas na China, atravessando pontes produzidas na China. Você acha que isso é sustentável, Alan?"

Alan massageou o caroço atrás do pescoço.

"Alan, você está prestando atenção no que eu falei?"

Merda, ele podia fingir que era um problema com a conexão. Alan apertou um botão e desligou o telefone.

13

Às oito da manhã, Alan estava de volta à van juntamente com os jovens. Tagarelaram sobre o hotel e as coisas que tinham feito na noite anterior.

"Nadei na piscina", Cayley disse.

"Comi uma torta inteirinha", disse Rachel.

Alan não havia dormido. Um circo de preocupações manteve sua mente correndo de um lado para o outro a noite inteira, acompanhando tudo o que estava acontecendo nos picadeiros. No final foi quase engraçado. Quando o sol raiou sobre o mar, Alan, com o rosto enfiado no travesseiro, tinha dado uma risadinha ao dizer: "Puta que pariu, puta que pariu, puta que pariu".

Chegando à nova cidade, encontrou um bilhete na porta da tenda: *Reliant — bem-vindos de volta à Cidade Econômica Rei*

Abdullah. O rei Abdullah lhes dá as boas-vindas. Por favor, fiquem à vontade, entraremos em contato depois da hora do almoço.

Dentro da tenda tudo continuava como antes, as numerosas cadeiras brancas na semiobscuridade geral. Nada fora tocado.

"Nos deixaram alguma água", disse Rachel, apontando para meia dúzia de garrafas de plástico dispostas sobre o tapete como obuses de artilharia.

Alan e a equipe se sentaram na tenda escura e fresca. Os jovens tinham trazido comida do hotel. Instalaram-se em volta de um dos laptops e passaram a maior parte da manhã vendo filmes.

Depois da hora do almoço, não apareceu ninguém da Caixa Preta.

"Será que deveríamos ir procurá-los?", Cayley perguntou.

"Não sei", disse Brad. "É costume fazer isso?"

"Costume fazer o quê?", indagou Alan.

"Se é costume aparecer assim sem ser convidado? Talvez devamos esperar aqui."

Alan saiu da tenda e caminhou até a Caixa Preta. Estava pingando de suor ao chegar, sendo mais uma vez recebido por Maha.

"Boa tarde, sr. Clay."

"Boa tarde, Maha. Alguma chance de ver o sr. Al-Ahmad hoje?"

"Eu gostaria de dizer que sim, mas hoje ele está em Riad."

"Ontem você disse que ele estaria aqui o dia todo."

"Eu sei. Mas os planos dele mudaram ontem de noite. Sinto muito."

"Deixe eu perguntar uma coisa, Maha. Tem certeza absoluta de que não devíamos nos encontrar com outra pessoa?"

"Outra pessoa?"

"Qualquer pessoa capaz de nos ajudar com o wi-fi e de nos dar alguma perspectiva sobre o que vai acontecer em termos do rei, de nossa apresentação?"

"Lamento dizer que não, sr. Clay. O sr. Al-Ahmad é realmente seu principal contato. Tenho certeza de que ele está muito ansioso para encontrar seu grupo, mas foi retido a contragosto. Vai voltar amanhã. Garantiu isso."

Alan caminhou de volta para a tenda, o tornozelo doendo.

Sentou-se no escuro, numa cadeira branca.

Os jovens assistiam a outro filme.

"Alguma coisa que a gente devesse fazer?", perguntou Cayley.

Alan não foi capaz de pensar em coisa nenhuma para eles fazerem.

"Não", ele disse. "Tratem de fazer o que estão fazendo."

Passada uma hora, Alan se levantou e caminhou até uma janela de plástico.

"Que se dane", ele disse.

Saiu da tenda e ficou aparvalhado por causa do calor, se recuperou e marchou até a Caixa Preta encharcado de suor.

Chegando lá, não viu Maha. Não havia ninguém no balcão

de recepção. Ótimo, Alan pensou, e atravessou com passos rápidos o amplo vestíbulo.

Tomou o elevador, as portas se abriram e ele se viu no meio do que parecia um escritório muito movimentado. Homens de terno passaram carregando papéis. Mulheres vestindo *abayas*, com as cabeças descobertas, iam e vinham às pressas.

Desceu o corredor, não vendo números nem placas com nomes.

Alan não havia decidido o que iria dizer exatamente caso encontrasse ali alguém com autoridade. Havia sempre o sobrinho. Mencionar o sobrinho. E, claro, o fato de ser a Reliant a maior do mundo, uma empresa talhada para aquela tarefa. Dinheiro. Romance. Autopreservação. Reconhecimento.

"Você parece novo aqui."

Uma voz feminina, grave e sonora. Ele ergueu a vista. Diante dele estava uma mulher branca, loura, com cerca de quarenta e cinco anos. Cabeça descoberta. A capa preta descendo dos ombros como uma cortina lhe dava o ar de uma juíza.

"Combinei de encontrar com alguém", ele disse.

"Seu nome é Alan Clay?"

Aquela voz. Trêmula, como se alguém houvesse dedilhado as cordas mais graves de uma harpa. Um sotaque do norte da Europa.

"É."

"Ele não vai estar aqui hoje. Trabalho no escritório ao lado do dele. Me falou sobre você."

* * *

Alan se compôs e deu um sorrisinho cortês. "Não, não, só estou surpreso. Compreendo perfeitamente. Sem dúvida há muita coisa acontecendo por aqui."

Ela disse que se chamava Hanne. Pelo sotaque, pareceu a Alan ser uma holandesa. Os olhos eram de um azul ártico, o cabelo tinha um corte curto e severo.

"Eu ia fumar um cigarrinho", ela disse. "Você vem comigo?"

Alan atravessou com ela uma porta de vidro e chegaram a uma grande varanda onde outros funcionários e consultores da CERA fumavam e conversavam.

"Cuidado aí", ela disse, mas tarde demais. Tropeçando na canaleta sobre a qual a porta corria, seus braços foram lançados para a frente, como se ele quisesse voar.

Uma dezena de pares de olhos assistiram a tudo, uma dezena de bocas sorriram. Não foi um tropeço qualquer. Foi cômico, atípico, teatral. O homem empapado de suor entra com os braços girando tal qual pás de moinho, como se comandado por um manipulador de marionetes.

Hanne lhe ofereceu um sorriso de apoio e fez sinal para que sentasse à frente dela num sofá baixo de couro preto. Parecia haver algo de coquete em seu olhar, mas isso era impossível. Não logo depois de ele ter feito aquele papelão. Provavelmente nunca.

"Você é da Reliant?"

"Sim, mas faz pouco tempo."

Alan massageou o tornozelo. A torção tinha piorado.

"E está aqui para fazer alguma apresentação?"

"Sim, a ideia é fornecermos a tecnologia de informação para a cidade."

Continuaram a conversar nessa linha por alguns minutos enquanto ele olhava a seu redor. Nenhuma das mulheres, fosse ou não saudita, tinha a cabeça coberta. Havia uma barreira de plástico negro nos dois lados da varanda que os impedia de ver qualquer coisa com exceção do mar. E, era de presumir, impedia qualquer pessoa de ver lá de baixo o mundo igualitário e livre de restrições que existia dentro da Caixa Preta. Esse era o tipo de brincadeira de gato e rato característica do reino. As pessoas eram forçadas a desempenhar o papel de adolescentes que escondiam seus vícios e propensões de um difuso exército de pais e mães.

"Então, como vão as coisas na Reliant?", ela perguntou.

Ele disse o que sabia, que era muito pouco. Mencionou alguns projetos, algumas inovações, porém ela sabia de tudo. Como pôde ver, ela sabia tudo que Alan sabia sobre seu negócio e outros na mesma área. Em poucos minutos de apresentações, quando avaliaram onde suas trajetórias poderiam ter se cruzado, repassaram algumas empresas de consultoria, a indústria de plásticos em Taiwan, a queda da Andersen Consulting, a ascensão da Accenture.

"Quer dizer que você está aqui para explorar o terreno", ela disse, apagando o cigarro e acendendo outro.

"Na verdade, estou simplesmente buscando ter uma ideia do horizonte de tempo. Quando poderemos ter notícias do rei, esse tipo de coisa."

"O que lhe disseram? Espero que não tenham feito nenhuma promessa."

"Não, não", ele disse. "Explicaram tudo direitinho. Mas tenho a esperança de que pode ser em breve. Deram a entender que nosso presidente conhece o rei de algum modo. Que era alguma coisa entre os dois e, por isso, seria agilizada."

Os olhos dela registraram a nova informação. "Bem, seria ótimo para todos nós. Faz tempo que o rei não vem aqui."

"Há quanto tempo?"

"Bom, eu estou aqui há dezoito meses, e ele ainda não veio durante todo esse tempo."

14

Hanne reparou no que poderia ser o declínio e a queda visíveis no rosto de Alan.

"Mas olhe", ela disse. "Você representa a Reliant. Tenho certeza de que seu pessoal sabe mais do que eu. Não passo de uma consultora. Cuido da folha salarial. Tenho certeza de que sua apresentação é o motivo de ele estar vindo em breve, certo? Mesmo se o rei viesse amanhã, eu não estaria entre os que iriam saber com antecedência."

Ela apagou o segundo cigarro e se pôs de pé. "Vamos?"

Levou-o para dentro. Cruzaram o vestíbulo e entraram num corredor ladeado de escritórios e salas de reunião com paredes de vidro. Meia dúzia de homens e mulheres passaram rapidamente em várias direções, mostrando uma distribuição igualitária de vestimentas ocidentais e locais. Os escritórios e os cubículos eram quase totalmente desprovidos de decoração, sem o menor sinal de que alguém se instalara com perspectiva de permanência. Sobre algumas escrivaninhas só se via um monitor, pois o computador fora desligado e removido. Havia telefones sem dono, projetores apontando para as janelas. Dava a impressão de uma empresa em vias de se estabelecer, o que de fato era.

O escritório de Hanne, um cubo de vidro de três metros de comprimento por três e meio de largura, parecia ter sido ocupado alguns minutos antes. Havia uma escrivaninha de aglomerado com verniz de nogueira, bem como dois arquivos prateados. Nas paredes apenas um pedaço de papel preso com fita colante anunciava STE CONSULTING. Lendo os pensamentos de Alan, ela disse: "Eu trabalho com contratos de emprego, todos os salários dos contratados. Não posso deixar papéis em cima da mesa".

Não havia uma só fotografia de família, nenhuma lembrança de valor sentimental. Quando ela se sentou e entrelaçou os dedos, a figura da juíza ficou completa.

"Então está tudo bem lá?", ela acenou na direção da janela, através da qual Alan pôde ver a tenda ao longe.

"É, eu queria perguntar sobre isso. Por que o rei quer que as apresentações sejam feitas numa tenda? Não seria…"

"Veja bem, este edifício aqui só tem certo número de salas acabadas, e não podemos permitir que os apresentadores as ocupem pelo tempo que pode ser necessário. Se você se instalasse numa sala de reuniões, aí não poderíamos usá-la durante semanas ou até meses."

"E o wi-fi? Nosso sinal varia entre fraco e inexistente."

"Fique tranquilo que vou perguntar."

"É fundamental para a apresentação."

"Compreendo. Tenho certeza de que vai se ajeitar. É seu primeiro dia?"

"Segundo."

"Já esteve antes na Arábia Saudita?"

"Não."

"Bom, as coisas aqui têm seu ritmo próprio. E, além do mais, a gente está no meio do nada. Já deu uma olhada?"

"Já."

"Wi-fi é o menor de nossos problemas."

Alan conseguiu sorrir. Não tinha ideia se tudo aquilo era alguma espécie de gozação complexa com todos eles.

"Devo voltar mais tarde?"

"Voltar para quê?"

"Você disse que o Karim al-Ahmad estaria de volta mais tarde."

"Talvez sim, talvez não. Melhor voltar amanhã."

A ideia parecia ao mesmo tempo exasperante e atraente, sabendo que ele nada tinha a fazer durante o resto do dia.

Ela sorriu. "Você é da Costa Leste?"

Ele concordou com a cabeça. Vinha tentando situá-la com base nas feições e no sotaque, e achou que tinha a resposta: "E você é dinamarquesa".

Ela apertou os olhos, inclinou a cabeça. Uma reavaliação.

"Nada mau", ela disse. "Já se adaptou à mudança de fuso?"

"Não durmo há sessenta e duas horas."

"Tragédia."

"Sinto como se eu fosse uma vidraça que precisa ser quebrada."

"Tem pílulas?"

"Não. Todo mundo me pergunta isto. Quisera ter."

Ela piscou o olho significativamente. "Eu tenho alguma coisa."

Pegou uma chave, abriu uma gaveta na escrivaninha e ajeitou alguma coisa no chão. Com o pé, empurrou-a até esbarrar na canela dele.

"Não olhe para baixo."

Mas ele já tinha dado uma olhada. Dentro de uma sacola de livros parecia haver uma garrafa fina, alta e verde, com os lados planos.

"Azeite?", ele perguntou.

"Exatamente. É o que você diz se alguém perguntar. Tome um gole quando chegar de volta ao hotel. Tenho certeza de que vai te surpreender."

"Obrigado."

Ela se ergueu. A reunião estava encerrada.

"Aqui está meu número", ela disse. "Me chame se precisar de alguma coisa."

Ele retornou à tenda e encontrou os jovens em três cantos diferentes. Cada qual sentado de pernas cruzadas, os computadores no colo, verificando seus sinais.

"Alguma notícia?", Brad perguntou.

Alan enfiou a garrafa atrás de uma dobra da tenda.

"Nada de concreto", respondeu.

Explicou que o contato deles, Al-Ahmad, não tinha vindo, mas que estaria lá no dia seguinte. "Amanhã vamos saber tudo."

"Você almoçou?", Cayley perguntou. Seu tom de voz sugeria que Alan havia terminado de comer uma refeição maravilhosa na Caixa Preta, mas não tinha trazido nada para os que sofriam na tenda.

Ele não comera desde o café da manhã. Os jovens pareceram felizes em confirmar que Alan era tão impotente quanto haviam presumido.

"E então, montamos hoje?", Rachel perguntou.

Alan não tinha a menor ideia.

"Vamos esperar até amanhã", respondeu.

* * *

Aparentemente satisfeitos com suas explicações, voltaram aos respectivos cantos e telas. Alan ficou parado no meio da tenda, sem saber ao certo o que fazer. Não tinha nenhum trabalho específico a executar ou telefonemas a dar. Caminhou até o canto restante, sentou-se e não fez nada.

15

Às sete e meia Alan achou que era chegada a hora de se nocautear. Tinha voltado para o hotel às seis, jantado, e agora se encontrava pronto para dormir durante doze horas. O cheiro era de remédio, tóxico. Tomou um gole, que lhe queimou a boca como um ácido, ateando fogo a suas gengivas, sua garganta. Hanne havia lhe pregado uma peça. Será que estava tentando matá-lo?

Telefonou para ela.

"O que você está tentando fazer comigo?"

"Quem fala?"

"Alan, o sujeito que você está tentando matar."

"Alan! Que conversa é essa?"

"Isto aqui é gasolina?"

"Você está chamando do telefone do hotel?"

"Estou. Por quê?"

"A conexão não está muito boa. Me chame do celular."

Obedeceu.

Sua voz soou impaciente. "Alan, aquele negócio não é legal aqui. Por isso, não devia me falar sobre ele no telefone do hotel."

"Você acha mesmo que tem gente escutando?"

"Não, não acho. Mas as pessoas que se dão bem aqui na Arábia Saudita aprenderam a ser cuidadosas, você sabe, evitar riscos desnecessários."

"Quer dizer que não é gasolina? Ou veneno?"

"Não. Nem é muito diferente do álcool de cereais."

Alan cheirou a boca da garrafa.

"Desculpe se duvidei de você."

"Está bem. Gostei de você ter chamado."

"Acho que estou mesmo precisando dormir."

"Tome uns dois goles, e vai dormir direitinho."

Desligou o telefone e tomou outro trago. Seu corpo estremeceu. Cada gota incendiava sua garganta, mas, chegando ao estômago, causava um calor que compensava a dor.

Pegou a garrafa e foi para a varanda. Nenhuma aragem vinha do mar. Estava até mais quente do que quando chegara ao hotel. Sentou-se e plantou os pés na balaustrada. Tomou outro gole. Pensou em Kit. Voltou para dentro, encontrou o papel de carta do hotel e levou três páginas para a varanda.

Escreveu sobre o colo, os pés mais uma vez na balaustrada.

"Querida Kit, Você diz que sua mãe sempre foi emocionalmente instável e continua a ser. Isso é verdade até certo ponto, mas quem, entre nós, permanece igual o tempo todo? Eu próprio tenho sido um alvo móvel ao longo dos anos, não concorda?"

Não, precisava ser mais construtivo.

"Kit, sua mãe é feita de um material diferente do seu ou do meu. De um material mais volátil e inflamável."

Riscou aquilo. A maior tragédia com relação a Ruby é que falar sobre ela o fazia parecer um sacana. Ela lhe fizera muito mal — seguidamente o rasgara, jogara coisas terrivelmente danosas dentro dele e depois o costurara de novo —, mas Kit não podia saber disso. Tomou outro gole. Uma sensação de entorpecimento invadiu seu rosto. Mais um gole. Meu Deus, ele pensou. Tinha tomado o equivalente a duas doses e já estava se sentindo leve como uma pluma.

Foi ao quarto e abriu o laptop. Queria ver sua filha. Ela lhe enviara uma fotografia recentemente, ela e dois amigos, todos nos trinques numa feira de empregos de verão em Boston. Ela não passava ainda de uma criança, com um rosto angelical que permaneceria jovem por mais tempo do que seria justo para qualquer pessoa. Abriu o arquivo de fotos e encontrou a que estava procurando. Nela, o rosto de Kit era rosado, redondo, sardento e reluzente. Os amigos, cujos nomes ele deveria saber mas era incapaz de lembrar, estavam encostados nela, as três cabeças formando uma pirâmide de esperança e ingenuidade juvenis.

Como já tinha entrado no programa de fotos, com o vasto panorama de sua vida ao alcance de um polegar, rolou para trás.

Estava tudo lá, o que o aterrorizou. Como presente de aniversário para Alan no ano anterior, Kit pegara uma porção de álbuns de fotografias na garagem e os mandara para uma loja, que copiou todos os instantâneos e os pôs num cd. Ele despejara tudo no laptop e agora lá estavam todas as fotos, de sua própria infância, de sua vida com Ruby, do nascimento e crescimento de Kit. Alguém, Kit ou os digitalizadores, as havia organizado mais ou menos em ordem cronológica, e assim ele frequentemente repassava em minutos as centenas de fotografias, um registro de toda a sua vida. Bastava manter o dedo pressionando a seta esquerda. Fácil demais. E não era bom: deixava-o num perigoso estado de paralisia, assaltado por sentimentos de nostalgia, arrependimento e horror.

Alan bebeu outro gole. Fechou o computador e caminhou até o banheiro, onde considerou a possibilidade de se barbear. Considerou a possibilidade de tomar um banho de chuveiro. Considerou a possibilidade de tomar um banho de banheira. Em vez disso, agarrou a parte de trás do pescoço. O caroço era duro, arredondado, mas não esférico, projetando-se de sua coluna vertebral como uma pequena mão.

Pressionou-o e não sentiu nenhuma dor. Não havia terminais nervosos ali. Não podia ser nada sério. Mas, nesse caso, o que seria? Pressionou com mais força, e então a dor percorreu sua espinha. Estava conectado. Havia um tumor ligado à sua medula espinhal, que em breve enviaria células cancerígenas através do corredor de nervos para seu cérebro, seus pés, o corpo todo.

Tudo se esclareceu. Um homem antes dinâmico estava sendo entrevado por um tumor de lento crescimento que o transformava numa sombra do que tinha sido. Ele precisava ver um médico.

* * *

Ligou a televisão. Algo sobre uma flotilha que zarpava da Turquia rumo a Gaza. Ajuda humanitária, diziam. Desastre, ele pensou. Mais um trago do copo. Deu-se conta de que, com os últimos goles, passara de alegre a tonto. O entorpecimento se instalara na área em volta do nariz. Pegou o copo, sacudiu o que restava e virou goela abaixo.

Ruby ria e brigava a todo volume. Era nas ruas que atuava com mais desembaraço. *Pare de bater nessa criança*, ela disse a uma estranha ao saírem de uma loja de brinquedos. Kit tinha cinco anos. Ruby falava sem nenhum sotaque, mas pronunciou aquelas palavras com a entonação de gente do campo — e Alan imaginou que, fingindo ter uma origem mais modesta, ela eliminava as distinções de classe com a mulher e podia se intrometer no que estava acontecendo.

Alan ouviu aquilo e seguiu adiante com Kit: sabia que ia dar confusão. Entrou no carro, ajeitou o cinto de segurança de Kit e ficou esperando no estacionamento. Ao passar pela mulher que espancava seu filho, sabia que Ruby ia dizer alguma coisa, que não ficaria sem resposta, e que ele não queria ouvir nada disso. Não imaginava que pudesse ir além de uma troca de palavras, mas, ao voltar para o carro, Ruby estava chorando e trazia uma marca vermelha no rosto. Tinha levado um tapa. *Acredita que aquela vagabunda me bateu?*

Sim, ele acreditava. Era exatamente o tipo de mulher capaz de dar um tapa em alguém. Afinal, se estava espancando seu filho, não seria muito difícil bater numa estranha que a censurasse. Coisas do gênero eram comuns. Discussões na mercearia por causa de cenouras moles resultavam em gritos, insultos, cenas inesquecíveis para todos na pequena cidade em que viviam. Não demorou para terem de rodar três quilômetros a mais a fim de chegarem a outro supermercado. A partir de alguma pequena discussão sobre um problema específico, ela partia para declarações gerais sobre a vida e os objetivos de seus interlocutores. Seus fracassados de merda! *Seus hipócritas! Seus vendedorezinhos fodidos!*

O caroço no pescoço voltou a chamar sua atenção. Se não fazia parte dele, não doeria se o furasse. Essa era a única maneira de testá-lo. De saber. Se pertencesse a ele — se fizesse parte da coluna defeituosa — iria doer quando o furasse com alguma coisa afiada.

Tomou um bom trago da garrafa e, segundos depois, estava diante do espelho empunhando a faca com lâmina de serra que viera com o jantar. Tinha uma vaga suspeita de que iria se arrepender daquilo. Acendeu um fósforo e esterilizou a lâmina tanto quanto pôde. Então, foi girando a faca enquanto enfiava sua ponta no caroço. Sentiu alguma dor. Mas apenas a que se associa normalmente a um corte na pele. Ao atingir o caroço, o que fez em segundos, nada aconteceu de extraordinário. Só a dor. Uma dor normal, fascinante. Pouquíssimo sangue, que estancou com uma toalha.

O que ele tinha descoberto? Que era algum tipo de cisto, algo sem nervos. Que não o mataria. Que ele não havia esterilizado corretamente a faca.

Isso seria um problema. No entanto, satisfeito com sua habilidade cirúrgica, caminhou até a varanda e contemplou a estrada e seus diminutos viajantes. O mar Vermelho, mais adiante, estava inerte, condenado à morte. Os sauditas o estavam sugando para beber. Na década de 1970, haviam retirado alguns bilhões de litros para dessalinizar a água e irrigar as plantações de trigo que haviam desenvolvido por um tolo capricho, embora o projeto já tivesse sido abandonado. Agora estavam bebendo aquele mar. Meu Deus, ele pensou, será que esta parte do mundo foi mesmo feita para os seres humanos? A Terra é um animal que sacode suas pulgas quando elas penetram fundo demais no seu couro, quando mordem forte demais. Estremece, e nossas cidades desmoronam; suspira, e as costas são inundadas. Nós realmente não devíamos estar aqui.

"Querida Kit, A coisa mais importante é ter uma consciência clara de seu papel no mundo e na história. Se pensar demais, saberá que não é nada. Se pensar o suficiente, saberá que é pequena mas importante para algumas pessoas. Isso é o melhor que você pode fazer."

Ah, que merda! Dificilmente isso poderia lhe servir de inspiração. Ele não tinha por que escrever tal coisa.

"Kit, você mencionou em sua carta aquele dia em que apanhamos sua mãe na cadeia. Não sabia que você se lembrava."
Ela havia falado a Kit sobre a prisão por dirigir embriagada.
"Você só tinha seis anos. Nunca conversamos sobre aquilo depois que aconteceu. É verdade, ela foi presa por dirigir embriagada. Foi encontrada dormindo dentro do carro depois de entrar

pela vitrine de uma loja. Não entendo como você pode saber de tudo isso. Ela te contou?"

Era disso que Kit fugia. O excesso de carga. Os desabafos constantes e não filtrados de sua mãe.

"Se contou, não devia."

Alan dormia quando o telefone tocou. "O senhor é Alan Clay, marido de Ruby?" Ela estava numa cadeia em Newton. Ele não teve alternativa senão pôr Kit no carro e ir buscar Ruby, que ainda estava bêbada quando a recolheu. "Você tinha que vir, não é?", ela perguntou em tom de reprovação, para rebaixá--lo. A Kit ela disse: "Oi, queridinha", e dormiu durante todo o trajeto de volta.

"Querida Kit, Você não prefere ter uma mãe excitante como a sua em vez de alguém previsível? Sua mãe é uma ave rara. Uma mulher excitante, ousada..."

Agora estava descrevendo um carro esporte. Será que as crianças gostariam de ter carros esportivos como pais? Não. Queriam carros de passeio confiáveis. Queriam ter a certeza de que o motor pegaria em qualquer estação do ano.

"Kit, você sabe do que precisa para se relacionar agora com seus pais? Ter pena. Quando os filhos se tornam adolescentes e depois jovens adultos, ficam impiedosos. Não aceitam nada que não seja a perfeição. Fazem julgamentos mais severos que os do Velho Testamento. Todos os erros são indesculpáveis, como se houvesse sido rompido um contrato que estipulasse a perfeição. Mas por que não estender aos pais a mesma piedade, a mesma empatia que mostram para com outros seres humanos? Os filhos precisam ter mais algo de Jesus dentro deles."

* * *

Sentiu alguma coisa úmida em suas costas que descia até a cintura. Olhou para cima, pensando ser a chuva. Mas entendeu imediatamente. Sangue. Ele se esquecera de limpar o local de sua cirurgia, ou fazer um curativo. Voltou para o quarto, tirou a camisa e se contorceu diante do espelho. Não tão mal quanto imaginava — três filetes vermelhos rumando para a cintura. Secou-os com outra toalha. Pensou nos empregados da lavanderia que removeriam o sangue da camisa branca. Não fariam perguntas.

Não temos sindicatos. Temos filipinos.

Hora de reencher o copo. Ninguém podia vê-lo ali. Era bom não poder ser visto. Durante todo o dia estivera com o grupo de jovens, visível a maior parte do tempo, alguém que presumivelmente deveria servir como modelo para eles, um veterano. Até mesmo para tirar cera do ouvido tivera de agir com grande sutileza e rapidez. Mas agora havia aquele quarto. Ninguém podia ver o sangue que ele estava removendo das costas. Ninguém sabia de sua cirurgia secreta, suas diversas descobertas. Ele amava aquele quarto. Seria mesmo verdade? Mas ele amava o quarto e tocou na parede para prová-lo.

Derramou mais um pouco do líquido claro em seu copo. Não muito. Nada demais. A garrafa ainda estava pela metade. Tomando outro gole, concluiu que era maravilhoso. Tudo era mais do que maravilhoso. Havia recompensas em ficar de porre. Dava para entender a atração. Derramou mais um pouco. O estimulante tilintar de vidro contra vidro. A queda alegre do líquido no copo.

Pôs-se de pé. O quarto pareceu balançar. Seu corpo estava entorpecido. O chão era uma ponte de cordas, esgarçada e oscilante. Será que ia vomitar? Não, não. O que pensariam os sauditas de um homem como ele vomitar num quarto como aquele? Cambaleou até a cama, se aprumou e olhou no espelho. Estava sorrindo. Era maravilhoso. Como o dia seguinte era um sonho vívido — a sensação que o acompanha de haver feito algo extraordinário, de que o dia traz um descanso necessário e merecido daquela aventura. Era um enriquecimento, uma duplicação da vida. E era assim que se sentia naquele momento. Sentia-se maior do que normalmente. Sentiu que fazia alguma coisa extraordinária. Na verdade, um acréscimo maravilhoso ao dia, com as cores pulsantes da rua, o chão se movendo daquele jeito.

As paredes eram suas amigas. Havia algo de especial em beber sozinho no quarto. Por que ele nunca fizera isso antes? Era capaz de fazer tudo aquilo e ninguém podia dizer porra nenhuma. Tudo aquilo lhe pertencia. As camas eram suas. A escrivaninha, as paredes, aquele banheiro enorme com o telefone e o bidê. Foi até a segunda cama e contemplou suas coisas, o barbeador elétrico, o plano de viagem, as pastas com informações, todas espalhadas, todas prontas para serem usadas.

Olhou para os travesseiros na cabeceira da cama. Vocês são tão brancos, ele pensou. Gostou do som da frase e quis que o travesseiro a ouvisse. "Você é tão branco", ele disse. "Agora pare de ficar me olhando."

Bebeu o que restava no copo e voltou a enchê-lo. Isto é uma aventura, pensou. E finalmente entendeu por que as pessoas bebem sozinhas e bebem mais do que deviam ao beberem sozinhas. Uma aventura a cada noite! Fazia um puta sentido.

* * *

Tinha de ligar para Kit. Não, Kit não. Mas para alguém. Pegou o telefone. Uma mensagem havia chegado na última hora. Manhã em Boston. Acionou o correio de voz. A primeira era de Eric Ingvall. "Ei, companheiro. Como você não se manifestou, presumo que esteja tudo bem aí. Me ligue amanhã se tiver uma chance. Preciso de um relatório sobre a situação."

A segunda mensagem era de Kit. "Telefone para mim. Nada de ruim."

Teve ainda mais vontade de ligar para ela, mas, ouvindo sua vozinha sóbria — Kit era pequenininha e tinha uma voz aguda, embora sempre firme e sempre clara —, se deu conta de que não soaria bem naquela noite. Estava cansado e estava bêbado. Sabia agora sem a menor dúvida que estava bêbado, e ninguém devia ligar para a filha naquele estado, sobretudo quando quisesse instilar confiança nela sobre sua capacidade de lhe dar apoio financeiro.

Sentou-se à escrivaninha e escreveu.

"Querida Kit, Ser pai ou mãe é um teste de resistência. A pessoa precisa ter a força física e mental de um triatleta. Todos dizem: 'Passa tão rápido, eles crescem tão depressa'. Mas não me lembro de haver passado depressa. Foram dez mil dias, Kit, exigindo um senso militar de ordem e precisão. Você nunca chegou atrasada à escola, aos treinos, a nada. Pense bem! Foi uma complexa arquitetura de refeições diárias, compromissos, consultas médicas, regras estipuladas e implementadas, solidariedade exigida e concedida, frustrações sentidas como derrota e sufocadas. Não significa que passou devagar ou pareceu longo demais. Simplesmente não foi rápido."

* * *

Pelo jeito teria de cortar aquela parte. Não soava bem, não importa como o dissesse. Mas era verdade. Criar um filho é construir uma catedral. Não dá para fazer de qualquer jeito.

"Não seria melhor passar ao largo? Nos dar uma folga. Lembro-me de quando compreendi que meus pais eram hipócritas como todo mundo. Tinha dezoito anos. Depois disso, me senti muito superior. Afinal, o que sabia? Acho que me dei conta de que eles mentiam de vez em quando. E que minha mãe tomava pílulas, ficou dependente de morfina por algum tempo quando eu era mais moço. Por isso me senti muito poderoso. Eu era a versão aperfeiçoada deles, assim pensei. Ecos da Juventude Hitlerista ou do Khmer Vermelho, não é mesmo? Os filhos, cheios de si e de sua pureza, atirando nos adultos em plenos arrozais."

Descansou a caneta. Mal conseguia enxergar a página.

Pôs-se de pé, e o teto rodopiou acima dele. Desabou na cama e olhou para a parede. Tinha subestimado a bebida ilegal. Mesmo ao perceber sua potência, ele a havia subestimado. Você é mesmo danada, Hanne. Eu realmente amo este mundo, ele pensou. A feitura daquela parede. Amo as pessoas que fizeram isto. Fizeram coisas boas aqui.

16

Alan abriu os olhos. 10h08. Tinha perdido a condução outra vez. Iria chamar Yousef.

Jogou as pernas para fora da cama e se levantou no escuro. Sabia que, do outro lado das pesadas cortinas, o dia estava claro, claro demais para ser parte dele. Sentiu uma dor aguda atrás do pescoço. Fez uma nota mental para examinar aquilo durante o banho de chuveiro.

Encontrou o espelho sobre a escrivaninha e se olhou. Seu rosto era uma ruína, as bochechas caídas, as papadas desabando por cima da camisa.

Debaixo do chuveiro, lavou os cabelos e o corpo, pensando: quem é esse homem que consegue perder a condução não uma, mas duas vezes em três dias? Quem é esse homem que pode acordar de novo às dez horas tendo sem dúvida deixado de ouvir chamadas no celular e batidas na porta?

Naquele momento teve a clara lembrança de que uma mulher batera à porta e chamara Alan? Alan? Ele havia rosnado de volta, mandando-a embora, pensando que era uma camareira. Mas agora se deu conta de que uma camareira não conheceria seu nome. Devia ter sido Rachel ou Cayley. Foi Rachel, sabia agora.

Secou-se e pegou o telefone do hotel. Tinha sido tirado da tomada. Quando ele havia feito aquilo? Relembrava muito do que se passara na noite anterior, porém em determinado momento suas recordações caíam num abismo. Encontrou um amassado na porta do banheiro, na altura do pé. O laptop se encontrava debaixo da cama. Uma centelha de inspiração: será que seu quarto havia sido revistado? Talvez as preocupações de Hanne sobre a polícia secreta tivessem fundamento. A *mutaween* estivera lá. Ouviram a conversa ao telefone e foram investigar enquanto ele dormia. Não. Para começar, a garrafa de bebida ilegal ainda estava lá, pela metade.

Telefonou para Yousef.

"Você está disponível?"

"Alan? Que voz é essa? Você foi agredido?"

"Pode me levar à CERA?"

"Claro. Mas tenho de perguntar: você está perdendo a condução de propósito para passar mais tempo com Yousef, seu guia e herói?"

"Você fala demais", disse Alan.

"Chego aí em vinte minutos."

* * *

Alan enfiou os braços pesados numa camisa limpa, sentindo que conspurcava seu algodão imaculado. Ao abotoá-la, o colarinho raspou no pescoço, causando uma forte dor. Caminhou até o espelho do banheiro e se voltou de costas, mas não podia ver nada. Precisou de dois espelhos situados estrategicamente para localizar o que parecia ser um ferimento à bala. Ou, mais precisamente, o lugar onde fora mordido por um rato, um rato decidido a cavar um buraco nas costas de Alan. Veio-lhe à mente uma vaga lembrança: será que tinha enfiado uma faca no caroço do pescoço? Seria possível uma coisas dessas? E assim estava travada a batalha entre o ser responsável presente naquela manhã — que acabara de contratar a um alto custo um motorista para levá-lo à cidade imaginada no deserto à beira-mar — e o ser embriagado, que zanzara pelo quarto de hotel esfaqueando tumores, chutando portas e escrevendo cartas impossíveis de ser enviadas. Qual dos dois era passível de ser sacrificado? Esta era a eterna questão.

Alan procurou no banheiro alguma coisa que servisse como bandagem ou um antisséptico. Não achou nada. Abotoou a camisa na esperança de que ninguém visse o que havia feito.

Desceu, sentou-se no átrio e pediu um café. Junto ao balcão do *concierge* havia um cartaz eletrônico anunciando os eventos que teriam lugar no hotel naquele dia.

NOVOS FUTUROS — Sala Medina

FORNECEDORES COMERCIAIS ÁRABES — Mezanino

PRINCÍPIOS FINANCEIROS — Hall Hilton

O CAMINHO DO SUCESSO, PARTE I — 10 horas

O CAMINHO DO SUCESSO, PARTE II — 11 horas

Se podia encontrar o sucesso ao meio-dia ali mesmo no Hilton, por que ir para a tenda à beira-mar?

Alan tomava o primeiro gole do café quando Yousef apareceu.

"Alan."

Alan tentou sorrir. "Oi", ele disse.

"Você está com uma cara pior do que eu imaginava. O que aconteceu?"

"Só uma noite de…" Alan se conteve. Apesar da camaradagem que tinham estabelecido, ele não sabia qual a posição de Yousef com respeito ao álcool.

"Só o problema do fuso horário. Nunca tive um tão ruim."

Yousef soltou uma risadinha. "Estudei numa universidade no Alabama. Conheço uma ressaca de longe. Onde você conseguiu a bebida?"

"Prefiro não dizer."

Yousef riu. "Prefere *não dizer*? E aí, pensa que encontrou uma joia rara? Que pode pôr em risco sua fonte?"

"Você acha isso engraçado."

"Acho mesmo."

"Prometi."

"Não contar?"

"Não quebro minhas promessas."

"Ah, meu Deus. Muito bem. Mas escute. Você não precisa ir para a CERA. Não há maneira de o rei ir lá hoje. Ele está no Iêmen. Olhe."

Yousef pegou o jornal de Alan e lhe mostrou na página três

uma fotografia do rei Abdullah na pista do aeroporto do Iêmen. Ninguém informara Alan sobre isso.

"Mas devo ir de qualquer modo, para salvar as aparências."

"Quer comer alguma coisa antes? Já está mesmo atrasado."

Ao saírem do hotel, a luz do sol, que Alan tanto temera, era difusa, leniente. Sentiu como se estivesse sendo bem cuidado, como se o sol e o céu fossem limpá-lo, eliminando os excessos da noite anterior.

O carregador de malas, um sujeito grandalhão com um bigode de pontas caídas, sorriu para Yousef.

"*Salaam*", Yousef disse, apertando sua mão. "Ele costuma ir à loja do meu pai", Yousef explicou. "Compra uma porção de sandálias."

Alan entrou no carro enquanto Yousef olhava sob o capô.

Depois de um minuto, Alan saiu e deu a volta para ajudá-lo.

"O que você está procurando? Bananas vermelhas de dinamite?"

"Não tenho certeza", respondeu Yousef. "Talvez alguns fios fora do lugar?"

Alan estava brincando. "Você realmente não sabe?"

"Como é que eu iria saber? Vejo os mesmos programas de televisão que você."

Juntos, os dois homens, que jamais tinham visto uma bomba, examinaram o motor do carro de Yousef para descobrir se ali havia explosivos ou não.

"Não vejo nada", disse Alan.

"Nem eu."

* * *

Entraram no carro. Yousef pôs a chave na ignição.

"Pronto?"

"Não precisa tornar a coisa ainda mais dramática."

Yousef girou a chave. O motor rugiu. O coração de Alan estava aos pinotes.

Afastaram-se do hotel, passando de novo pelo mesmo solda-do saudita em cima do Humvee, seu rosto na sombra do guarda--sol, os pés na piscina de bebê.

"Quer dizer que seu pai tem uma loja?"

"Na Cidade Velha. Vende sandálias."

"Espere. Seu pai vende sapatos?"

"Isso mesmo."

"Meu pai também. Isso é incrível."

Alan olhou para Yousef, meio desconfiado de que se tratasse de alguma brincadeira. Era coincidência demais.

"Não acredita em mim? Vou te mostrar a loja enquanto você estiver por aqui. Foi lá que trabalhei durante a mocidade. Todos tivemos de trabalhar, meus irmãos e eu. Porém meu pai é um ditador. Não nos ouve. Especialmente a mim. Eu poderia ajudar um bocado com a loja, modernizá-la. Mas agora ele está velho. Não quer nem ouvir nada de novo."

Todos os irmãos de Yousef tinham seguido outras profis-sões. Um era médico na Jordânia. Outro era imã em Riad. O mais moço estudava numa universidade do Bahrein.

* * *

Entraram na autoestrada.

"Que tal uma piada?", perguntou Yousef. "Para dar sorte."

"Este é um costume saudita?"

"Sei lá. Não entendo nada de nossos costumes. Ou o que as pessoas acham que são os nossos costumes. Não tenho certeza se temos costumes."

"Não tenho nenhuma piada hoje", disse Alan.

No entanto, ocorreu-lhe uma.

"Muito bem. Marido e mulher estão se aprontando para dormir. A mulher se põe diante de um espelho de corpo inteiro e se estuda cuidadosamente. 'Você sabe, querido', ela diz, 'me olho no espelho e vejo uma velha. O rosto todo enrugado, o cabelo grisalho, os ombros caídos, pernas gordas, os braços fláci- dos.' Volta-se para o marido e diz: 'Me diga algo de positivo para eu me sentir melhor'. Ele a examina por um momento, reflete sobre o que viu, e então diz numa voz suave e pensativa: 'Bom, não há nada de errado com sua vista'."

Yousef riu alto. Alto demais.

"Por favor, mais baixo."

"Sua cabeça está doendo assim? Deve ter sido um *siddiqi* de má qualidade."

"O que é *siddiqi*?"

"Significa *meu amigo*. É o que você andou bebendo."

"Eu nego."

"Alan, não sou da *mutaween*. E você não é o primeiro ho- mem de negócios que eu conduzo por aí. Espere um segundo."

* * *

Havia um posto de controle à frente. Dois jovens soldados postados no canteiro central paravam os carros. No acostamento, três outros homens uniformizados estavam sentados num carro da polícia. Yousef baixou o vidro. O soldado resmungou uma pergunta, Yousef respondeu, e recebeu ordem de seguir em frente. Nada mais. Yousef obedeceu.

"Só isso? Ele não quis ver nada?"

"Às vezes querem."

"Estão procurando alguma coisa em particular?"

"Sei lá. É só para fazer média. Ninguém aqui quer ser soldado; se pudessem, empregavam estrangeiros."

Deixaram a cidade e em breve estavam na mesma estrada deserta que haviam percorrido da outra vez. Foram ultrapassados por um caminhão que levava palmeiras e jogou poeira sobre eles.

"Está com fome ou não?", Yousef perguntou.

"Não tenho certeza."

"Melhor se atrasar muito do que só um pouquinho. Rodei com um cara do Texas durante algumas semanas no ano passado. Ele me disse isto. Se você se atrasar meia hora, parece que foi um erro. Se atrasar duas horas, parece intencional."

Yousef escolheu um restaurante de beira de estrada alguns quilômetros à frente. Estacionaram. O restaurante era a céu aberto, uma série de saletas de paredes baixas. Entraram na sala principal, onde o cheiro de peixe era avassalador. Frutos do mar não eram a melhor opção de Alan ao imaginar sua primeira refeição após o porre com a bebida ilegal. Queria pão e bacon.

Yousef conduziu-o a um amplo mostrador, centenas de peixes dispostos sobre o gelo.

Alan quase teve ânsia de vômito.

"Alguma preferência?", Yousef perguntou.

Alan queria tudo menos aquilo. Queria sair e comer alguma coisa seca. Bolachas, rodelinhas de batatas fritas. Mas se acostumara a comer o que quer que pusessem diante dele. "Escolha você", ele disse.

"Vamos pedir uns dois desse aqui", disse Yousef, apontando com a cabeça para um peixe de uns trinta centímetros de comprimento, prateado e rosado. "É chamado de *najel*. Não sei como se chama em inglês." Yousef pediu para dois.

Sentaram-se do lado de fora, embora não houvesse cadeiras. O costume era se reclinar no chão, cada qual tendo uma almofada dura para se recostar.

Moscas aterrissaram em seus joelhos e braços. Alan as enxotou. Mas não era possível mantê-las à distância por muito tempo. A ideia de comer peixe assim, do lado de fora, naquele calor, pôs seu apetite para correr. O som emitido por um animal fez com que virasse a cabeça. Um gato, aparentando ter mil anos, aboletou-se no topo do murinho. Seu olho esquerdo era turvo e um dente inferior se projetava para cima da boca, um canino ao contrário. Parecia impossível que tal criatura fosse capaz de sobreviver um dia a mais. Yousef chamou em voz alta pelo maître, que veio com uma vassoura curta e tangeu o gato por cima de outra mureta, obrigando-o a pular para a ruela.

O celular de Yousef vibrou. Seus polegares entraram em ação.

"Minha namorada."

Alan comentou que não entendia bem o esquema das mulheres de Yousef e recebeu os devidos esclarecimentos.

Ele ficara noivo de uma moça, Amina, que conhecia desde

a adolescência. Quando manifestaram suas intenções aos pais, o dela havia se recusado a dar permissão para o casamento. Os argumentos contra Yousef eram de peso: vinha de uma família de beduínos, coisa inaceitável para parte da elite saudita. "Pensam que somos selvagens", Yousef explicou. Seu pai era dono de loja, nascido numa aldeia, sem educação formal. Não importava o fato de ter subido na vida e ganhado milhões de dinares, de haver erguido uma grande mansão na sua terra natal no alto de um morro cujo topo ele mandara nivelar.

"E aí, ficou por isso mesmo?"

Ocorreu a Alan uma série de possibilidades. Não poderiam simplesmente ir embora do país? Ela fugir de casa?

"Não havia nada a fazer. Mas não faz mal. Já não penso tanto nela. Seja como for, meus pais encontraram outra moça para mim."

A mulher que tinham escolhido, Jameelah, era linda, a mais encantadora que ele já vira. E de repente era sua. Casaram-se alguns meses depois, mas, embora ele gostasse de olhar para ela, de vê-la atravessar a sala, não existia a menor compatibilidade entre os dois.

"Ela era de uma burrice sem par."

Divorciaram-se um ano mais tarde, ele voltou a ficar solteiro.

"Meu relacionamento com as mulheres sempre acaba em dramalhão. Menos com a Noor."

Noor era sua namorada, tanto quanto tal coisa fosse permitida.

Era um pouco mais moça, vinte e três anos, estudante universitária. Encontraram-se através da internet.

"Ela é brilhante", ele disse. "Me dá uma bronca todos os dias. E descende do profeta Maomé. Juro que é verdade."

Como as coisas iam bem com Noor, eles estavam planejando contar aos pais sobre suas intenções quando Yousef começou a receber mensagens de sua ex-esposa Jameelah. Ela estava casada com um homem rico, quarentão, que Yousef desconfiava ser um rematado vigarista internacional.

"Ele vai à Europa e tem relações sexuais com rapazes."

"Ele é gay?", Alan perguntou.

"Gay? Não. Você acha que isso significa que ele é gay?"

Alan não estava acordado o bastante para seguir aquele tema lateral, por isso deixou o assunto morrer.

A comida chegou. Pratos cheios de alface picada, pepinos, tomates, arroz integral, *khobez* — um pão parecido com *naan* — e peixe. Yousef pegou o peixe com os dedos. "*Syadya*", ele disse. O peixe havia sido frito, mas de resto era exatamente o que tinham visto sob o vidro, olhos, espinhas e tudo. Alan cortou um pedaço de pão e se serviu da carne do peixe. Deu uma mordida.

"Bom?", Yousef perguntou.

"Perfeito. Obrigado."

"Qualquer coisa frita fica gostosa."

O gato reapareceu. Yousef tentou dar um pontapé no animal velho e cego, que miou, indignado, e se escafedeu.

"Enquanto isso, ela me envia dez mensagens por dia. Algumas são só reclamando do tédio, perguntando o que eu estou fazendo, blá-blá-blá. Mas outras são realmente quentes em matéria de sexo. Gostaria de mostrar a você."

Yousef examinou as mensagens no seu celular e Alan sentiu vontade de conhecer os textos eróticos de uma entediada dona de casa saudita.

"Mas tenho de apagá-las na hora em que elas chegam."

Jameelah era capaz de provar onde esteve praticamente a cada minuto de seu casamento, e o marido nunca lera as mensagens, porém suas suspeitas eram ilimitadas.

"Se ele tivesse lido alguma", disse Yousef, "eu seria um homem morto. Ela também estaria seguramente morta. Ela havia apagado tudo a tempo. Ele tentou obter as mensagens da companhia telefônica. Foi ridículo."

Alan ficou abismado. Sua compreensão do sistema judicial da Arábia Saudita era incompleta, mas mesmo assim parecia ser um risco extraordinário para um ganho eventual bem pequeno.

"Ela está mesmo correndo risco de vida por causa dessas mensagens, não é verdade? Não poderia ser morta pelo governo a pedradas ou coisa do gênero?"

Yousef o olhou fixamente. "Aqui não se mata ninguém a pedradas, Alan."

"Desculpe", Alan disse.

"Aqui elas são decapitadas", explicou Yousef, rindo depois com a boca cheia de arroz. "Mas não com frequência. Seja como for, ela agora tem outro telefone. Tem dois: um para as chamadas normais, que ele pode controlar, e outro que usa só comigo.

Todas as mulheres casadas têm um segundo telefone. É um negócio enorme aqui na Arábia Saudita."

Todo o país parecia funcionar em dois níveis, o oficial e o real.

"Ela tem um bocado de tempo livre. Os empregados indonésios cuidam da casa, por isso tudo que ela faz é comprar coisas e ver televisão. Está se perdendo. 'Você é a paixão da minha vida', escreveu na semana passada. Não sei onde viu essa frase. Por isso, o marido quer me matar, e eu vivo ameaçado. Mas não sei se a ameaça é mesmo séria. Às vezes acordo no meio da noite pensando que ele realmente vai me matar, você sabe, a qualquer momento. E outras vezes acho graça na coisa. Não é uma situação muito boa."

E de repente Alan teve um sentimento paternal com relação a Yousef. Não pôde evitar. Toda aquela questão do marido parecia bastante simples. Um problema simples com uma solução simples.

"Você precisa se sentar com ele."

"O quê? Não." Yousef sacudiu a cabeça e enfiou outro pedaço de peixe na boca.

"Sentar com ele", Alan continuou, "olhar nos olhos dele e dizer que nunca fez nada com sua mulher. Porque não fez mesmo, não é?"

"Não. Nada. Nem quando estávamos casados."

"Então diga isso a ele, que saberá que você está dizendo a verdade porque olha nos olhos dele. Se fosse mentira, você não iria lhe falar cara a cara, certo? Se estivesse de fato fodendo a mulher dele, não ia nunca encará-lo."

Yousef passou a concordar com a cabeça. "Nada mau. Esta... esta é uma ideia. Gosto da ideia. Mas não sei se ele é razoável. Pode estar louco a essa altura. As mensagens que deixa no meu celular não são de alguém razoável."

"Essa é a maneira de enfrentar a situação", disse Alan. "Já rodei um bocado e tenho alguma experiência nessas coisas. É o único jeito de acabar com tudo."

Yousef olhou para Alan como se o que ele estava dizendo fosse verdadeiro e sensato. Como se Alan fosse alguém que houvesse adquirido sabedoria ao longo da vida. Alan não sabia ao certo se o que tinha adquirido era sabedoria. O que tinha era a sensação de que poucas coisas são realmente importantes. Que poucas pessoas merecem ser temidas. E por isso agora encarava tais situações com um misto de determinação e cansaço, lidando com tudo de frente. Exceto com Ruby, que sempre procurava evitar. Alan preferiu omitir que não demonstrara grande habilidade em matéria de amor, sendo agora um celibatário, um solitário. Que não tocava para valer numa mulher fazia anos, anos demais. Preferiu deixar Yousef crer que ele era e sempre fora um homem de sucesso, que desfrutava das muitas possibilidades sexuais oferecidas pelas cidades americanas. Um homem triunfante, com um poderoso apetite e infinitas opções.

17

Quando chegaram à cidade, já era meio-dia. Yousef o deixou onde a rua terminava, junto à tenda.

"Acho que vou vê-lo outra vez", disse Yousef.

"Parece provável."

Alan começou a se afastar e Yousef soltou um grito abafado.

"Alan, seu pescoço."

Alan levou a mão ao pescoço, esquecendo por um instante a cirurgia que ele próprio executara. Seus dedos esbarraram num filete de sangue.

Yousef se aproximou. "O que é isso?"

Alan não sabia onde começar. "Arranquei uma casca de ferida. Está ruim?"

"Está correndo sangue pelas suas costas. Você estava com isso ontem?"

"Mais ou menos. Ontem estava diferente."

"Temos que ver um médico."

Alan desconhecia por completo como funcionava o sistema médico no Reino da Arábia Saudita, mas entendia que sim, que aquilo precisava ser visto. Concordaram em fazê-lo na manhã seguinte. Yousef marcaria a consulta.

"Você vive arranjando razões para me ver", disse Yousef. "Isso é simpático."

E foi embora.

Dentro da tenda, os três jovens estavam agora na extremidade oposta, longe do mar, no escuro, estudando suas telinhas.

"Oi, pessoal", Alan falou em voz alta. Sentia um extraordinário dinamismo.

Caminhou até eles e se sentou num dos tapetes. Olhando ao redor, tudo parecia exatamente igual à véspera.

"E então, o despertador não tocou outra vez?", Brad perguntou.

Como não havia desculpa aceitável, Alan nada ofereceu em resposta.

"Ainda estamos esperando pelo wi-fi", disse Rachel.

"Vou indagar de novo", disse Alan. "Tenho um encontro marcado para as duas e quarenta."

Não tinha encontro nenhum. Agora estava apelando para compromissos inventados. Pelo menos teria uma desculpa para sair da tenda o mais rápido possível.

"Mas temos boas notícias", ele disse. "O rei está no Iêmen. Por isso, não precisamos nos preocupar com a possibilidade de que chegue de repente."

Os jovens pareceram satisfeitos, mas logo depois decepcionados. Com o rei em outro país, não havia razão para fazer nada e, mesmo se houvesse, sem o wi-fi não teriam como testar o holograma.

"Que tal um joguinho de cartas?", Rachel sugeriu.

O que Alan queria era estar na praia, com os pés dentro d'água. "Ótimo", ele disse.

Jogaram pôquer. Alan aprendera mais de dez variantes com seu pai e jogava bem. Mas não queria jogar com aqueles jovens. No entanto, jogou e, ouvindo a conversa deles, soube que Cayley ficara no quarto de Rachel até muito tarde. Brad tivera dificuldade em entrar em contato com sua mulher e, quando conseguiu, descobriu que a sobrinha estava com coqueluche, e quem é que ainda pega coqueluche? Falaram sobre esta e outras doenças de séculos passados que estavam voltando. Tal como o raquitismo e o herpes-zóster, talvez também a poliomielite. Enveredando por aí, a discussão foi comandada por Rachel, que contou como suas amigas haviam tido experiências horríveis durante o parto — deformidades causadas porque os bebês eram arrancados depressa demais por médicos impacientes, fetos natimortos, um erro envolvendo uma sucção. Tudo parecendo pertencer a outro tempo.

Ficaram sentados em silêncio. Uma rajada de vento sacudiu a parede da tenda: os quatro observaram aquilo, como se alimentassem a esperança de que o vento crescesse e derrubasse tudo. Poderiam então fazer alguma coisa. Ou voltar para casa.

Quando Alan trabalhava na Schwinn e se via num hotel qualquer, em Kansas City ou outra cidade parecida, sabia o que fazer com a meia dúzia de promotores de venda ao seu redor, uma plateia ávida por ouvir o que funcionara ou não num lançamento natalino, porque a Sting-Ray fora um sucesso e não a Typhoon, como eram as coisas na fábrica, o que estava sendo bolado pela turma de pesquisa e desenvolvimento. Riam de suas piadas, prestavam atenção a cada palavra. Respeitavam-no e precisavam dele.

Agora, entretanto, ele não tinha nada a ensinar àqueles três. Eram capazes de montar um sistema de holograma numa tenda no meio do deserto enquanto ele chegara com três horas de atraso e não saberia nem onde ligar o troço na tomada. Não tinham o menor interesse nas atividades de fabricação ou no tipo de venda direta, de porta em porta, que ele passara a vida aperfeiçoando. Nenhum deles se envolvera nem vagamente com tais coisas. Nenhum deles começara, como ele, vendendo objetos de verdade a gente de verdade. Alan olhou para o rosto de cada um. Cayley e seu nariz arrebitado. Brad e sua testa de homem das cavernas. Rachel e sua boquinha sem lábios.

Mas, pensando bem, alguma vez algum jovem americano quis mesmo aprender com algum americano mais velho ou com qualquer pessoa? Provavelmente não. Os americanos nascem sabendo tudo e nada. Nascem se movendo para a frente, bem depressa, ou imaginando que estão.

"A Estátua da Liberdade está dando um passo adiante, meu amigo!"

Isso tinha sido dito pelo sujeito no avião — talvez a única coisa que Alan havia considerado relevante ou uma novidade. O sujeito tinha acabado de ir a Nova York e visitado a Ellis Island.

"Todo mundo pensa que a Estátua da Liberdade está parada, mas está no meio de uma passada!"

O homem estava furioso. Alan não sabia nem ligava.

"Quando eu vi a estátua ali, no local, fiquei doido. Verifique na próxima vez que for à cidade. Não é sacanagem não, ela está caminhando, a túnica esvoaçando ao lado, as sandálias dobradas e tudo, como se estivesse prestes a cruzar o oceano e voltar para a França. Fiquei doido."

Após algumas mãos de pôquer, Alan sentiu uma vontade enorme de sair dali. A tenda escura já cheirava às pessoas e suas coisas, enquanto do lado de fora, a menos de cinquenta metros, havia o mar Vermelho.

"Bom, melhor eu ir andando", ele disse.

Não se opuseram. Ele se ergueu e caminhou para a porta.

"Estou indo naquela direção", ele disse, indicando o norte, "por isso, se vocês virem o rei, me procurem por lá." Ele sorriu e os jovens sorriram, mas sabia que o achavam inútil.

Do lado de fora, olhou para o edifício de apartamentos cor-de-rosa e viu uma silhueta numa das janelas. Não acreditou de início. Depois ficou claro que uma figura humana se movia diante de uma janela do quarto andar. Mais tarde, outra figura, antes que ambas desaparecessem.

Pensou em ir até o edifício, encontrar uma maneira de entrar e ficar atento para ouvir alguma voz lá dentro. Sem maiores reflexões, deu a volta no edifício e quase caiu num imenso buraco. Tão grande quanto uma pedreira — sem dúvida uns quarenta metros por cem. Aparentemente, haviam cavado a fundação para uma estrutura que se ergueria junto ao edifício típico da

Flórida. Tinha uns quinze metros de profundidade e quase se transformou em sua cova.

Viam-se molduras de vergalhões de aço e arame para as colunas, dutos e canos gigantescos que algum dia conduziriam água e calor. Uma escada improvisada, feita de madeira e lama. Sem nenhuma razão especial, resolveu descer por ela. O ar se tornava mais fresco à medida que descia. Era maravilhoso. A cada três metros, correspondentes a um andar, a temperatura caía cinco graus. Continuou até chegar ao fundo, onde o ar era inegavelmente civilizado. Chão de cimento, embora houvesse partes de areia e montes de entulho. Num dos cantos encontrou uma cadeira simples de plástico que, naquele momento, parecia feita para ele. Encontrava-se sentado numa cadeira de plástico, no fundo de uma escavação, na cidade à beira do mar Vermelho: o ar estava fresco, a cor predominante era o cinza, e ele se sentia profundamente contente.

Fixou o olhar na parede de concreto.

Ouviu sua própria respiração.

Tentou não pensar em nada.

"Eu te perdoo", disse Charlie Fallon.

Disse isso várias vezes. Perdoava Alan por ajudar Annette a tirar as coisas da casa. Segundo Annette, os dois haviam brigado um número demasiado de vezes e Charlie fizera ameaças. Alan era forçado a ouvir aquilo todos os dias — e de ambos os lados —, conquanto incapaz de saber quem tinha razão. Porém, quando Annette decidiu ir embora durante um fim de semana em que Charlie estava fora da cidade, ela havia pedido a ajuda de Alan e ele concordara em dá-la. Ajudou-a a esvaziar quase toda a casa.

No dia seguinte, Charlie telefonou. "Aquela doida levou tudo nosso."

Alan foi até lá, andou pela casa. Era como se uma ventania tivesse varrido tudo, deixando apenas papéis, rolos de fita adesiva, alguns travesseiros.

"Ponto para ela, tenho que confessar", disse Charlie. "Não imaginei que isso pudesse acontecer. Dá para acreditar como ela foi eficiente? Saio por um dia e encontro a casa vazia. Ela é mesmo uma filha da puta inteligente, sempre foi."

Charlie não sabia que Alan havia ajudado, e Alan não encontrou uma boa maneira de lhe contar. E, assim, por algum tempo nada disse. Qual o bem que isso faria?

Mais tarde ele descobriu. Annette provavelmente lhe falou. Charlie ficou aborrecido por algum tempo. Depois disse que compreendia, que havia perdoado Alan.

"Ela tem poder sobre homens fracos como você e eu", disse Charlie.

Alan levantou-se da cadeira. Caminhou em torno do perímetro, contando os passos. O edifício seria imenso. Um lado de setenta metros, o outro de quarenta. Alan se sentiu bem em estar ali. Em ser parte do projeto. Não havia nada melhor que aquilo, estar ali no começo de alguma coisa. Quando a cidade fosse outra Dubai, outra Abu Dhabi ou Nairóbi, ele poderia dizer que tinha andado na fundação dos prédios, tinha criado a infraestrutura de tecnologia da informação para a porra do lugar todo. Mas precisava controlar seu entusiasmo.

Sentou-se de novo na cadeira de plástico branco.

* * *

Terry Wren não controlara seu entusiasmo.

"Porra, Alan, estou me sentindo tão bem!"

Alan se encontrara com Terry alguns anos antes, ao passar por Pittsburgh. Já o conhecia havia vinte anos, desde quando moravam em Olney, em Illinois. Terry passara das bicicletas para o aço e, depois, para o vidro, trabalhando na PPG Industries, uma grande produtora de vidro nos arredores de Pittsburgh. Pareceu uma jogada brilhante. Que indústria estaria mais a salvo da recessão que a de vidro? A construção de novas casas pode aumentar ou diminuir, mas haverá sempre janelas quebradas.

Haviam jantado perto do Three River Stadium, Terry estava exultante. A PPG conseguira o contrato para fornecer os vidros dos primeiros vinte andares do novo World Trade Center. Vinte andares de vidros resistentes a explosões, uma tecnologia desenvolvida com grande esforço ali mesmo na Pensilvânia.

"É como se tivéssemos sido inventados para fazer esse trabalho", ele disse, a boca cheia de carne de costela, o garfo sendo brandido como uma espada para comemorar a vitória.

Terry tinha se matado a fim de obter o contrato e agora estava impaciente para começar. Os trabalhadores na fábrica estavam impacientes para começar. Para fazer parte da construção da Freedom Tower! Era a razão para irem trabalhar de manhã.

"Maior coisa que fizemos até hoje", ele disse. "O trabalho vai ser feito com muito cuidado apesar da urgência." Terry usava um alfinete na lapela com a bandeira americana. Tudo tinha significado. Até que deixou de ter.

Quando voltou a vê-lo, o sonho terminara. Ambos se encontravam em Nova York e a PPG acabara de ser posta para escanteio. Terry estava desesperado. Tomaram um drinque juntos. Alan achou que Terry ia chorar.

Era quase impossível destrinchar toda a história. Aparentemente, a Autoridade Portuária de Nova York tinha aceitado a oferta de outra empresa, Solera Construction. Até aí tudo normal. O valor oferecido era menor, além de se tratar de uma companhia de Nova York. Parecia simples para Terry, até que ele cavou mais fundo.

"Ah, Alan, é um troço tão nojento!"

Terry agarrou-o pelo braço.

Descobriu que a Solera estava comprando o vidro de uma companhia em Las Vegas. Terry ficou chateado, mas ainda achou que havia perdido numa competição limpa. Não conhecia aquela gente de Las Vegas, porém imaginou que se valiam do custo baixo das terras no deserto de Nevada e provavelmente utilizavam alguns trabalhadores ilegais, reduzindo assim o preço do produto.

"É do jogo, certo?", disse Terry, derramando bebida na camisa.

Mas na verdade a companhia de Las Vegas não estava fabricando o vidro. Só servia de fachada. O vidro era fabricado na China. Chapas de vidro resistente a explosões, de vinte metros de altura, estavam sendo produzidas na China para o novo World Trade Center.

Aceitamos a oferta idônea mais baixa. Esta foi a declaração da porta-voz da Autoridade Portuária.

"Puta merda", disse Alan.

"Dá para acreditar numa porra dessas?", Terry se queixou.

No entanto, ainda havia uma agravante, e das grandes: o fabricante de vidro chinês estava usando uma patente da PPG. A PPG havia desenvolvido o novo vidro e obtido uma patente, mas antes da licitação tinha licenciado seu uso para diversas empresas ao redor do mundo. Uma das licenciadas era a Sanxin Façade, sediada no mar da China Meridional. E a Sanxin Façade, como se verificou, é que forneceria o vidro para a Freedom Tower. Assim, a PPG inventara um novo tipo de vidro resistente a explosões, mas uma companhia chinesa é que estava utilizando a tecnologia a fim de produzir o vidro mais barato e vendê-lo à Autoridade Portuária, que declarava estar tentando restaurar algum orgulho e capacidade de recuperação no ponto mais sensível do país.

Alan começou a caminhar. Indo e vindo naquele espaço onde se ergueria o novo edifício, já suando, querendo esmurrar as paredes.

Talvez Terry se aposentasse de qualquer modo. Já tinha sessenta e dois anos. Mas o negócio do World Trade Center acabou com ele. Tudo perdeu a graça.

"Pode me chamar de babaca", disse Terry, "mas eu me importei com aquele vidro da Freedom Tower. Queria pra caralho que a gente fizesse parte daquele prédio."

Quando Terry foi posto na rua, a paciência de Alan acabou. A desonra que tudo aquilo representava. Não era só a questão do negócio, o fato de que a Autoridade Portuária havia engambelado a PPG, indicando um monte de vezes que, como originadora da tecnologia, naturalmente caberia a ela ser a fornecedora. Era o fato de irem ao exterior para comprar aquele produto, de enganarem propositadamente a PPG fazendo com que a empresa gastasse milhões de dólares para modernizar e aperfeiçoar seus equipamentos a fim de produzir o vidro... Meu Deus, tudo uma sujeira, uma covardia, uma absoluta falta de princípios. Uma desonra. E logo lá, no Marco Zero. Alan andava de um lado para o outro, os punhos cerrados. A desonra! No Marco Zero! Em meio às cinzas! A desonra! Em meio às cinzas! A desonra! A desonra! A desonra!

"Ei, ô cara!"

Alan olhou à sua volta. Parou de andar. Quem estaria se dirigindo a ele?

"Ei, é você mesmo!"

Olhou para cima. Dois homens vestindo macacões azuis o olhavam lá do alto. "Meu amigo! Aí não, não pode!", eles disseram, com ar de desaprovação. Faziam largos gestos como se estivessem escavando a terra e o arrancando do inferno, trazendo-o para cima. Lia-se nos seus rostos que ele não devia estar lá, a quinze metros de profundidade, caminhando de um lado para o outro com passadas ferozes, raivoso, relembrando eventos imutáveis não apenas de seu passado, mas do passado de todo o país.

No entanto, Alan sabia disso. Começou a subir os degraus rumo à superfície. Estava perfeitamente cônscio de tudo que não devia estar fazendo.

18

O dia terminara e Alan seguiu para Jidá na van com os jovens, que dormiram ou fingiram dormir no trajeto de volta. Foi uma viagem tranquila. No hotel, desceram da van praticamente sem falar nada, e Alan se viu no quarto, sozinho, por volta das sete. Pediu um bife, comeu e foi até a varanda. Podia ver bem abaixo algumas figuras que tentavam cruzar a estrada para chegar à praia. Os carros passavam em alta velocidade. Por fim atravessaram, correndo e fazendo fintas, e Alan não percebeu nada de novo.

Folheou o guia do hotel e viu fotografias da academia de ginástica mencionada por Rachel. Não tendo o menor interesse em se exercitar, tomou o elevador até o subsolo onde foi recebido pelo responsável pela academia atrás de um balcão em forma de meia-lua, com uma toalha felpuda enrolada no pescoço. Alan lhe disse com ar sincero que estava dando uma olhada, *para planejar seu treino*, sendo por isso autorizado a entrar de terno no recinto.

Cinco homens corriam em esteiras ou lutavam contra as máquinas Nautilus. O cheiro era de coisas quimicamente limpas, e o volume da televisão, ligada na CNN, estava alto demais. O responsável olhou para Alan, que sacudiu a cabeça com uma expressão séria enquanto examinava uma das máquinas, como quem dissesse que amanhã estaria de volta envergando a roupa de ginástica.

Saindo dali, passeou pelo vestíbulo e decidiu se sentar para observar o movimento. Pediu chá gelado e ficou vendo sauditas e ocidentais deslizarem sobre o chão espelhado. Ouviu as fontes e as vozes ocasionalmente mais altas que se perdiam no átrio, ecoando ao longo de dezenas de metros. O hotel não tinha de fato nenhuma característica própria. Ele adorava isso. Mas também não tinha bar, restando pouca coisa a fazer. Lá em cima, a garrafa o aguardava. Voltou ao elevador de paredes de vidro e flutuou de volta a seu andar.

No quarto, serviu-se de alguns dedos de bebida e começou de novo.

"Querida Kit, Há algo mudado em mim. Ou esta coisa em meu pescoço está me pondo louco, ou já perdi a razão."

Não, ele se disse. Pare de choramingar. Faça algo de útil. Tomou um trago. A língua e as gengivas arderam. Os olhos ficaram marejados. Tomou um longo gole.

* * *

"Querida Kit, Cometi alguns erros. É por isso que você não poderá cursar a universidade no outono. Esta é a verdade pura e simples. Quebrei a cara. Mas não estão facilitando a vida de gente como eu."

Recomeçou.

"Em primeiro lugar, quero lhe dar as boas notícias. Tudo indica que este negócio na Arábia Saudita está no papo. Você vai poder se inscrever para as aulas no outono. Já terei dinheiro. O suficiente para pagar todas as despesas. E até o ano inteiro, se esses sacanas quiserem cobrar adiantado."

Agora estava mentindo. Ela não merecia isso, nada fizera de errado. Sim, a economia estava daquele jeito, o mundo daquele outro jeito, as universidades estavam muito caras, ridiculamente caras — meu Deus, será que tiram o valor da anuidade da cartola e ainda acrescentam mais dez por cento? —, porém, seja como for... Se tivesse planejado melhor, se não houvesse sido tão incompetente, possuiria tudo de que ela precisava. Teve vinte anos para economizar duzentos mil dólares. Seria tão difícil assim? Dez mil por ano. Muito menos, levando-se em conta qualquer ganho com os juros sobre a poupança. Bastaria juntar sessenta mil e deixar de lado. Mas ele não deixou de lado. Jogou com o dinheiro. Investiu, investiu nele e em outras pessoas. Achou que poderia fazer os duzentos mil na hora em que quisesse, em qualquer ano. Como prever que o mundo perderia interesse em gente como ele?

Há um ano, havia tido a ideia de lançar uma nova linha de bicicletas clássicas, duráveis, um objeto para colecionadores, pessoas que gostam de mecânica e famílias que simplesmente desejavam alguma coisa indestrutível. E por isso saiu à cata de um empréstimo. Calculou que meio milhão de dólares lhe permitiria alugar um pequeno depósito e algumas máquinas, contratar alguns engenheiros e projetistas, construir alguns protótipos, comprar alguns caminhões. O que queria eram bicicletas fortes e simples, com linhas enxutas, toneladas de cromo, tudo construído para durar mil anos e nunca parecer velho.

Formulou um plano de negócios viável, mas os bancos não o levavam a sério. "Quer produzir isto? Onde?" "Quero produzir bicicletas", ele respondia. "Em Massachusetts." Todos achavam a maior graça. Muito divertido para quem detinha o dinheiro. Um investidor em novos empreendimentos de fato riu ao telefone, um riso aberto e genuíno — uma longa gargalhada. "Alan, se eu te desse cinco mil dólares, para não falar de quinhentos mil, nós dois estaríamos fritos! Iam nos internar num hospício!"

Não era o momento oportuno de pedir dinheiro aos bancos para o que consideravam um projeto quixotesco em suas dimensões. Entre os encarregados de empréstimos nos bancos particulares, os mais simpáticos o orientavam a procurar o governo. "Já ouviu falar da Small Business Administration?", perguntavam. "Visite o website deles. É muito informativo e fácil de usar."

Por isso, Alan contatou bancos cada vez menores, cujos funcionários eram ainda mais céticos com relação a suas ideias. Nunca tinham ouvido falar de nada parecido. Alguns deles eram tão jovens que jamais haviam examinado uma proposta de negócio envolvendo a fabricação de qualquer coisa no estado de Massachusetts. Achavam que tinham desencavado um feiticeiro dos tempos antigos, repleto de histórias sobre um mundo esquecido.

"Agora você quer ser o queridinho dos sindicatos!", Ron disse com uma risadinha sardônica. Alan tinha cometido o erro de comentar seus planos com o pai. Pensou que pudesse impressioná-lo. Quem sabe uma chance de redenção? Mas Ron não lhe deu o menor apoio.

"Tarde demais, Sonny."

Quando disse *Sonny*, quis dizer *seu bosta*.

"Não acho."

"Você ajudou a organizar a transferência para a China. Não dá para botar o gênio de volta dentro da lâmpada. Mas por que ouvir a mim? Por que não contrata alguns consultores para dizer o que você deve fazer?"

Ron sempre desprezara os consultores. "O que é que eles podem me dizer sobre meu próprio negócio? Ganham uma fortuna vergonhosa para interpretar mal uma planilha."

Alan parou de pedir conselhos a seu pai.

Nas poucas vezes em que foi convidado a preencher os pedidos de empréstimo, os entendimentos passaram de esperançosos a trágicos com alarmante rapidez. E o fator que parecia transformar sua proposta de arriscada em venenosa não era a infraestrutura do país, o mercado para produtos fabricados nos Estados Unidos, ou mesmo a competição com a China. Era a Banana Republic. A Banana Republic estava destruindo a possibilidade de que empreendedores como ele tocassem o país para a frente. A Banana Republic acabara com seu crédito, e isso havia acabado com os Estados Unidos.

Alan nunca verificara ou ao menos conhecera sua pontuação de crédito, porém foi informado, por todos os bancos e até por algumas empresas de investimento especulativo, que ela o transformara num pária. Seu escore, 698, ficava uns cinquenta pontos ou mais abaixo do que o qualificaria como alguém digno de crédito, ou mesmo de poder ser considerado um ser humano.

Depois de muito esforço, entendeu que o momento decisivo de sua vida financeira, e o obstáculo que o impedia de receber qualquer empréstimo, tinha sido uma compra na Banana Republic seis anos antes.

Ele precisava de um novo paletó, e a vendedora lhe disse que se possuísse um cartão da loja Banana Republic, ganharia um desconto de quinze por cento naquele dia, podendo cancelar o cartão logo depois. No entanto, após ter cancelado o cartão, por alguma razão o processo não foi finalizado e as contas continuaram a ser enviadas. Como imaginava haver cancelado o cartão, ele nunca abrira os envelopes, achando que só traziam propaganda não solicitada.

Por isso, seu atraso no pagamento passou de trinta para noventa dias e depois cento e vinte dias, até que as agências de cobrança foram acionadas e ele teve de pagar setenta e dois dólares de penalidade financeira, ocasião em que o cartão foi definitivamente cancelado.

Mas tudo isso havia derrubado sua pontuação de crédito para menos de setecentos pontos, e qualquer empréstimo, para não falar de uma terceira hipoteca (ele fizera a segunda antes do desastre da Banana Republic), ficou fora de cogitação.

Os funcionários dos bancos apontavam para a pontuação e

erguiam as mãos para os céus. Quando ele explicava que durante os últimos trinta anos havia pagado religiosamente a hipoteca e todas as contas dos cartões de crédito de verdade, eles pareciam dar valor à informação, porém a coisa morria ali. A pontuação era o fato concreto.

Alan tentou argumentar com um deles.

"Está vendo aqui meu verdadeiro relatório de crédito?"

"Sim, senhor."

"E dá para ver que o único ponto negativo é o problema com o cartão da Banana Republic?"

"Sim, realmente é o principal, não há dúvida."

"E você reconhece que o valor de setenta e dois dólares no cartão da Banana Republic há seis anos não é um indicador significativo quando comparado com trinta anos de desempenho perfeito no pagamento de todas as contas e da hipoteca?"

"É verdade, concordo."

Alan teve a impressão de que vencera o obstáculo.

"Quer dizer que essa questão está superada?"

O sujeito riu. "Ah, não. Sinto muito, meu senhor. A pontuação está abaixo de nosso nível de corte. Não podemos oferecer empréstimos a quem tem uma pontuação inferior a setecentos."

"A minha é 698."

"Sei, mas mesmo abaixo de 740 exige uma revisão nos níveis mais altos do banco."

"Mas vocês nem compilam essas pontuações."

"Certo."

"É uma agência de fora. A Experian."

"Certo."

"Você sabe como eles avaliam que cartões ou que pagamentos acionam determinadas reduções na pontuação de crédito dos clientes?"

"Não, não. Essa é uma informação protegida por direitos

intelectuais." O sujeito deu uma risadinha, como se os dois estivessem considerando as motivações do próprio Deus. "Protegem essa informação com o maior carinho", ele acrescentou.

Alan tentou se comunicar com a Banana Republic. Não tinham a menor ideia. "Não lidamos com cartões de crédito nesse nível", ele foi informado por uma funcionária, encaminhando-o a uma companhia no Arizona. A ligação para o número no Arizona caía repetidamente, como se de propósito.

Havia chegado a época do domínio da máquina sobre o homem. Era a ruína de uma nação e o triunfo de sistemas projetados a fim de impedir todo contato humano, o raciocínio humano, a capacidade de julgamento individual, a tomada de decisões. A maioria das pessoas não queria tomar decisões. E muitos dos que podiam, tinham decidido cedê-las às máquinas.

Alan se pôs de pé. As linhas do quarto estavam todas misturadas, como naquele jogo de varetas. Encontrou a cama, deixando que o engolisse. Ela girou como um pião. "Talvez eu tenha bebido demais", ele disse, rindo baixinho. Encostou a palma da mão na parede e o movimento de rotação foi diminuindo até parar.

"Nada mau", concluiu, achando que era muito engraçado e competente. Queria parar o movimento giratório e havia conseguido. "Parabéns, meu rapaz!", congratulou-se.

Olhou para o espelho em cima da escrivaninha e depois para o telefone. Que soou naquele preciso momento.

"Alô?"

"Sou eu, Hanne."

"Estou bem. E você?"

Ela riu. "Não perguntei como você estava."

"Achei que você precisava saber."

Ela riu de novo, aquele riso dedilhado nas cordas graves. "Já está deitado?"

"Não. Por quê?"

"Tem uma festa na embaixada esta noite."

"A embaixada da Dinamarca?"

"É, e vai ser uma bacanal."

"Já estou de porre. Aquela bebida ilegal."

"Ótimo. Vai se adaptar bem. Quer vir?"

19

Pegou um táxi para a embaixada e, vinte minutos depois, viu duas mulheres lambendo os mamilos com piercing de um homem, ambas montadas sobre ele como consortes de algum bárbaro. Havia gente vestindo apenas as roupas de baixo, e um número imenso de pílulas. Oceanos de bebidas ilegais. Uma coisa desesperada, desregrada, ocasionalmente prazerosa.

Um homem gordo dançava ao lado da piscina, e dançava bem. Calças muito apertadas para um sujeito tão grande. Hanne desaparecera, tinha ido para o bar.

Sozinho, Alan ficou vagando pela casa. Não precisava de nenhum drinque.

As calças do homem gordo reluziam como as escamas de um peixe. Alan não compreendera quem ele era, por que havia tantas mulheres ao seu redor, interessadas nele, até que o gordo começou a dançar, e tudo se justificou. Ele era fantástico. E canadense. Um canadense gordo e também um fenômeno como dançarino.

Havia uma brincadeira em curso na piscina: pessoas mergulhando para recuperar pílulas. Não se fumava maconha na festa, o cheiro seria facilmente reconhecível pelos vizinhos se soprasse algum vento. Em vez disso, havia pílulas, muitíssimas pílulas, além de vinho e outras bebidas alcoólicas em garrafas sem rótulos. Era o paraíso de qualquer fabricante clandestino de bebidas.

Um homem alto, com a compleição física de um viking, os cabelos cor de palha presos num rabo de cavalo, jogava as pílulas na parte mais funda, centenas delas, e as pessoas mergulhavam para pegá-las. "Quero ver vocês engolirem as pílulas", ele dizia para os frequentadores da festa que mergulhavam vestindo as roupas de baixo. Só podiam participar da brincadeira aqueles que voltavam à superfície e engoliam as pílulas diante dele. Por isso, muitos pulavam na água para pescar as pílulas azuis e brancas, bem difíceis de ver no chão da piscina à noite. Que seriam elas?

Uns disseram que era Viagra, outros, Ambien, mas não podia ser. Logo depois alguém saiu nu da piscina, o que causou certo rebuliço. Dentro da piscina havia homens e mulheres entrelaçados, corpos refratados que se moviam de forma ritmada, havia as pílulas e as bebidas, mas o homem que saiu nu da piscina aparentemente tinha ido longe demais. Foi logo envolto numa toalha e levado para dentro da casa.

Onde estava Hanne?

Ele nunca vira gente daquela idade se comportando de igual maneira. Gente de certa idade, da idade dele, em roupas de baixo. Gente de certa idade engolindo pílulas com a ajuda de bebidas de fabricação caseira em garrafas gigantescas. Algo reprimido tinha sido liberado. Como a mulher de seios fartos, que os carregava como uma bandeja à sua frente. Caminhando de um lado para o outro, pelo jeito sem nenhum outro propósito senão o de exibi-los. Não parecia falar com ninguém. Como se houvesse sido contratada para fazer aquilo, andar sem rumo, ser admirada. Coisas que se faziam em Nova York e em Las Vegas, mas ali?

Alan tomou goles de uma dezena de garrafas de vidro branco, o conteúdo sempre dando a impressão de ser água, mas com gosto de máquinas quebradas.

Trocou ideias com um arquiteto americano, que disse ter projetado parte da CERA, o centro financeiro. Ele havia desenhado alguns dos mais altos edifícios do mundo. Surpreendentemente, vinha de algum lugar muito plano. Iowa? Tinha se mostrado amigável, modesto, talvez um pouco no bagaço. Intercambiaram impressões sobre a insônia. O arquiteto acabara de chegar de Shanghai, onde construía uma nova torre, mais alta do que qualquer outra com que se envolvera até então. Nos últimos dez anos tinha trabalhado em Dubai, Cingapura, Abu Dhabi, vários lugares na China.

"Não trabalho nos Estados Unidos desde... porra, nem lembro mais quando foi a última vez", ele disse.

Alan perguntou a razão, embora a conhecesse. Sem dúvida dinheiro, mas também visão, coragem, até mesmo uma parcela de orgulho e competitividade pessoais.

"Não é só uma questão de ser o maior ou o mais alto, mas, você sabe, nos Estados Unidos não se vê o mesmo tipo de sonho.

Estão todos entorpecidos. Os sonhos acontecem em outros lugares", disse o arquiteto. E foi embora da festa.

"Vem conversar comigo."
Era Hanne.
"Onde você andou?", ela perguntou.
Alan não sabia.

Ela o puxou pela mão. Ele seguiu.
"Vamos fazer uma bobagem", ela disse.

Foram para a garagem. Três geladeiras ainda embaladas.
O rosto dela encostado em seu peito, os olhinhos voltados para cima tentando ser provocantes, mas se revelando de fato inquisitivos. Ele se sentiu vulnerável e desviou o olhar.

Beijaram-se por um momento, e então ele parou. Fingiu que era um gesto de fidalguia. Uma questão de dignidade.

"Isso parece meio bobo, essa pressa, não acha?", ele disse.

Ela recuou um passo, encarando-o como se ele tivesse revelado um segredo terrível, que fora membro da ss em sua juventude. Depois riu. "Um cuidado admirável na sua idade, Alan!"

Ele a trouxe mais para perto e a abraçou por um bom tempo. Beijou o alto de sua cabeça. Agora era seu pai. Seu padre? Era um idiota.

Ela se afastou. "Não me trate como se eu fosse uma criança."

Ele pediu desculpas, disse o quanto gostava dela — o que era verdade.

"Você não pode me ferir, sabia?", ela disse. "Sou indestrutível."

Era o sinal para ele ir em frente. Uma pessoa dizendo à outra que mantinha os olhos abertos, que não era necessário se preocupar com a possibilidade de ela se apaixonar ou até mesmo vir a se lembrar dele.

Será que ela estava sendo cruel? As pessoas não gostam que lhe seja negado aquilo que desejam. Especialmente quando parece ao seu alcance. Duplica a raiva. Sem dúvida Hanne achava que estava fazendo um favor a Alan. E, depois de prová-la, ele havia dito não. Ela não voltou a lhe falar durante o resto da noite.

A essa altura, de qualquer forma, a festa já estava quase acabando. Aquilo aconteceu perto do fim, ao menos perto do fim de sua permanência na festa. O astronauta! Um homem numa veste espacial. Tratava-se de uma fantasia, mas muito boa, muito autêntica. Um misto de roupa usada na nave Apollo e no filme *2001* de Kubrick, cheia de ângulos, braços e pernas sanfonados. O homem simplesmente deu uma volta, fingindo não estar sujeito à força da gravidade, e voltou para dentro da casa. Reapareceu mais tarde sem o capacete, quando se viu que tinha uns sessenta e cinco anos. O que é que teria bebido ou tomado um homem de mais de sessenta anos para caminhar em câmera lenta durante a festa, fazendo pantomimas com as pessoas, fingindo que iria pegar os seios da mulher exibicionista?

No porão havia uma espécie de pista de dança, uma esfera com luzes estroboscópicas feita de folhas de estanho. Só tocava Motown, Diana Ross e The Shirelles. Jackson 5. Homens e mulheres de mais de quarenta anos se esfregando, paus encostados nas bundas. Os movimentos eram perturbadores. Alan precisou sair do porão.

* * *

Havia jovens interessantes na beira da piscina.

Traziam suas bebidas em copos de papel vermelho, iam às vezes para a pista de dança por alguns minutos. Alan ficou perto deles, também sentado numa cadeira de armar, observando os pescadores de pílulas. Havia três jovens. Uma moça etíope falava com sotaque de americana. Havia nascido em Miami e agora trabalhava na embaixada da Etiópia. Seus cabelos apontavam em todas as direções, o nariz era fino e reto, os olhos enormes, as pálpebras pintadas de azul em tons de fumaça. Acompanhavam--na dois solícitos jovens, aparentando dezesseis anos, com rostos que lembravam frutas maduras, olhos pequenos e bem acesos. Um era holandês, o outro, mexicano. Estavam interessados em Alan, na CERA, em tudo.

"Isto aqui vai pipocar", disse a etíope.

"O quê? Pipocar?" Alan imaginou que ela se referia a algum tipo de guerra. Algum tipo de terror. Algo como o massacre de 1979 em Meca, todos os peregrinos mortos.

"Não, não", ela disse. "As mulheres. As mulheres sauditas estão por aqui. Não aguentam mais toda essa merda. Abdullah está abrindo as portas, na esperança de que as mulheres entrem por ela, assumam seu papel a partir daí. Ele pensa que é o Gorbatchóv. Está arrumando os dominós. A universidade para os dois sexos foi o primeiro. A CERA é o próximo."

Alan se voltou para os outros dois. "Concordam com isto?"

Ambos assentiram com a cabeça. Provavelmente sabiam mais do que ele.

Havia uma mesa de totó. Uma espécie de torneio, muito sério, com os nomes num quadro-negro, partidas eliminatórias.

Uma grande tela de televisão mostrava os filmes de Russ Meyer. O astronauta estava assistindo, curvado para a frente, o capacete no colo.

20

Um misto de recordações e revelações invadiu Alan na manhã seguinte enquanto ele tomava um banho de chuveiro, se vestia e lia seu exemplar do *Arab News*. O que era aquilo perto da pia? Outra garrafa de bebida ilegal. Hanne lhe dera na hora de sair. Hanne se preocupava com ele, o idiota. Pensou no beijo que deu em sua cabeça. Uma coisa terrível de fazer. Maldormido e ainda com um pé no mundo noturno da embaixada dinamarquesa, ele sabia que se sentiria muito frágil durante o dia. Bebeu o café e folheou o jornal, onde viu uma pequena fotografia do rei Abdullah com a legenda em que se registrava seu retorno ao reino.

Sendo assim, este seria o primeiro dia em que o rei efetivamente poderia visitar a CERA. Por mais improvável que fosse sua presença na cidade, e muito embora a sensação de Alan era de ter passado a noite dentro da mala de um carro, ele e a equipe da Reliant precisavam chegar na hora, prontos e apresentáveis.

"Yousef?"

"Não posso acreditar que você esteja acordado. Não são nem dez horas ainda. Espere. São só sete!"

"Quer me levar à CERA?"

"Quando? Agora?"

"Quero estar lá às oito e meia."

"Calcule chegar às nove e meia. Ninguém estará lá antes das nove. E assim posso levá-lo a um médico para olhar essa coisa no pescoço."

Alan encontrou-se com Yousef no canteiro em frente ao hotel e entrou no Caprice.

"Seus hábitos de dormir me preocupam."

"Tive uma noite estranha."

Alan sabia que não devia mencionar a festa na embaixada, porém queria muito contar tudo a Yousef, que acharia engraçado e poderia tanto se surpreender quanto dizer que aquilo acontecia o tempo todo. Qualquer reação o satisfaria. Mas ele havia prometido a toda aquela gente, inclusive ao homem com a fantasia de astronauta, e jamais quebrara uma promessa, por menor que fosse.

Passaram pelo soldado em cima do carro de combate, protegido por um guarda-sol de praia, e dessa vez Yousef virou à direita e não à esquerda.

"Onde fica o consultório?"

"Alguns quilômetros daqui. Noor conhece a mulher que trabalha na recepção."

"Obrigado por me levar lá", disse Alan.

"Nenhum problema", disse Yousef, acendendo um cigarro.

"Ouvi uma boa piada na noite passada."

"Que bom."

"Sabe o que é a legião estrangeira?"

"Claro. Como a francesa?"

"Isso mesmo. O capitão da legião estrangeira foi transferido para um posto no meio do deserto. Na sua primeira inspeção do terreno, ele vê um camelo muito velho e sujo amarrado a um poste nos fundos do dormitório dos soldados. Pergunta ao sargento que está servindo de guia: 'Ei, para que serve esse camelo?', e o sargento responde: 'Bom, comandante, estamos aqui no meio do nada e, como é natural que os homens tenham seus apetites sexuais, precisávamos do camelo'. O capitão fica surpreso, mas, como acaba de chegar, não quer fazer nenhuma onda. Por isso, ele diz: 'Se isso é bom para o moral da tropa, então estou de acordo'. A vida segue no forte e, passados seis meses, o capitão não aguenta mais e dá ordens ao sargento para que traga o camelo. O sargento sacode os ombros e traz o camelo para o alojamento do capitão. O capitão pega um banquinho, abaixa as calças e dá uma trepada em regra no camelo. Enquanto abotoa a braguilha, pergunta ao sargento: 'É assim mesmo que os soldados fazem?'. O sargento olha para as botas, sem saber o que falar. Por fim ele diz: 'Bom, comandante, eles geralmente só usam o camelo para ir até a cidade se encontrar com as mulheres'."

"Ah, meu Deus!" Yousef caiu na gargalhada, dando tapas no volante. "No começo fiquei preocupado — pensei que ia ser alguma coisa gozando os árabes. Você sabe, esse negócio de foder os camelos e tudo. Mas essa é boa. A melhor até agora. Noor vai gostar muito quando eu contar."

Yousef chegou a um grande hospital, cercado de altos muros. Parou no portão.

"O portão só é problema para mim, para você não."

Yousef cumprimentou o guarda e, como de praxe, fez sinais com a cabeça na direção de Alan, usando a palavra *Amree-ka* algumas vezes até receber permissão de entrar.

Estacionaram e caminharam até o prédio do hospital. Pouco depois, Alan se viu sentado num aposento com as paredes pintadas de verde-abacate. Havia uma mistura de revistas sauditas e americanas. Entrou uma enfermeira, sozinha, que tomou seu pulso e outras informações. Ao sair avisou que o doutor chegaria em breve.

Alan olhou para o chão, imaginando como poderia explicar a decisão de tentar fazer uma cirurgia nele próprio com uma faca de carne. Não viu motivo para mentir. Só um estúpido poderia ter causado aquela ferida.

Uma sombra escureceu o assoalho a seus pés e, ao erguer a vista, ele deparou com uma mulher baixa vestindo um avental branco.

"Sr. Clay?"

"Sim."

"Sou a dra. Hakem."

Ela ofereceu a mão, que ele apertou. Não podia ter mais do que um metro e meio. Seu *hijab* era bem apertado na cabeça, escondendo os cabelos com exceção de um fio que escapara e descia ousadamente até a bochecha. Seus olhos pareciam ocupar a maior parte do rosto, dominando o aposento. Seu guia de viagem mais uma vez se provava incorreto. Lá se dizia, sem qualquer dúvida, que, embora houvesse muitas médicas no reino, elas usavam *abayas* e só cuidavam de homens, se é que chegavam a fazê-lo, em situações de emergência, de vida ou morte, quando não havia doutores disponíveis. Talvez, Alan pensou, sua presença significasse que ele estava à morte.

"O senhor tem algum tipo de caroço nas costas?"

"Na verdade, fica no pescoço. Não tenho certeza se…"

Enquanto falava ela se aproximou, contornou-o e iniciou o exame antes de terminada a frase. Envolveu a ferida com os dedos fazendo com que ele perdesse o controle da situação.

"O que é isso?", ela disse. "O senhor andou mexendo aqui?"

Seu sotaque não era exatamente saudita. Parecia corresponder a uma mistura em que entravam o francês e o russo.

Ele preferiu não mentir. "Fiz uma investigaçãozinha."

"Com o quê?"

"Uma faca."

"Estava tentando se suicidar?"

Alan riu. Não sabia se ela estava fazendo uma troça.

"Não", respondeu.

"Está tomando algum remédio? Prozac ou…"

"Não estou deprimido. Fiquei curioso. Estava simplesmente tentando ver se…"

"Parece feita com uma faca de lâmina serrada."

"E foi."

"O senhor a esterilizou?"

"Tentei."

"Hum. Está com uma pequena infecção."

Recuou para olhá-lo nos olhos. Seu rosto tinha formato de coração, queixo pequeno, lábios carnudos e rosados. Alan não se sentiu à vontade encarando-a. Esperava muito dela.

"Bom, provavelmente é só um lipoma."

"E isso não é mau?"

Leu o nome no crachá: dra. Zahra Hakem.

"Não, é só uma coisa parecida com um cisto."

"E é..."

"Benigno."

"Tem certeza?"

Olhando agora para as mãos dela, pequenas e com as unhas roídas, ele perguntou sobre a proximidade com a espinha, a possibilidade de que aquilo houvesse causado sua falta de coordenação, a lentidão, a falta de energia e todos os demais achaques.

"Não. Não vejo a menor relação com nenhuma dessas coisas."

"Só quero me certificar. Explicaria algumas coisas."

Listou o que vinha sentindo, suas diversas preocupações físicas.

"E o senhor achou que esse caroço é a causa de tudo?"

Ela o olhava fixamente, estudando-o com um sorriso amistoso.

"E isso não é provável?"

"Eu diria que é improvável."

"Só preciso de alguém que diga que não há nada de errado comigo."

"Não há nada de errado com o senhor."

"Mas a senhora ainda não abriu o caroço."

"Não, mas eu sei do que se trata."

Como se desejasse validar a preocupação de Alan, ela deu uma nova olhada no caroço, cutucou-o, parecendo medi-lo com os dedos.

"Não pode ser outra coisa senão um lipoma."

"Está bem", ele disse.

Ela voltou a ficar diante dele e se sentou. Encarou-o abertamente.

"Isso o tem preocupado muito, não?"

Ele limpou a garganta. Sentiu um embargo na voz.

"Estou preocupado com uma porção de coisas", respondeu.

Ela se levantou e tomou algumas notas.

De repente lhe ocorreu um pensamento que não havia ainda aflorado, embora devesse ter estado presente o tempo todo: se o caroço fosse um câncer e ele estivesse condenado à morte, não teria mais razões para se preocupar. A bancarrota deixaria de ser uma preocupação. Os pagamentos da universidade e o futuro de Kit não seriam uma preocupação. Certamente eles abrem mão de tais pagamentos quando o pai morre.

A dra. Hakem pegou algumas coisas numa gaveta e voltou a seu pescoço. Postou-se às costas dele, que respirou fundo. Esperava sentir algum cheiro de coisa arejada, ensolarada, mas o dela era diferente. Não conseguia identificá-lo. Pensou em árvores, terra. Era almiscarado, potente. Uma floresta após a chuva, o aroma sutil de flores silvestres.

"Senti a mesma coisa há alguns anos", ela disse. "Um aperto no peito. Uma sensação de pânico, de que estava tendo um ataque cardíaco. Estava convencida de que, ao fazer um eletro, descobriria que tinha um sopro no coração, um ritmo irregular, alguma coisa que iria explicar meu cansaço e tudo."

Ela pôs um pouco de unguento numa gaze, prendeu com esparadrapo e voltou a se sentar no banquinho diante dele.

"E então?", Alan perguntou.

"E não era nada."

"Que pena", disse Alan, e ambos riram.

"Estamos condenados a viver com nossa saúde idiota", ela

disse, rindo ainda mais. "Mas, na verdade, entendo sua preocupação. A localização deixaria qualquer um apreensivo. Por isso, vou retirá-lo e então teremos certeza. Que tal?"

Ele ainda estava olhando para a parede. Não sabia se devia encará-la. Olhou de relance e viu que ela o observava, os olhos fixos, enormes. Eram castanhos, com estrias verdes, cinzentas e douradas. Difícil dizer sua idade. Algo entre quarenta e cinquenta, talvez mais. Incapaz de sustentar seu olhar, ele baixou a cabeça. Os sapatos dela eram elegantes, de saltos baixos e com alças. Alan afastou o rosto, contemplando a parede e um punhado de fios que, entrelaçados como artérias, saíam da sala e desciam pelo corredor.

"Posso operar dentro de uma semana. É conveniente para o senhor?"

Alan esperava com fervor estar longe daquele país em uma semana, mas se viu concordando. Acertaram a data, ela se pôs de pé.

"Vou vê-lo em breve, sr. Alan."

"Muito obrigado."

"Não se preocupe."

"Está bem."

"Prazer em conhecê-lo."

"O prazer foi todo meu."

No vestíbulo, Yousef caminhava de um lado para o outro como um futuro papai.

"E então, o que era?"

"Benigno. Não é nada. Um lipoma."

"Não é câncer."

"Ela acha que não."

Yousef apertou a mão de Alan. "Fico muito feliz."

"Eu também."

"Abdullah está em Riad. Ouvi no rádio."

Alan não sabia se sentia alívio ou não.

Saíram do hospital.

"E era uma doutora? De onde?"

"Não sei."

"Saudita?"

"Não perguntei."

"Árabe?"

"Creio que sim. Não tenho certeza."

"Mas provavelmente árabe?"

"Se tivesse que dar um palpite, diria que sim."

Yousef achou isto fascinante. Havia muitas mulheres médicas, ele explicou, mas, mesmo assim, era incrível que Alan pegasse uma na primeira chance.

"Ela usava véu?"

"Só um *hijab*."

"Estava sozinha?"

"Sim, estava."

Chegaram ao carro, Yousef girando as chaves. Parecia satisfeito.

"Interessante. Interessante."

21

Na tenda, ele teve a impressão de que os jovens haviam sido asfixiados com gás. Estavam espalhados no centro, pernas sobrepostas, os braços estendidos para fora. Parecia o massacre de Jonestown.

Alan correu na direção da equipe.

"Cayley? Rachel? Brad?"

Eles abriram os olhos lentamente. Estavam vivos.

"O ar-condicionado parou de funcionar", Rachel conseguiu dizer.

Puseram-se de pé devagar, gemendo.

Brad conferiu o relógio. "Dormimos por uma hora. Desculpe."

Cayley levantou os olhos, ainda vidrados de sono. "Espere. O que aconteceu com seu pescoço?"

Alan explicou a visita ao hospital, mostrou o curativo e discutiu o prognóstico. Aparentemente, eles se mostraram tão esperançosos quanto ele de que havia uma explicação médica para o que quer que o vinha afligindo.

"Então você acha que, se tirar o troço, vai ficar melhor?", Cayley perguntou.

Houve uma pausa constrangedora.

"O sinal estava forte hoje", disse Rachel salvando a companheira. Abriu o laptop mas logo fez uma expressão de escárnio. "Agora não tem nada."

"Alguma chance de o rei aparecer hoje?", perguntou Brad.

"Infelizmente não. Ele está em Riad", disse Alan.

Brad desabou de volta sobre os tapetes, Rachel e Cayley o seguiram. Alan ficou parado alguns segundos, todos pensando no que poderiam dizer e, não ocorrendo nada, se mantiveram calados.

Alan decidiu deixá-los tirar o dia para dormir. Saiu da tenda e olhou ao redor, sem nenhum propósito claro na cabeça.

Seguiu pelo passeio até onde ele terminava, diante de uma duna. Voltou-se na direção do mar. Tinha muita vontade de pisar na areia, mas o preocupava a possibilidade de ser visto pelos colegas. Havia aquelas janelas transparentes na tenda.

Mais além, avistou um monte alto de areia tendo ao lado um trator de pá carregadora, sem o operador. Se conseguisse ultrapassar o monte, ou desaparecer atrás dele, seria capaz de tocar na água sem ser visto.

Caminhou rápido ao longo da praia, contornou o monte de areia e se sentou à sua sombra. Uma vez lá, confirmou que não podia ser visto da tenda branca, da Caixa Preta ou por ninguém no edifício de apartamentos cor-de-rosa. Estava invisível para todos, com exceção dos peixes no mar.

Alan se preocupava continuamente com seu próprio comportamento. Tão logo fazia alguma coisa, tal como se esconder atrás de um monte de areia na margem do mar Vermelho, ele se perguntava quem era este homem capaz de abandonar a tenda de apresentações para se ocultar daquela forma.

Descalçou os sapatos e se arrastou para perto da água. Um vento leve formava ondas mínimas no mar. A areia, quase branca, continha muitos fragmentos de conchas, como se alguém viesse quebrando pratos ali nos últimos cem anos.

A praia era estreita, e em breve ele sentiu os borrifos das ondinhas nas solas dos pés. Enrolou as pernas das calças e mergulhou os pés na água, tão quente quanto o ar acima dela, embora fosse ficando mais fria à medida que se atingiam camadas mais profundas. Levantou-se com cuidado para não ficar muito visível. Mais uma vez refletiu sobre o que estava fazendo e duvidou de sua sanidade mental. Uma coisa era vagar pela área do projeto. Outra, ir para a praia. Mas o que dizer de tirar os sapatos, enrolar as pernas das calças e entrar na água?

O mar à sua frente não era conspurcado pelo mastro de nenhum barco à vela, por nenhuma embarcação de qualquer espécie. Aquelas águas pareciam ser notavelmente subutilizadas, ao menos na sua experiência. Ao longo dos cento e trinta quilômetros que percorrera para chegar lá, Alan não tinha encontrado muitos traços de ocupação humana. Como era possível que uma costa tão extensa fosse tão pouco explorada? Pensou em comprar uma das propriedades no caminho. Poderia comprar até duas, alugá-las durante metade do ano e ainda obter algum lucro. Encontrava-se imerso nesses cálculos quando se deu conta de não estar em condições de fazer nada disso. Não tinha um tostão para gastar.

Abaixou-se para examinar uma concha que não parecia quebrada. Estava inteira, virgem, com formato de vieira. Pôs no bolso. Encontrou outra, um cauri, com a superfície lisa como um vidro, castanha como a pele de um leopardo, com dezenas de pontos brancos. Já possuíra outros cauris, provavelmente ainda tinha uns cinco ou seis guardados numa caixa em algum lugar. Mas nunca encontrara um dentro d'água, como aquele. Também era perfeito — virou-o várias vezes e verificou que era imaculado, sem um arranhão. Os dentinhos lisos exibiam cores variadas. Não havia nenhuma razão para ser tão bonito.

Ele colecionara conchas quando jovem. Nada sério, mas conhecia o nome de algumas variedades básicas. Possuía um livro, de cujo peso e aparência ainda se recordava, que relacionava as mais admiradas e valiosas conchas de todo o mundo. Uma delas, chamada *Conus gloriamaris*, "a glória do mar", se dizia valer milhares de dólares. Ele era capaz de visualizá-la ainda agora, um longo cone decorado com uma infinidade de pequenos triângulos, obsessivos, dando a impressão de terem sido desenhados à mão. Essa concha costumava ser incrivelmente rara. Contava-se que, em 1792, um colecionador, que já possuía um dos poucos exemplares existentes no mundo, comprou outro num leilão apenas para destruí-lo, tornando o primeiro ainda mais valioso. Alan ficava horas debruçado sobre aquele livro, e sua mãe — achando que as ideias sobre coleções, a memorização de gravuras e a obsessão com as variações do mercado desenvolviam suas aptidões para ser um homem de negócios — lhe comprou outros livros e outras conchas, cujos nomes ele memorizava assim como os dos mares onde elas haviam sido encontradas.

Enrolou as calças até a altura dos joelhos e, curvado, molhou o rosto. Sentiu o gosto do sal ao lamber os lábios.

Quando Kit era pequena, eles se sentavam na praia, no Cape, na costa do Maine, às vezes em Newport. Com ela no colo, procuravam, em meio às pedras e à areia, vidros do mar, conchas bonitas e bolachas-da-praia. Comparavam seus achados, jogando os melhores num pote onde antes eram guardadas moedas de um e cinco centavos. Ele sentia saudades dela naquela idade. De seu tamanho, do peso ao sentar em seu colo. Tinha três ou quatro anos à época, e podia erguê-la, abraçá-la por inteiro. Podia agarrá-la e cobri-la quando ela chorava, sentir o cheiro de seus cabelos emaranhados, esfregar o nariz atrás de sua orelha. Ele sabia que exagerava ao fazer isso. Não parou quando ela fez sete anos nem quando fez dez. Ruby lhe lançava olhares de desaprovação, mas ele era incapaz de parar. Ela já tinha catorze anos, e Alan ainda queria enterrar o nariz no seu pescoço, cheirar sua pele.

Pensou numa carta que poderia escrever para Kit. Diria que as expectativas com relação à sua mãe eram injustas. Duvidava que Kit soubesse que Ruby havia tido um parto natural, sem analgésicos, sem anestesia epidural. Será que isso a impressionaria? Provavelmente não, até que ela tentasse fazer o mesmo.

"Kit, você diz que sua mãe não mudou, porém não é verdade. Mudou centenas de vezes. É importante saber que, no caso dos adultos, embora haja um desenvolvimento contínuo, nem sempre há uma melhoria. Há mudanças, mas não necessariamente crescimento."

Pouco provável que isso fosse útil. Talvez ele estivesse errado. Ruby não mudara tanto. Sempre fora impossível. Forte demais, inteligente demais, cruel demais, e o tempo todo impaciente demais para se satisfazer com um homem que vendia bicicletas. Após o primeiro encontro tudo tinha sido um desapontamento.

Ele havia estado em São Paulo a negócios, trabalhando para a Schwinn. A ideia era abrir uma fábrica lá, produzir uns seis modelos, vendê-los na América do Sul para evitar as tarifas. Mas a viagem tinha sido um fracasso. O contato local era um doido, um ladrão. Pensou que lhe pagariam de início uma soma astronômica, e Alan tinha certeza de que ele desapareceria tão logo o cheque fosse descontado. Por isso, telefonou para Chicago e disse que teriam de recomeçar do zero. Deram de ombros e desistiram do projeto. Mas o voo de volta de Alan estava reservado para oito dias depois.

Poderia ter antecipado o regresso. Entretanto, como não tinha tirado férias nos últimos dois anos e a Schwinn já contava com sua ausência por uma semana ou mais, ele voltou para o hotel, viu um anúncio no lobby de uma viagem fluvial no rio Negro, e comprou a passagem. Foi para o quarto e passou o resto da noite na varanda, observando o movimento nas ruas e nas calçadas, as crianças em seus uniformes escolares do lado de fora até as onze horas. Durante um bom tempo acompanhou com a vista uma menina que não teria mais de oito anos, magrinha como um gato silvestre, que andava de um lado para o outro, sozinha e em segurança, com um carrinho cheio de rosas brancas. Não vendeu nem uma.

De manhã, voou em poucas horas para Manaus, onde o rio à primeira vista não pareceu muito diferente do baixo Mississippi ou realmente de qualquer outro rio. Era largo e pardacento. Comprara a passagem imaginando uma floresta densa, com as copas das árvores formando um dossel sob o qual corria um rio estreito, com macacos visíveis do barco, jacarés e piranhas abrindo e fechando as mandíbulas, botos-cor-de-rosa saltando das águas. Em vez disso, chegou à margem, atravessou dezenas de metros de lama ao longo de um pontilhão feito de caixotes, até chegar a um decrépito barco de madeira movido a rodas, com três andares de altura, dando a impressão de que flutuaria tão bem quanto uma velha igreja construída de tábuas.

Os dias eram simples — e gloriosos por sua simplicidade. Os passageiros acordavam ao raiar da aurora, cochilavam por uma hora e passavam outra hora fazendo o que bem quisessem, passeando nos conveses, contemplando a paisagem que ia ficando para trás, conversando à toa, jogando cartas, escrevendo em diários, lendo sobre a vegetação. Às oito era servido o café da manhã, sempre alguma coisa fresca — ovos, bananas-da-terra, melões, pães recém-saídos do forno, sucos de laranja e de manga. Depois do café, havia um novo período de tempo livre, pois só às dez ou onze o barco chegava a um porto interessante. Num dia era uma antiga aldeia de choupanas com teto de palha erguidas acima da área inundável, noutro dia um passeio pela floresta à procura de cobras, lagartos e aranhas.

Alan dormiu mais no barco do que julgava possível. Graças ao maior coeficiente de oxigênio no ar, diziam os tripulantes. Segundo eles, gente do hemisfério Norte dormia muito nos primeiros dias. Ele se surpreendia dormindo por toda parte — em sua cabine no segundo convés, numa cadeira, não importa onde. E o sono era sempre tão satisfatório quanto os melhores de sua vida.

Havia a bordo doze herpetólogos, a maioria com mais de sessenta anos, Alan e uma mulher de sua idade. Era Ruby. Alta e magra, corpo curvilíneo, cabelos negros e curtos. Todos na tripulação a adoravam e, embora casados, davam em cima dela, que os maltratava. "Sua pobre mulher", disse para um deles, um peruano casado, que pegou em sua mão durante o jantar. "Você não a merece", Ruby continuou, "quem quer que ela seja, onde quer que esteja."

Alan se manteve próximo dela a partir de então, simplesmente para ouvi-la falar.

Após a excursão diária, o barco prosseguia viagem, descendo o rio devagar, a tarde se alongando sem planos ou obrigações. O jantar era sempre espetacular, regado a cerveja. Após o jantar, todos se sentavam no convés, jogando cartas ou dominó, ouvindo as histórias de Randy, o capitão com duas esposas, e de Ricardo, o imediato com um número ainda maior de esposas. Mais tarde, o grupo se dispersava em direção a suas cabines e Alan ficava sentado no convés superior, quase sempre sozinho. De lá podia ver a abóbada inimaginavelmente vasta do céu, as copas das árvores passando à direita e à esquerda, os estalidos e o farfalhar produzidos pelos pássaros e macacos ocultos.

Alan não contara viver nenhum romance no barco, mas se viu sentado junto a Ruby durante as refeições e andando a seu lado nos passeios, até se tornarem amigos e formarem uma espécie de casal. Isso podia se dever simplesmente ao fato de terem a mesma idade numa embarcação cheia de pessoas mais velhas. E seria ele o único desejoso de ouvi-la falar horas a fio todos os dias? Algo no ar do rio, no céu escancarado, a fazia pontificar — coisa que ela reconhecia sorrindo. "Você não se importa de me ouvir falando pelos cotovelos?", tinha perguntado, e Alan respondera que não, que não se importava nem um pouco.

Andavam pela floresta enquanto ela contava sobre o trabalho que pretendia fazer, parecendo querer salvar o mundo.

"Não, não!", ela disse. "É o contrário do que eu quero. Isso é o que fazem e dizem os porras-loucas. Estou falando sobre algo muito mais sério."

Ela criticava as pessoas de grande capacidade e personalidade que gastavam seu tempo com coisas menores, com assuntos triviais. Irritava-se com a questão do direito dos animais. Não eram tanto os pandas e as baleias que a aborreciam, mas as pessoas que esterilizavam gatos e salvavam hamsters.

"Ótimo, ótimo, tratem bem deles", ela reclamava, se referindo aos animais. "Mas todo o dinheiro, todos os advogados, campanhas e protestos por causa dos coelhos e dos ratos nos laboratórios! Se fosse possível canalizar toda essa energia para salvar a vida dos seres humanos subnutridos no mundo todo!"

Alan concordava com a cabeça. Não achava que fosse um jogo de soma zero. Mas era exatamente aí que ela queria chegar. A energia gasta em matérias não essenciais estava impedindo o progresso nas áreas mais urgentes. Alan admirava seu brilho e impetuosidade, se não sua raiva. Exasperava-a a persistência das crises globais que ela entendia serem solucionáveis a curto prazo. Escrevia cartas para senadores, governadores, pessoas influentes no FMI. Insistia que ele as lesse enquanto o observava sentada do outro lado do quarto, com a expressão de quem tinha acabado de fazer sexo. Ela estava certa de que, em cada ocasião, acabara de escrever a Magna Carta. Depois, competia a Alan dizer que o senador A ou B seria um louco caso não entendesse a lógica de seus argumentos, ao mesmo tempo que buscava moderar as expectativas dela.

No entanto, isso era impossível. Não havia um meio-termo no que ela desejava do mundo, de si própria, de um marido.

Um motor entrou em operação com um rugido. Alan se voltou para ver um homem numa pequena máquina de terraplenagem. Havia dois outros homens por perto, prestes a trabalhar no trecho próximo do passeio.

Alan imaginou que os operários da CERA um dia contariam a estranha história de um americano de terno e gravata que vagava à toa pela praia, se escondia atrás de montes de entulho e descia nas fundações dos edifícios. Isso já tinha acontecido antes: esforçando-se para desaparecer, se tornava mais visível.

Voltou para a tenda e encontrou os jovens dormindo no escuro casulo de plástico. Enrolou um dos tapetes e o usou como travesseiro.

Ele estava sozinho no convés superior do barco. Era pouco antes da meia-noite, o céu repleto de estrelas, quando a embarcação entrou sem fazer ruído por um tributário estreito, o vento quente e as fogueiras muito distantes. Ruby estava de pé junto à amurada, usando uma blusa amarela bastante puída, e Alan se aproximou por trás dela. No entanto, antes mesmo de alcançá-la, Ruby curvou as costas, encostando-se nele. Alan cruzou os braços sobre seus seios e ela se voltou rapidamente. Beijou-a, sua boca tinha gosto de cerveja. Conseguiram chegar à cabine dela, onde permaneceram a maior parte dos dias seguintes.

Casaram-se com uma pressa inusitada, mas Alan logo percebeu que ela o desprezava. Quem era ele? Um vendedor de bicicletas. Não estavam no mesmo nível. Ele era limitado. Tentava ficar à altura dela, alargar sua mente e ver as coisas como ela via, porém seu equipamento não ajudava. A maior vantagem de seu trabalho eram as viagens que fazia para a Schwinn em busca de novos mercados, e Ruby as apreciava muito. Nas primeiras visitas a Taiwan, Japão, China e Hungria, ela o acompanhava e se comportava maravilhosamente. Era encantadora, radiante. Observava tudo, se encontrava com todo mundo. Era uma anfitriã espetacular, a americana mais impulsiva, intelectualmente curiosa e vibrante que eles tinham conhecido.

Mas sentia vergonha de Alan. Ele desconhecia metade das pessoas a quem ela se referia — dissidentes, filósofos, líderes no exílio. Ele procurava encontrar algum empresário industrial à mesa, um dos maridos que estava a par do que eram custos unitários ou prazos de entrega e pouco interessado no potencial de desenvolvimento social no Sri Lanka. Às vezes dava sorte, e eles evitavam o fogo cruzado dos idealistas em guerra por conta dos detalhes de planos impossíveis de serem executados e de missões impossíveis de serem financiadas.

O companheiro ideal de Ruby, Alan se deu conta então, seria um Kennedy, um Rockefeller. Talvez Aristóteles Onassis ou George Soros. Ela precisava de um patrocinador rico que tivesse influência política, capaz de abrir as cortinas do poder e lhe mostrar as alavancas e os botões de comando. Capaz de bancar seus projetos. Quando se frustrava, quando via Alan como areia em suas engrenagens, ela se tornava maldosa.

"Não existe esse negócio do 'companheiro ideal'", disse certa vez quando jantavam em Taipei com um fornecedor e sua esposa, casados havia quarenta anos. "A ideia de que só existe uma pessoa no mundo que deveria ser seu par é ilógica", ela continuou. Tinha tomado alguns drinques e se comprazia em expor seus pensamentos. "A matemática simplesmente não funciona! O companheiro de alguém não passa de um acidente causado pela proximidade."

Alan abriu os olhos na tenda à beira-mar. Os jovens dormiam. Achavam que ele era um nada, um homem irrelevante. Não sabiam que nadara no rio Negro infestado de jacarés. Quase fora destroçado certa manhã, sendo salvo pela ex-mulher que, apesar de sua constante crueldade, fora a única pessoa a defendê-lo naquele dia e em qualquer outro.

* * *

Ele tinha visto alguns tripulantes caírem n'água de vez em quando, o que suscitara discussões sobre os jacarés. Depois disso, houve palestras sobre como eram raros os ataques, como os jacarés não tinham interesse pela carne humana a menos que as águas estivessem baixas demais ou que condições extraordinárias houvessem reduzido ou eliminado suas presas habituais.

Por isso, enquanto o barco estava ancorado junto a uma aldeia, alguns passageiros se sentiram atraídos e caíram n'água sem maiores preocupações. "Tudo bem", eles disseram, permanecendo num local raso perto de onde brincavam as crianças da aldeia, todos dentro do rio sem serem devorados por répteis gigantescos. Não parecia haver nenhum deles naquela parte do rio, até que, minutos depois, houve uma comoção do outro lado do barco. Um marinheiro que pescava tinha acabado de pegar um filhote de jacaré, do tamanho de um sapato. Alan e Ruby correram para vê-lo e, na verdade, era idêntico aos que haviam conhecido nos livros. Os dentes de baixo se projetavam incrivelmente sobre os de cima, o animalzinho parecia apoplético.

Alan não tinha a menor intenção de nadar. Mas, ao ver o filhote de jacaré se contorcendo no convés e sabendo que ele coexistira de perto com os passageiros e crianças na parte rasa do rio, Ruby ficou certa de que não havia risco. Mergulhou, nadou para um lado e para o outro, tentou convencer Alan a fazer o mesmo. Ele se negou, porém depois, no convés, ela se encostou nele, com uma toalha em volta do pescoço.

"Você devia entrar na água", ela disse.

E era tudo de que ele precisava. Mas decidiu ir mais longe e, encontrando um bote a remo no barco, o pôs na água e entrou. Planejou se afastar a remo da margem e nadar onde era mais fundo.

O bote, muito pequeno, mais se assemelhava a um caiaque pela proximidade entre sua borda e a superfície da água. Ele remava com os pés esticados para a frente, o que lhe pareceu bastante normal. No entanto, em breve toda a tripulação o observava do convés inferior ao de Ruby, todos achando graça em seu progresso. Por isso, Ruby também começou a acompanhá-lo com interesse, e logo compreendeu o que os divertia tanto. Como o bote que Alan escolhera estava cheio de buracos, começou prontamente a submergir. Os risos da tripulação aumentaram à medida que foi afundando aos poucos no rio, crescendo em intensidade quando viram que ele compreendera a situação e se apressava em dar meia-volta para retornar ao barco antes de soçobrar por completo.

Alan havia sido informado de que os jacarés só representavam algum perigo caso se encontrassem esfomeados ou o nível das águas estivesse muito baixo, porém havia anomalias em qualquer tratado de paz entre animais e seres humanos — todas as semanas o funcionário de algum jardim zoológico perdia um braço nas mandíbulas de um tigre ou um elefante pisoteava seu domador. E lá estava Alan, afundando no rio Negro a cerca de trinta metros do barco, longe o bastante para garantir que se algo desse errado, se os jacarés o considerassem uma refeição satisfatória, ninguém poderia alcançá-lo a tempo.

Alan estava tentando não entrar em pânico, buscando se lembrar que qualquer ataque era improvável ou mesmo impossível, mas, fosse o que fosse… E se? Quando chegou a vinte metros de distância, a água ultrapassou a borda do bote e começou a penetrar com uma rapidez alarmante. O movimento para a frente cessou e a maior parte do bote desapareceu rapidamente na água cor de ferrugem; em breve ele se viu afundando ali mesmo, no rio infestado de jacarés e de outras criaturas desconhecidas.

Teve vontade de nadar até o barco, e bem rápido, mas ficou

com receio de que o espadanar atraísse dentes para seus membros em frenética agitação. Ao mesmo tempo, desejava levar o bote de volta, pois fora sua, e só sua, a ideia de fazer um passeio a remo, o que agora compreendia ter sido uma ideia perfeitamente estapafúrdia. Não queria que o bote, agora preso entre suas pernas, fosse para o fundo. Ao mesmo tempo, sabia ser bem possível que as pernas esticadas para baixo estivessem sendo estudadas com grande interesse pelos carnívoros do rio. E os espectadores ainda riam. Alguns já haviam sido vencidos pelo enfado e nem o observavam mais.

Houve um momento em que ele olhou para a embarcação e pensou: Bem, esse deve ser o fim. Pode ser a última coisa que vejo na vida. É um barco bonito e, em cima dele, a linda Ruby se debruçando e de repente gritando.

"AJUDEM ELE!"

Ela estava prestes a pular na água. Curvada sobre a amurada, tentava chamar a atenção dos tripulantes no convés abaixo.

"AJUDEM ELE, SEUS PUTOS!", Ruby voltou a gritar, repetindo esta e outras versões da ordem até que, um minuto depois, três deles entraram num bote a remo e rebocaram Alan de volta.

22

Quando Alan chegou ao quarto do Hilton, a luz vermelha do telefone estava piscando. Uma mensagem de Hanne: "Telefone para mim".

Ela atendeu tão logo a campainha tocou.

"O que você vai fazer hoje de noite?", perguntou.

Alan pensou no seu quarto, nas aventuras desesperadas que podia ter ali. A cama, o espelho, a bebida ilegal.

"Nada", respondeu.

"Venha à minha casa. Preparo alguma coisa."

"Posso mesmo ir?"

"Aqui onde eu moro ninguém repara."

"Não precisa cozinhar. Posso te levar para jantar fora."

"Não, não. É mais divertido comer em minha casa. E também mais fácil."

Ele chamou Yousef, deixou um recado no correio de voz.

"Me ligue. Vou à casa de uma amiga e preciso de alguém para me levar."

Yousef iria adorar aquilo. Alan esperava uma chamada de volta a qualquer momento, mas nada aconteceu na meia hora seguinte. Yousef nunca falhara anteriormente. Alan sentiu uma vaga apreensão. Enviou-lhe uma mensagem de texto, sem receber resposta.

Pediu outro motorista ao *concierge*, comprou flores no lobby do hotel e uma hora depois se encontrava diante do portão de Hanne.

Tocou a campainha. Viu um vulto mover-se no andar de cima.

A porta se abriu e lá estava ela. Vestia uma blusa de seda sem mangas e calças pretas. Elegante, segura de si, o rosto radioso.

"Trouxe umas flores", ele disse.

"Estou vendo."

A casa não era muito diferente de seu escritório — dava a impressão de que ela se mudara horas antes. Não havia mais de cinco móveis. Um sofá, uma mesa, algumas cadeiras duras de madeira. Passaram pela cozinha, onde uma panela estava no fogo.

"Fiz um ensopado."

Alan disse que cheirava bem, embora só sentisse realmente o cheiro de pintura recente.

"Tenho vinho. Toma comigo?"

Hanne estava segurando uma garrafa térmica e um copinho de criança com a imagem de dois peixes de desenho animado. Alan sorriu e ela serviu um líquido rosado até que o copo estivesse pela metade.

"Um amigo aqui do condomínio começou a fazer este vinho recentemente. Ele é da África do Sul, lá entendem de vinho."

Alan provou e fez uma careta. Sabe-se lá como, era fraco e amargo.

"Bom assim?"

"Não, está bem. Obrigado", ele disse, bebendo de um gole um terço do que havia no copo.

"Tenho mais *siddiqi* para você", ela disse, empurrando outra garrafa de azeite por cima do balcão.

"Não tenho palavras para agradecer", ele disse.

Ela riu. "As pessoas bebem mais aqui do que na Finlândia."

Caminhou na direção da sala de visitas.

"Venha e sente aqui. Faz tempo que ninguém vem me visitar."

Sentaram-se no sofá, ocupando as extremidades.

"Deve ser estranho viver aqui", ele disse.

"É muito estranho. Mas é tão tranquilo a maior parte do tempo que eu adoro. A total falta de responsabilidade social. A gente não tem responsabilidades familiares, não tem responsabilidade com nenhum amigo de verdade. Com muita sorte, recebo um convidado por mês. Uma vida monástica, o que é um alívio."

Alan concordou com a cabeça. Ele sabia. "Isso sem falar nas festas da embaixada", ele disse.

Ela acendeu um cigarro. "É verdade, tem as festas. Eu fiz alguma bobagem?"

"De jeito nenhum", ele respondeu. "Todo mundo estava fazendo alguma coisa maluca."

Talvez fosse essa a solução, ele pensou, definir a tentativa dela como algo meio doido em que ninguém mentalmente são acreditaria.

Ao ouvir isso, uma luz se apagou no olhar de Hanne. Mas ela logo se recuperou, forçando um sorriso.

"E então, tenho notícias sobre o rei para você. Ele vai estar em Bahrein na próxima semana. Por isso, você está livre."

"Ah", ele disse, incapaz de dissimular seu desapontamento. Aquele não era o tipo de liberdade que Alan almejava. Queria ter a liberdade de fazer sua apresentação, obter a confirmação do negócio, arrumar a mala e voltar para casa. Queria ter a liberdade de ir embora do Reino da Arábia Saudita.

Hanne arrumou os pratos em jogos americanos de plástico, e em pouco tempo conhecia todos os fatos importantes da vida dele e vice-versa. Alan suspeitara de que ela fosse divorciada e acertou, porém errou na questão dos filhos. Não tinha nenhum, pois Hanne e o ex-marido assim haviam resolvido ao se casar. Ela não queria ter filhos nem ele. Mas então, passados cinco anos, ele decidiu que queria. Discutiram, ele se afastou e em breve engravidou outra mulher. Ainda eram casados quando isso aconteceu.

Daí em diante tudo ficou mais fácil. Como a McKinsey soube que ela estava pronta a aceitar missões no exterior, poucos meses depois foi mandada para Seul. Mais tarde, Arusha, e por fim Jidá e CERA.

Terminado o jantar e retirados os pratos, Alan esperava que ela o convidasse a voltar para o sofá ou levá-lo à porta com um bocejo, mas ela perguntou: "Quer tomar um banho?".

"Tomar o quê?"

"Um banho. Uma ideia que tive."

"Quer dizer, nós dois juntos."

Ela riu, descartando a coisa. "Foi só uma ideia que me veio à cabeça."

Mas ela não estava realmente pronta a abandonar a proposta. "Podemos fingir que é uma banheira cheia de água quente." Ele refletiu sobre isso, mas não profundamente. Pensou apenas que preferia continuar com ela naquela noite, mesmo de uma maneira esquisita, a ficar sozinho.

"Por que não?"

"Ótimo", ela disse, animada, caminhando em direção ao banheiro. A água começou a jorrar ruidosamente na banheira. Enquanto enchia, ela voltou para o sofá e terminou seu drinque.

"Você está planejando fazer mergulho submarino por aqui?"

Ele disse que não havia pensado nisso.

"É muito bom. Pouca gente faz, por isso está intocado. Há algumas semanas mergulhei em frente à praia da CERA. Cheguei a usar um biquíni, embora não devesse. Depois de uma hora apareceu um barco da guarda costeira. Era *haram*, proibido, estar lá vestida em trajes tão sumários."

"E você foi presa? Ou…"

"Não, só disseram para avisá-los na próxima vez. Aqui em Jidá, você sabe, facilitam muito a vida dos ocidentais. Na maioria das vezes, olham para o outro lado, mas querem saber onde você está fazendo o que quer que esteja fazendo. Em geral, para ter a certeza de que outras pessoas não verão você fazer o que está fazendo. Quer mais?"

Ela serviu mais vinho e foi verificar a água.

"Parece pronto."

* * *

E assim se viram nus, frente a frente, sem a menor ideia do que deveriam fazer a seguir. Ela se despira em primeiro lugar, entrando cautelosamente na banheira, como se não estivesse acostumada a fazer aquilo. Ele a observou, achando-a bonita, com formas generosas, pele muito clara e sardenta, as costas bronzeadas. Esperou até que ela se ocupasse com algumas velas atrás da cabeça e entrou depressa antes que o visse por inteiro.

Sentaram-se com os joelhos para cima, as taças de vinho nas mãos. Agora ele queria mais do que tinha sido servido.

"Você toma muitos banhos de banheira?", Alan conseguiu dizer.

"Não muitos", ela respondeu.

Hanne havia tentado usar sabão de lavar pratos para criar algumas bolhas, mas o resultado foi anêmico e logo desapareceu.

"Quente demais?", ela perguntou.

"Está bom", ele disse, sendo sincero. Gostava dela, admirava sua coragem, se sentia bem naquela situação, sentado numa banheira com uma nova amiga. No entanto, também pensava: "Que merda estou fazendo na banheira desta mulher?".

O problema era o risco de ofendê-la. Ele nunca queria ofender, por isso com frequência aceitava convites como aquele. Já se vira em casamentos e batizados com mulheres que o consideravam mais que um amigo embora dissessem o contrário. Era um idiota.

Devia haver alguma relação com o caroço no pescoço, ele pensou. Como o caroço era próximo demais de sua coluna, tinha alterado a passagem das mensagens do cérebro para o resto do corpo. Explicaria sua incapacidade de entender a sinalização humana.

Ela agora ensaboava o joelho devagar, como se desse polimento num corrimão. Sorriu para ela, que franziu a testa.

"Eu não te excito muito, não é?"

Ele não estava excitado e sabia que era uma questão de tempo até ela se sentir insultada. Estaria numa situação bem melhor se nem tivesse entrado na banheira. Nesse caso, não haveria por que pensar em ereções e como elas se refletiam naquela dinamarquesa nua e afável sentada à sua frente.

"Não, não", ele disse. "Você é muito bonita."

"Ficaria aborrecido se eu tentasse?"

Estendeu a mão na direção de seu pênis.

"Não ficaria aborrecido, mas prefiro que não tente."

Deixando a mão cair, ela se recostou no seu lado da banheira.

Alan procurou explicar como a vida era mais simples sem aquilo, a pureza que sentia, como as coisas haviam se tornado mais funcionais. O rosto de Hanne se contorceu numa máscara de aversão.

"Por que você desejaria esse tipo de simplicidade?"

"Quem pergunta é uma mulher que simplesmente abandonou a Europa."

"Não abandonei toda a humanidade."

"Nem eu. Estou numa banheira junto com você."

"Mas vive com essas barreiras. Tantas regras."

"Uma regra."

Permaneceram sentados na água parada.

"Isso é muito frustrante para mim. Não sei explicar exatamente a razão."

* * *

Alan sabia. Ela achava que estava lhe fazendo um favor naquela noite. E na outra. Como não era o homem mais bonito da face da Terra, ela imaginou que Alan seria presa fácil. Mas, ao vê-lo fora de seu alcance, ficou irritada. Ele não lhe falou essas coisas.

Disse apenas: "Isto já me aconteceu antes".

Ela ficou silenciosa por alguns segundos e depois soltou um gritinho. Mais cômico do que lancinante, fazendo-a recuperar o bom humor.

"Então por que você veio jantar?"

"Porque gosto de você. Porque estamos no meio do nada."

"Porque está solitário."

"Isso também."

"Acho que você é totalmente vazio."

"Eu mesmo lhe disse isso."

"Talvez não vazio. Mais para o derrotado."

Alan deu de ombros.

"O que o fez assim? Não há luz aí." Ela se inclinou para a frente e tocou na têmpora de Alan com o dedo. Seus seios pousaram por um instante no joelho dele, algo vibrou lá no fundo.

Ele vinha se fazendo a mesma pergunta durante a maior parte da última década. Após o divórcio, ficara enraivecido anos a fio, embora ao mesmo tempo se sentisse vivo. Tinha rido, saído com mulheres, desfrutado das coisas que se esperava lhe dessem prazer. Mas agora estava diferente. Podia se encontrar no mesmo lugar em que, no passado, sentiria grande satisfação com alguma coisa — um primo cantando uma música folclórica irlandesa num bar, a filhinha de um amigo mostrando algum truque no patinete —, e ele ria de um modo que esperava ser visto como caloroso. Mas não sentia nenhum calor humano. Só queria voltar para casa. Queria ficar sozinho. Queria ver os DVDs dos Red Sox enquanto traçava a bebida ilegal de Hanne.

"Alguém poderia teorizar que você não superou sua ex--mulher, que está paralisado."

Alan não tinha interesse por teorias e disse isso a Hanne.

"Você pelo menos pode me tocar?", ela perguntou.

Alan olhou para Hanne, que o fitava fixamente.

"Claro", respondeu.

Ela se pôs de pé na banheira, deu meia-volta e se sentou de novo, de costas para Alan. Encostou-se contra ele, aquele peso lhe lembrando o avental de chumbo de um dentista. Sua mão, guiada pelos dedos dela, se aninhou entre as pernas molhadas de Hanne.

"Dá para alcançar?", ela perguntou.

"Não de todo."

Ela se aproximou mais.

"Melhor assim?"

"Agora sim."

Ela se recostou ainda mais.

Ele apertou o clitóris dela entre os dedos. Um sorvo rápido de ar. Um gemido. Ele estava só começando, mas os sons aumentaram de volume. Sons bonitos, guturais e estranhos, e mais uma vez ele sentiu certa vibração. Perguntou-se se teria uma ereção. Sentiu uma fisgada, mas o momento passou.

Ela lhe guiou os dedos para que fizessem um círculo. Depois um oito. Os olhos dela se fecharam e ele soube que Hanne estava bem longe, num quarto de adolescente ou numa praia, e que, em sua mente, Alan era outra pessoa — um homem mais jovem, mais forte. Um homem vital, um homem disponível. Ele continuou a fazer círculos, a beliscar de leve, a subir e descer. A respiração dela se tornou irregular e ruidosa, o corpo ficou mais pesado contra ele.

Ele havia lido recentemente numa revista muitas previsões futuristas, incluindo a certeza de que em breve teríamos computadores nas lentes de contato e poderíamos acessar toda a informação do mundo usando apenas os olhos. Produziríamos órgãos melhores, a nanotecnologia permitiria a criação de agentes anticancerígenos dentro de nossos próprios corpos, viveríamos até os duzentos anos. Alguns se preocupavam com a possibilidade de nos tornarmos uma espécie de robôs, mas já éramos muito semelhantes a robôs mesmo agora, programados e de fácil utilização. Possuíamos botões, tínhamos circuitos, tudo podia ser mapeado e explicado, reprogramado e recalibrado. A extrema simplicidade mecânica de mover aquela coisa estranha, aquele clitóris, para cima e para baixo ou em círculos, de provocar o maior prazer, parecia ridiculamente fácil. E assim fazíamos porque gerava um tipo de felicidade. Pressionamos os botões que proporcionam compensações. O máximo que um ser humano pode fazer é ser útil. Não o fato de consumir, de observar, mas fazer algo para alguém que torne sua vida melhor, mesmo que só por alguns minutos.

"Mais rápido agora", ela disse num sibilo, o sotaque mais pronunciado. Ele acelerou o movimento. Dedilhou e fez círculos enquanto a respiração dela se tornava mais ofegante. Sua mão direita agarrou a dele, a esquerda voou para um mamilo, depois para o outro. Os toques de Alan se alongaram e ela quase gritou. Anos antes, ele fora um perito naquilo. Os orgasmos loucos de Ruby, o modo pelo qual ela sacudia a cabeça para a frente e para trás, uma sucessão quase indistinta de "nãos", seus cabelos o açoitando a cada movimento furioso da cabeça.

Em breve Hanne estava corcoveando, mandando que ele não parasse, que fosse mais rápido. A água transbordou da banheira. Suas costas formaram um arco, ela gozou, tudo acabou.

Voltou-se para vê-lo, tocar no seu rosto, nos seus lábios. Olhou fundo nos olhos dele, ardentemente, em busca de algum sinal de que rompera as barreiras, de que o mudara. Nada tendo encontrado, voltou a lhe dar as costas, encarando a parede de azulejos. Apertou as costas contra ele e riu. Haveria um tempo em que o mundo criaria pessoas mais fortes do que eles. Quando tudo aquilo estaria solucionado. Até então, contudo, haveria homens e mulheres como Hanne e Alan, que eram imperfeitos e não dispunham de um caminho rumo à perfeição.

23

Chegado o fim de semana saudita, a disponibilidade imensa de tempo não era boa para Alan, que nada tinha a fazer. Viu televisão a maior parte da manhã e foi à sala de musculação. Usou três máquinas, puxando e empurrando, sentindo-se entorpecido, e voltou para o quarto em trinta minutos. Como a tarde chegou antes que tivesse comido alguma coisa, pediu um omelete e *grapefruit*. Comeu na bem iluminada varanda, observando os homens diminutos pescarem no píer muito abaixo de onde se encontrava.

No quarto, conferiu o correio de voz, gastando mais cem dólares para saber que Jim Wong, a quem devia quarenta e cinco mil, estava consultando um advogado.

"Só uma precaução", Jim disse. "Sei que você vai pagar, quero apenas conhecer minhas opções."

Essa foi a primeira mensagem. A segunda foi pior.

Kit tinha decidido passar todo o outono com um grupo de voluntários que distribuíam comida num bairro pobre de Boston chamado Jamaica Plain. Disse que não queria voltar agora para a universidade.

Não vai voltar o cacete, Alan pensou.

Annette, a viúva de Charlie Fallon, tinha deixado uma mensagem pedindo cópias das cartas que Alan houvesse recebido dele. Como lhe dizer que as havia jogado no lixo? Podia dizer que achava que ele estava ficando louco. Não, isso não era coisa que se dissesse.

Deu uma olhada no e-mail e descobriu que os jovens da Reliant tinham ido a Riad. *Espero que você não se importe!!!*, disse Rachel na mensagem. *Queremos conhecer melhor este lugar maluco!!!*, disse Brad na sua.

Pouco depois Alan olhou o relógio, que lhe deu boas notícias: eram seis horas, já podendo assim abrir a garrafa de *siddiqi*. Hanne o tinha reabastecido, e ele pensou nela com carinho enquanto pegava um copo limpo no banheiro e servia a primeira dose reforçada.

Deu um gole, a coisa desceu com facilidade. Dias antes parecera amarga, ofensiva, porém agora era quase suave, sussurrando baixinho para ele, *meu amigo, meu amigo*, ao terminar a dose inicial.

Pôs-se de pé e viu que a cabeça já estava mais leve, as pernas mais pesadas. Esta era mais forte que a primeira. Hanne lhe havia advertido ao se despedirem, o cabelo dele ainda úmido, na varanda de sua casa.

"Nos vemos no projeto", ela disse.

Alan se serviu de mais bebida e foi para o banheiro. Tomou metade do copo e arrancou o curativo feito pela dra. Hakem. A ferida parecia aberta, inflamada, e ele de repente achou que a doutora provavelmente estava errada. Eles costumavam se enganar com essas coisas, não é mesmo? Um médico olha para uma sarda, um carocinho, e diz que não é nada, mas aí o troço infecciona, cresce e escurece, seguindo-se a morte e as ações judiciais.

Alan terminou o *siddiqi* e voltou a encher o copo. Esse segundo copo era sempre o melhor. Era a decolagem, o modo de se livrar da gravidade. Agora as coisas se moviam, começavam a acontecer. Voltou para a varanda se sentindo bêbado, se sentindo maravilhoso.

Charlie Fallon estava perdendo o juízo, Alan tinha certeza disso. Enfiar páginas dos transcendentalistas em sua caixa de correio? Coisa de louco. Todas as cartas e recortes eram sobre Deus, sobre a comunhão com a natureza. Era isso que motivava Charlie. Sua palavra preferida era esplendor, esplendor. Esplendor, reverência e santidade, comunhão com o mundo exterior. "Alan, todas as respostas estão no ar, nas árvores, na água!", ele escrevera nas margens de um manifesto da Brook Farm. E então tinha entrado andando num lago congelado e deixado que ele o matasse. Era essa sua ideia de comunhão, de união com a natureza?

Charlie tinha duas filhas, Fiona e outra cujo nome não lhe ocorria. Ambas eram mais velhas que Kit, nunca tendo brincado juntas por isso. Cabelos lisos, olhos bem afastados, as cabeças projetadas para a frente e baixas, como chapéus pendurados num gancho.

Tinha havido aquela vez com Fiona, o estranho fogo na

árvore. Uma tarde escura de chuva fraca mas acompanhada por fortes rajadas de vento. Alan voltava para casa de carro e viu Fiona de pé na calçada, olhando para cima. Ela devia ter uns dezesseis anos à época. Parou o carro e baixou o vidro da janela.

"Você é corajosa de estar aí fora", ele disse. Ela segurava o celular na mão e olhava para o céu. "Está fazendo alguma experiência científica?"

Ela sorriu. "Oi, sr. Clay. Aquela árvore está pegando fogo", ela disse, apontando para um alto carvalho do outro lado da rua.

Alan desceu do carro e viu um pequeno fogo onde dois galhos se bifurcavam a sete metros de altura. O fogo tinha o tamanho de um esquilo e estava posicionado como se fosse um daqueles roedores.

"O poste de eletricidade caiu", ela disse.

Ao lado da árvore, o poste estava partido em dois. Um cabo se rompera e, ficando exposto, tinha posto fogo a um montinho de folhas mortas.

Como ela já havia chamado os bombeiros, os dois apenas ficaram vendo o fogo se tornar branco a cada sopro do vento.

Uma sirene ao longe. Ajuda a caminho.

"Bom, tudo feito", ela disse. "Até logo, sr. Clay."

Eram duas adultas agora, Fiona e a outra. Onde estariam? Alan as vira no enterro, pouco mudadas na aparência, parecendo moças demais. Mas já tinham alguma idade. Haviam tido um pai que durou bastante. *A paternidade mata os pais.* Alguém disse isso brincando certa vez em meio a uma partida de golfe. Mas Charlie sem dúvida havia feito o suficiente. Elas tiveram um pai, haviam crescido fortes e agora ele se fora. Parecia muito justo. Ou talvez não.

Um bom homem, um homem cordial, um homem congelado nas bordas lamacentas de um lago, cercado de gente uniformizada tentando ressuscitá-lo.

Alan entrou e pegou um pedaço de papel.

"Kit, Se você viver por muito tempo, acabará desapontando todo mundo. As pessoas pensarão que você tem condições de ajudá-las, quando em geral não tem. Passa assim a ser uma questão de escolher uma ou duas pessoas que você se esforça tanto quanto pode para não desapontar. Você é a pessoa em minha vida que estou decidido a não desapontar."

Não, não. Uma baboseira. Uma merda. Tomou outra golada da bebida ilegal e recomeçou.

"Kit, Quando eu viajava muito, às vezes chegava em casa depois que você tinha ido para a cama, e eu sabia que já teria saído de manhã antes que você acordasse. Você devia ter uns três anos nessa época. Morávamos em Greenville, no Mississippi. Você amou viver lá durante algum tempo. Tínhamos uma grande propriedade. Quatro hectares. Sua mãe odiava o lugar. Deus meu, como ela odiava o Mississippi! Eu chegava tarde, a fábrica era uma bagunça. Os operários não tinham noção do que estavam fazendo. Havíamos levado para lá toda a produção da Schwinn, e foi um desastre. Você ainda usava fraldas, embora já não devesse. Mas às vezes acordava molhada, e eu me levantava para trocar a fralda. Com a devida permissão de sua mãe, ia até o berço e, embora não quisesse acordá-la ou assustá-la, tinha a esperança de que você abriria os olhos o tempo necessário para saber que era eu. Passava a maior parte do dia fora de casa e queria que você me visse. *Abra os olhos um instantinho*, eu pensava. *O suficiente para saber que sou eu*. Era isto que eu pensava. *Abra os olhos o suficiente para saber que sou eu.*"

Não, não. Provavelmente tudo que tinha escrito não iria ajudar. Mas bastava por uma noite, e Alan se regalou com um gole substancial.

Logo ficou contente, muito contente com a força dada pelo *siddiqi*. *Esplendor*, ele pensou. *Isto é que é esplendor*. Ajeitou-se na cama, encontrou um velho jogo do Red Sox num canal a cabo e apagou por volta das nove.

De manhã, finalmente alcançou Yousef no telefone e perguntou se ele queria vir almoçar. "Não, não posso", disse Yousef. "Pelo menos por algum tempo." Estava escondido na casa de um primo, com medo de sair. As mensagens do marido e de seus comparsas tinham alcançado um novo nível de ameaça.

Alan almoçou no restaurante do hotel, lendo o *Arab News* e observando um grupo de homens de negócio, europeus e sauditas, numa mesa do outro lado do corredor. Ouviu uma risada longa e estridente, vinda de duas mulheres ocidentais que conversavam com o *concierge*. Usavam lenços na cabeça, mas de resto suas roupas não faziam nenhuma concessão — calças apertadas e saltos altos. As vozes eram altas demais, entrecortadas por gargalhadas espalhafatosas. Pediam informações sobre praias.

À tarde, foi para o ginásio e lá ficou durante uma hora, fingindo que se exercitava em várias máquinas. Compensou-se depois com um bife de maminha e o resto da bebida ilegal.

Quando se sentia bem, livre da autocensura, tentava ser coerente com Kit. Procurava responder a suas preocupações, suas queixas, uma por uma. Digitou furiosamente.

"Kit, Em sua carta você menciona o incidente com o cachorro."

Kit tinha seis anos. Os três acabavam de sair da igreja e passou uma mulher com seu cachorro, um beagle, na dianteira. Ruby perguntou se o cachorro era bonzinho e a mulher disse que sim, no momento mesmo em que ele avançou na direção do rosto de Kit e lhe mordeu o queixo. Que diabo!, Alan gritou, sendo ouvido pelo padre e toda a congregação. Espantara o cachorro, que agora estava encolhido, choramingando, como se consciente de seu crime e de sua punição.

"Havia sangue em sua boca e em seu vestido azul, você estava chorando na frente de centenas de pessoas. Sim, sua mãe disse: 'Este cão vai estar morto até quarta-feira'. Eu presenciei tudo. Ouvi também. E o cachorro foi sacrificado naquela semana. Sei que você acha que foi uma demonstração de frieza ou de sadismo por parte dela, mas…"

Alan fez uma pausa. Tomou outra golada.

Havia uma terrível precisão clínica na forma como ela disse

aquilo, não é verdade? Mas se um cachorro ataca daquele modo e morde uma menina, costuma ser sacrificado. Qual foi o crime de Ruby? Tomar uma posição correta?

Alan recordava o veneno daquelas palavras. *Este cão vai estar morto até quarta-feira.* A presença de espírito! Segundos depois da mordida, Alan estava em pânico, atônito, sem saber se devia percorrer os doze quarteirões com Kit até o hospital, ou chamar uma ambulância, ou colocá-la no carro e levar até lá. Mas Ruby já condenava o cachorro à morte. Que capacidade de planejamento!

Depois que o animal foi morto, seus donos mandaram uma foto dele. Ou a deixaram em nossa caixa de correio. Um envelope com a fotografia do cachorro dentro, em tempos mais felizes, usando um lenço em volta do pescoço.

Mas chega do cachorro. Tinha resolvido a questão do cachorro. Verteu mais bebida, tomou outros goles. Agora sobravam as questões de dirigir alcoolizada, o sumiço de todos os pertences de Kit enquanto ela estava na universidade, a estranha presença dos namorados de Ruby nas cerimônias mais importantes de Kit, entre as quais a crisma e a formatura...

Ele estava se sentindo bem apesar das cartas. Sentindo-se eufórico, flexível. Queria dar uma corridinha lá fora. Levantou-se. Não dava para correr. Chamou o serviço de quarto e pediu uma cesta de pães e doces. Querendo se apresentar corretamente diante do garçom, escovou os dentes e penteou o cabelo, ocorrendo-lhe uma ideia enquanto se via no espelho. Ia precisar de um alfinete.

Vasculhou as gavetas do quarto sem achar nada. Procurou

no armário de roupas e viu uma caixinha com material de costura. Melhor ainda.

Chegou o pão e ele assinou a fatura prendendo a respiração. Não queria problemas com a *mutaween*. De fato havia escovado os dentes, porém talvez o garçom desconfiasse. Alan o olhou de soslaio enquanto ele depositava a bandeja sobre a cama, mas seus olhos pareciam benignos. Não estava interessado em Alan e logo saiu. Alan fechou a porta e se sentiu espetacular. Deitou-se na cama e comeu os doces, relendo o que escrevera até agora para Kit. Não fazia o menor sentido.

"Eu não faria o que Charlie fez, caso você tenha alguma dúvida", escreveu, riscando logo a seguir. Kit jamais pensaria uma coisa dessas. Trate de ficar focado, ele pensou.

"Ah, Kit! Sinto muito pelo tempo que moramos em Greenville. Foi parte da decisão estúpida. Estávamos sendo pressionados pelos sindicatos em Chicago e decidimos levar toda a fabricação para o Mississippi, onde não seríamos incomodados por nenhuma entidade trabalhista. Ah, diabo, que confusão! As bicicletas que produzíamos eram uma droga. Tínhamos jogado pela janela cem anos de capacitação. Pensávamos que seria mais eficiente, e foi o contrário. E eu fora de casa o dia inteiro. Já estava indo a Taiwan e à China. Perdi alguns anos por aquelas bandas. Eu não queria estar em Taiwan, queria? Mas todo mundo estava lá. Perdi alguns de seus anos mais importantes e me arrependo disso. Puta merda. Mais eficiente sem os sindicatos? Pau neles! Mais eficiente sem operários americanos? Pau neles! Como é que não vi o que vinha pela frente? Mais eficiente sem mim também. Porra, Kit, tornamos tudo tão eficiente que me tornei desnecessário. Eu próprio me tornei irrelevante.

"Mas sua mãe estava presente. O que quer que ela tenha feito que a desagradou, quero que saiba que você é o que é por causa de sua mãe, por causa da força dela. Ela sabia qual era a hora de ser a locomotiva. Ela mesma usava essa palavra, Kit. *Locomotiva*. Ela era firme, sabia vencer os vales e as montanhas. Você hoje me vê como uma pessoa firme, mas sabe que, todo o tempo, sua mãe é que era o esteio?"

Tão logo acabou de escrever soube que não enviaria nada daquilo. Ele estava na pior. Mas, então, por que se sentia tão forte?

Foi até o espelho e encontrou a agulha. Tinha em mente o truque de fazer bolos — enfie o palito e veja se ele fica preso. Se sai limpo, o bolo está pronto.

Procurou por uma caixa de fósforos. Não achou nenhuma. Estava de porre e cansado de procurar por uma porção de coisas. A agulha parecia perfeitamente esterilizada. Voltando-se para o espelho, agarrou o caroço entre os dedos da mão esquerda e apontou a agulha com a direita. Sabia o que iria sentir, pois já furara a pele antes. Agora, porém, precisava ir mais fundo, fundo o bastante para que o câncer que ali estivesse se grudasse à agulha. Certamente teria êxito. Os extremos se atraem.

Melhor fazer tudo depressa, ele se disse, e enfiou a agulha. A dor foi aguda, como um ferro em brasa. Teve medo de desmaiar. Mas aguentou e enfiou mais fundo. Sabia que precisava penetrar uns três centímetros pelo menos. Empurrou, girou e, milagrosamente, a dor diminuiu. Era agora uma dor surda, uma pulsação por toda parte, no coração, na ponta dos dedos, uma sensação muito boa.

Removeu a agulha e a examinou, esperando ver algo cinzento ou verde, as cores da degradação. Entretanto, só viu vermelho, um vermelho viscoso, à medida que os fios de sangue começaram a lhe descer pelas costas como antes.

Ao enxugar o sangue nas costas e lavar a agulha, sentiu-se bem, sentiu-se satisfeito. Isto é um progresso, pensou.

Na manhã seguinte começava a semana de trabalho saudita. Ainda estava um pouco bêbado, mas pronto para tomar conta da situação. Telefonou para Jim Wong e lhe disse para não foder a paciência dele, que o dinheiro estava prestes a entrar, que ele se comportasse como um homem e se lembrasse de que eram amigos. Saltou dez vezes batendo com as mãos acima da cabeça e depois ligou para Eric Ingvall, lhe dizendo que o rei chegaria na próxima semana e que tudo iria correr bem. Ingvall não tinha como provar o contrário, e Alan sempre poderia se desdizer. De qualquer modo, Ingvall podia muito bem ir se foder e enfiar no cu um poste de eletricidade impregnado de alguma doença venérea. Alan estava se sentindo forte. Fez duas flexões e se sentiu ainda mais poderoso.

Repôs o curativo, terminou com a garrafa de bebida ilegal e se deitou. *Esplendor*, ele pensou, sorrindo. Olhou ao redor do quarto, para o telefone, as bandejas, os espelhos, as toalhas empapadas de sangue. Isto é um esplendor, disse em voz alta, e achou que estava tudo ótimo.

24

De manhã, estuante de energia, Alan seguiu na van com os jovens. O sol, mais quente que em qualquer outro dia até então, urrava obscenidades lá de cima, porém Alan não as ouvia. Falou em voz firme com os jovens, fez planos. Hoje, ele lhes disse, estabeleceria pelo menos uma aparência de cronograma. Alguns compromissos, algum respeito. Iria verificar não apenas o wi-fi na tenda, mas também o ar-condicionado. Sentia-se capaz naquele dia e, como não havia incomodado ninguém na Caixa Preta por algum tempo, podia chegar lá e fazer exigências ou perguntas, quantas quisesse.

"Poxa, Alan! De onde vem toda essa energia?", Rachel perguntou.

Alan não sabia.

Deixou os jovens na tenda e caminhou com passos decididos até a Caixa Preta.

* * *

"Bom dia", disse Maha.

"Bom dia, Maha. Como vai? Karim al-Ahmad está aí hoje?"

Alan se viu falando como o vendedor de outrora. Sua voz era alta, confiante, quase arrogante.

Dinheiro! Romance! Autopreservação! Reconhecimento!

"Não, sinto muito, mas não está."

"E vai chegar?"

Maha deu a impressão de olhá-lo de forma diferente agora. Ele estava afirmativo, enérgico, transbordante de expectativa. Ela parecia se encolher diante dele.

"Acho que não", ela respondeu em tom humilde. "Ele está em Nova York."

"Em Nova York?" Agora Alan estava praticamente aos berros. "A Hanne está?"

"Hanne?"

Alan se deu conta de que não sabia seu sobrenome.

"Dinamarquesa? Loura?"

Tencionava que soasse como uma pergunta, mas saiu como uma ordem: *Loura!*

Maha ficou desconcertada e não disse nada.

Alan viu sua chance.

"Vou lá em cima visitá-la."

O que teria acontecido? A consulta com a dra. Hakem lhe dera um poder estranho. Era um homem saudável! Um homem forte! Em breve faria uma cirurgia simples e ficaria ainda mais forte, e aí seria um vencedor, vencedor! Loura!

Caminhou até o elevador. Maha nada fez para detê-lo. Teve a sensação de que poderia voar até o terceiro andar, mas tomou o elevador. Uma vez lá dentro, como se aquela fosse uma câmara com algum tipo de criptonita, voltou à condição anterior, todo o poder se esvaindo do seu corpo.

Chegando ao andar de Hanne, encontrou o escritório dela e viu que estava vazio. Não havia nenhum sinal de que ela estivera lá durante o dia.

"Posso ajudá-lo?"

Alan deu meia-volta e se viu diante de um jovem, com não mais de trinta anos, vestindo um terno preto e uma gravata violeta.

"Estava procurando por Hanne."

Tentou soar como o homem que fora no vestíbulo, porém não conseguiu acertar o tom. "A consultora dinamarquesa!"

Foi o que bastou. Seria só uma questão de volume? Um pontinho acima do tom civilizado e a pessoa parecia um presidente. A atitude do homem mudou imediatamente. Ele se aprumou, adotou uma expressão mais formal. O volume fazia a diferença entre ser tratado como um ninguém e ser tratado como um homem que pode ser importante.

"Sinto muito, mas ela hoje está em Riad. Posso ajudá-lo?"

Alan estendeu a mão. "Alan Clay. Da Reliant."

O homem apertou sua mão. "Karim al-Ahmad."

O sujeito que ele vinha caçando.

"Então não está em Nova York."

"Não, não estou", disse Al-Ahmad.

Ficaram parados por um momento. Al-Ahmad o avaliou. Alan não piscou. Por fim, o rosto de Al-Ahmad se abriu num sorriso untuoso. "Podemos ter uma conversinha, sr. Clay?"

* * *

Da sala de reunião se tinha uma vista panorâmica de todo o projeto. O canal era visível, assim como o centro de recepção e o mar mais ao longe. Na sala de reunião, Al-Ahmad se desculpou pelo atraso em encontrar-se com ele e deu boas-vindas a Alan.

"Soda? Suco?"

Alan aceitou um copo d'água, tentando ainda entender por que aquele homem inalcançável se encontrava no prédio quando a recepcionista dissera que não estava. "A recepcionista disse que o senhor não estava hoje aqui."

"Sinto muito por este erro. Ela é nova."

"O senhor esteve aqui nos últimos dois dias?"

"Não estive."

Alan encarou Karim al-Ahmad. Ele era jovem, bonito e extremamente luzidio, como se esculpido em cromo e vidro. Os dentes eram ofuscantes, a pele sem poros. Exibindo aquela aparência tão límpida e bem cuidada, e falando com aquela pronúncia inglesa tão sofisticada, era difícil lhe conceder alguma confiança. Os vilões cinematográficos eram moldados em homens como ele. Dando a impressão de que adivinhara os pensamentos de Alan, Al-Ahmad contorceu o rosto num sorriso de desculpas, assumindo uma expressão que o fazia um pouco menos bonito.

"É inaceitável o modo pelo qual o senhor foi tratado até agora."

Alan gostou daquilo. Inaceitável.

"Posso lhe assegurar que nenhum vendedor é mais importante para nós que a Reliant."

Alan decidiu aceitar suas palavras como verdadeiras. "Fico satisfeito em ouvir isto. Mas temos alguns problemas."

"Estou aqui para resolvê-los."

Al-Ahmad fez surgir um caderninho de notas com capa de

couro e uma caneta-tinteiro, cuja tampa tirou a fim de se preparar para tomar notas. A teatralidade de seus gestos era perturbadora, porém Alan foi em frente.

"Não podemos armar a apresentação onde estamos."

"Por que não?"

"Precisamos de uma linha direta."

"Não posso fazer isso."

"Precisamos ao menos de um wi-fi."

"Vou providenciar. O que mais?"

"O ar-condicionado não está funcionando. Minha equipe está penando."

"Vai ser consertado imediatamente. O que mais?"

"Como fazemos nossas refeições? Estamos trazendo comida do hotel."

"A partir de amanhã as refeições serão servidas todos os dias."

Alan estava se sentindo incrivelmente poderoso. Não tinha a menor ideia se tudo aquilo iria ser feito, mas era agradável fingir que sim. Partiu para a pergunta mais importante de todas.

"Quanto tempo devemos esperar pelo rei?"

"Isso eu não sei."

"Nem um chute?"

"O quê?"

"Uma estimativa de quando será?"

"Não, não saberia dizer."

Al-Ahmad estava guardando o caderninho de notas.

"Dias?"

"Não sei."

"Semanas?"

"Não sei."

"Meses?"

"Espero que não."

Não havia mais nada que Alan pudesse fazer. O sujeito lhe dera o que ele havia pedido — e nem era mesmo de esperar que soubesse alguma coisa sobre o rei. Estava resignado com o fato de que ninguém ali sabia nada sobre os movimentos do rei Abdullah. Satisfeito e doido para transmitir todas aquelas notícias à equipe, ele se pôs de pé e estendeu a mão para Ahmad. Ao apertarem as mãos, Alan viu algo de novo lá embaixo no canal.

"Aquilo é um iate?"

"É. Chegou ontem. O senhor gosta de navegar?"

Minutos depois Alan e Karim al-Ahmad foram levados até o canal onde lhes mostraram o funcionamento da embarcação, um iate de pesca esportiva com dez metros de comprimento, branco e intocado. Tinha navegado cinco quilômetros. Novo em folha.

"Já dirigiu alguma coisa parecida?", Al-Ahmad perguntou.

A mais parecida que Alan havia pilotado tinha trinta anos de idade e valia alguns milhões a menos, porém queria dar uma volta naquela grande lancha.

"Bem parecida", ele disse.

"Excelente", disse Al-Ahmad.

O homem que tomava conta do iate, um sujeitinho chamado Mahmoud, teve uma breve conversa em árabe com Al-Ahmad, na qual, Alan imaginou, foi convencido a deixá-lo pilotar o iate dentro do canal. Era o tipo de privilégio a que Alan se acostumara como executivo nos bons tempos. Aston Martins para testar, aviões a hélice cujos comandos lhe eram passados por alguns minutos. Mas acima de tudo havia as pescarias. Os dirigentes da Schwinn estimulavam a dedicação à pesca, no lago Michigan ou qualquer outro lugar. Fins de semana no lago de Genebra com os vice-presidentes e alguns dos melhores revendedores de bicicletas. Alan sentia falta disso tudo.

Al-Ahmad lhe entregou as chaves.

"Confio que o senhor saiba nos conduzir."

Alan girou a chave, o motor pegou com um ronco profundo. Alan se perguntou que velocidade ou curso seria prudente ali, num canal de extensão desconhecida. Será que ia até o oceano a uma profundidade que lhe permitisse sair da cidade e chegar ao mar aberto?

"Estaremos bem desde que não haja bancos de areia ocultos", disse Alan, e ambos riram porque o canal era liso e claro como uma piscina.

Alan puxou o acelerador. Afastaram-se do ancoradouro e começaram a descer o canal cor de turquesa. Nele não havia a menor mácula — nenhuma sujeira na água, nenhum arranhão no fundo.

O ar, sufocante um momento antes, era agora abençoado por um vento maravilhoso, que jogava para trás os cabelos dos dois. Alan se voltou na direção de Al-Ahmad, que sorria deliciado, e ergueu as sobrancelhas como se dissesse *Tive uma boa ideia, não é?* Alan estava gostando muito do sujeito, do iate, do canal, daquela cidade embrionária.

Passaram diante de prédios em início de construção à direita e viram uma passarela para pedestres mais à frente. Al-Ahmad explicou o plano para aquela área do projeto.

"O senhor morou em Chicago, não?", perguntou.

Ia ser um pouco como Chicago, ele explicou, um pouco como Veneza. Passeios de um lado e do outro dos canais, múltiplos ancoradouros, restaurantes à beira d'água, táxis aquáticos. Era uma coisa estética, mas também uma opção ambiental. Como o ar nas imediações de Jidá era propenso à criação de smog e ali haveria a fumaça das fábricas de plásticos, eles estavam tentando reduzir todas as emissões. As pessoas poderiam ir de caiaque para o trabalho.

"Usar uma bicicleta aquática, tomar uma gôndola, qualquer coisa", disse Al-Ahmad. "Vire aqui."

O canal se bifurcava e Alan tomou um tributário menor, vendo pouco depois as obras do centro financeiro, o lugar de que havia falado o arquiteto americano na festa da embaixada. Não havia grande coisa em pé no momento, apenas uma enorme circunferência de terra cercada por água, mas de qualquer modo era espetacular. Aquelas torres de vidro, erguendo-se das águas cristalinas e as refletindo.

Alan queria ficar ali. Queria ver a cidade crescer, queria ter uma propriedade no local. Talvez na Marina del Sol. Quanto custariam os apartamentos lá? Depois de fechado o negócio, ele teria condições de comprá-lo. E o negócio, agora, parecia bem encaminhado. Era só um jogo de paciência. Al-Ahmad gostava dele, confiando o bastante para permitir que pilotasse um reluzente iate branco através dos canais imaculados da cidade. Alan já era parte da história inicial do lugar. Circulou em volta da ilha financeira duas, três vezes.

Eram ambos homens felizes, homens de visão. Pela primeira vez desde que chegara, Alan sentiu que pertencia ao lugar.

* * *

De volta à tenda, Alan entrou energicamente e viu que dois dos três jovens estavam acordados, trabalhando em seus laptops. Cayley dormia num canto. Depois que a acordou e os reuniu, transmitiu as notícias: eles se tornaram, quase instantaneamente, as pessoas motivadas e capazes com que a Reliant esperava contar quando os tinha contratado.

Em menos de uma hora o wi-fi era forte o suficiente para ser usado por eles. Al-Ahmad havia cumprido sua promessa e, para alívio de Alan, provara ser um homem que fazia as coisas acontecerem. Pouco depois, técnicos entraram na tenda para consertar o ar-condicionado. No começo da tarde, a temperatura baixara para dezoito graus e os jovens tinham montado todo o equipamento — as telas, os projetores, os alto-falantes. Haviam marcado os lugares no palco com fita adesiva, fizeram um breve ensaio.

Às quatro estavam prontos para testar o holograma. Entraram em contato com o escritório em Londres, a sucursal da Reliant mais próxima com capacidade para fazê-lo, e às cinco, quando a van chegou, tinham concluído dois ensaios completos da apresentação holográfica de vinte minutos. Funcionou lindamente. Era espetacular. Um de seus colegas de Londres parecia estar andando pelo palco na tenda do mar Vermelho, podendo responder às perguntas que lhe eram feitas, interagindo com Rachel ou Cayley à frente de todos. O tipo de tecnologia que, embora bem cara, só a Reliant possuía, só a Reliant era capaz de fornecer. A produção do protótipo nos Estados Unidos teve um custo catastrófico, mas eles haviam encontrado um fornecedor na Coreia capaz de fabricar as lentes segundo as especificações da empresa a um quinto do custo, mais barato até do que se feitas na China. A Reliant teria um lucro substancial em cada unidade vendida, mas, o que era mais importante, a tecnologia de telepresença fazia parte de um poderoso conjunto de capacitações na área da telecomunicação desenvolvido pela Reliant a fim de que ela pudesse suprir todos os serviços de informática exigidos por uma cidade. Na ponta, oferecia também aquele tipo de espetáculo único. Alan estava totalmente convencido de que a apresentação, a ser feita quando Abdullah chegasse, fecharia o negócio rapidamente.

Terminado o segundo ensaio, Alan trocou cumprimentos com cada um dos três, fazendo os jovens rirem de seu entusiasmo. Mas riram com um respeito recém-adquirido por ele. Tratava-se de um homem novo, um homem vital. Sabiam que ele tinha resolvido os problemas, obtendo aquilo de que necessitavam e preparando terreno para o sucesso da equipe. Voltara a ser o comandante do barco.

25

Os dias seguintes passaram tranquilamente. Mas na quarta-feira, ao chegarem à entrada da CERA, reinava uma grande confusão. Pela primeira vez desde que Alan começara a cruzar o portão, o trânsito era pesado. Cerca de dez veículos se amontoavam na frente da van — utilitários, caminhões carregando palmeiras, um misturador de cimento, vários táxis e vans. Todo mundo buzinando.

Na tenda, os jovens corriam de um lado para o outro, arrumando cadeiras, fixando os alto-falantes, testando os microfones.

Rachel o viu primeiro. "É para hoje mesmo?"

Alan não tinha ideia. "Parece", respondeu.

Brad levantou os olhos do projetor. "Vamos estar prontos."

Num dos lados da tenda havia sido colocada uma vasta mesa, de mais de dez metros, coberta com uma toalha branca e contendo dezenas de *réchauds* prateados. A refeição deles já tinha sido entregue, uma mistura de comidas quentes e frias, sauditas e ocidentais, de favas a *shawarma*, passando por risoto. Um grupo de empregados paquistaneses instalava fileiras de sofás brancos de frente para a tela.

Alan saiu da tenda, correndo para a Caixa Preta a fim de ver se podia ser informado sobre a hora da visita. Ouviu um helicóptero e, olhando para cima, viu que eram dois, voando baixo e aterrissando próximo ao centro de recepção. Acelerou o passo até a porta de entrada.

No balcão de recepção, Maha, antes tão pouco prestativa, agora parecia ansiosa para falar. *Loura!* Disse a Alan que o pessoal de apoio do rei, caso ele chegasse naquele dia, avisaria com vinte minutos de antecedência. De qualquer modo, a Reliant precisava estar pronta imediatamente e assim ficar o dia todo.

Alan retornou à tenda. Sentado no palco, de pernas cruzadas, Brad digitava furiosamente em seu laptop. Rachel e Cayley, de pé mais abaixo, falavam em seus celulares. Alan se aproximou de Brad.

"Estamos prontos?"

"Dois minutos."

Dois minutos mais tarde, quando Brad anunciou que estavam preparados para testar a apresentação holográfica com a equipe de Londres, um homem que não tinham visto ainda entrou na tenda. Era um saudita alto que usava um *thobe* branco e carregava uma pasta de couro. Parou na entrada, como se relutando em invadir o espaço deles, e ergueu as mãos para pedir a atenção dos que se moviam freneticamente lá dentro.

"Senhoras e senhores, lamento informar que o rei não virá hoje. Os senhores foram mal informados." Tinha havido uma falha de comunicação em algum ponto ao longo da linha. Alguém no departamento de relações públicas do rei dera a informação incorreta e não autorizada para alguém na Emaar, e a notícia havia sido errônea e largamente difundida. A visita do rei à CERA ainda não fora fixada, mas no momento ele, de fato, se encontrava na Jordânia, onde permaneceria por mais três dias.

O estado de espírito dos jovens, ao menos durante alguns instantes, foi bem próximo do desespero. Observando o desânimo de Brad, Alan teve a impressão de que aquele era o maior desapontamento de toda sua vida. Rachel e Cayley, após um breve período de pesar, voltaram a seus laptops, aparentemente felizes o bastante porque na tenda agora havia sofás, comida e um forte sinal de wi-fi. Por isso, com um ar contente, trataram de se alimentar enquanto Brad, em meio aos vários projetores, permanecia no palco com as pernas agora abertas, como um urso de brinquedo.

Alan saiu e viu o mesmo tipo de atividade de antes, só que ao contrário. Os caminhões de entrega estavam indo embora, os táxis e vans já haviam partido, o lugar estava fechando para balanço.

Vagou por ali, notando as várias melhorias que haviam sido feitas naquela manhã. De repente, surgira uma larga faixa de flores em torno da Caixa Preta. O passeio estava agora repleto de palmeiras — talvez outras cem houvessem sido instaladas nas últimas horas. Ao longe, podia ver que os chafarizes em torno do centro de recepção agora lançavam altos jatos d'água no ar.

Aos pés da escada que levava à Caixa Preta, viu um utilitário negro saindo da garagem subterrânea. O veículo parou ao seu lado e a janela do banco de trás se abriu, revelando uma cabeça loura e um rosto sorridente. Era Hanne.

"Muita excitação", ela disse.

"Estou vendo."

"Desculpe pelo alarme falso."

"Não há por que se desculpar. Talvez tenha sido bom para a gente fazer um treino."

"Estou indo para Jidá. Quer uma carona?"

Alan refletiu por um instante. Não precisavam dele ali. Porém não queria estar sozinho com Hanne.

"Tenho que ficar com a equipe", ele disse.

"Tudo bem contigo?"

"Tudo bem."

Hanne ergueu as sobrancelhas indicando que iria insistir se ele ao menos sugerisse que ela era bem-vinda. Alan nada disse e, com um aceno de mão, ela partiu.

Antes que pudesse se mover, ouviu seu nome.

"Alan!"

Olhou na direção da Caixa Preta. Um homem que ele conhecia vinha descendo às pressas os degraus. Alan não conseguiu identificá-lo de imediato. O rosto entrou em foco no último momento. O homem se aproximava dele, estendendo a mão.

"Mujaddid. Na apresentação do projeto. Lembra-se?"

"Claro. Bom vê-lo de novo, Mujaddid."

"Um bocado de excitação hoje, hein?"

Alan concordou que tinha sido excitante.

"Tenho procurado pelo senhor", disse Mujaddid. "Conversei com Karim al-Ahmad e ele me contou sobre seu passeio pelos canais, seu entusiasmo pelo projeto."

"Fiquei muito impressionado. *Estou* muito impressionado."

"Excelente. Bem, como o senhor sabe, sou o encarregado da venda das residências particulares e espero que não seja uma insolência de minha parte imaginar que o senhor poderia ter interesse em comprar um imóvel aqui na Cidade Econômica Rei Abdullah."

Antes que Alan pudesse protestar, Mujaddid explicou as diversas vantagens de possuir uma segunda moradia — usou a expressão *pied-à-terre* — na CERA, sobretudo para alguém como ele, que provavelmente passaria algum tempo ali a fim de implementar o plano de tecnologia da informação. Ouvindo o que parecia ser uma quase certeza na afirmação de Mujaddid, a forte sugestão de que a Reliant tinha posição ímpar na venda daqueles equipamentos, Alan sentiu uma explosão de confiança. Concordou em fazer uma visita ao prédio de apartamentos.

"O senhor sabe que alguns de nossos funcionários já estão morando lá?", Mujaddid perguntou.

Alan não sabia, porém aí estava a explicação para os rostos que vira vez por outra nas altas janelas.

Entraram no prédio, e Mujaddid fez questão que parassem no amplo vestíbulo. O teto, uma cúpula de vidro, ficava dez metros acima.

"É ao mesmo tempo imponente e acolhedor, não acha?" Era vulgar e intimidador, mas Alan concordou alegremente com a cabeça.

"Como talvez o senhor saiba, um andar está pronto e diversos funcionários ocupam atualmente os apartamentos. Gostaria de lhe mostrar como vivem para que o senhor possa avaliar o nível de luxo e conforto disponível, mesmo nesta fase inicial do pro..."

Mujaddid parou, pegou o celular e olhou para sua telinha. Algo o alarmou, e ele atendeu a chamada. Terminada uma breve conversa em árabe, sorriu se desculpando.

"Se o senhor não se incomoda, acabo de receber uma informação urgente do escritório e estou sendo chamado para uma reunião. Sinto muito, mas é inevitável."

"Não há problema."

"Volto daqui a pouco."

Alan deve ter demonstrado sua frustração, pois de fato não queria ficar sozinho. Mujaddid teve outra ideia.

"Por que o senhor não sobe até o quinto andar? Toque a campainha do 501. Vou informar o dono de sua chegada e ele lhe mostrará o apartamento. Será melhor assim. Ele mora lá desde o começo e pode dar um testemunho mais preciso que o meu. Chama-se Hasan."

Mujaddid pediu desculpas mais uma vez e foi embora.

Alan vagou pelo térreo, examinando as futuras lojas da Wolfgang Puck, da Pizzeria Uno. O chão estava coberto de poeira e areia. O único móvel em todo o andar era uma enorme estante de aço para esfriar comida, isolada no meio daquela vasta área como se fosse a estrutura de um arranha-céu móvel e solitário. Sentiu-se meio bobo andando à toa pelo prédio vazio, porém não podia ser grosseiro. Tinha de fazer a visita de inspeção. Poderia ser algum tipo de toma lá dá cá. Ele comprava um apartamento, eles compravam a tecnologia da informação. Quando nada, era alguma coisa amistosa que lhe cabia fazer.

* * *

Caminhou até os fundos do prédio e lá encontrou outra escada, escura e feita de concreto. Chegando ao terceiro andar, ouviu vozes próximas, do outro lado da porta de incêndio. Será que Mujaddid mencionara o quinto andar quando queria se referir ao terceiro?

Abriu a porta de incêndio e foi surpreendido por um grande alarido. Encontrava-se num espaço amplo e sem decoração cheio de homens, alguns em roupas de baixo, outros vestindo macacões vermelhos, todos falando em voz muito alta. Lembrava os filmes em que os ginásios das prisões eram transformados em dormitórios. Havia uns cinquenta beliches, roupas penduradas entre eles. No entanto, as camas estavam vazias — os homens se concentravam no centro do aposento gritando e se empurrando. Alan havia interrompido algum tipo de briga. Aqueles eram os operários que vira por ali, segundo Yousef malásios, paquistaneses, filipinos.

Alan queria ir embora, e bem depressa, porém não conseguiu se afastar. O que estaria acontecendo? Precisava ao menos saber por que estavam brigando. Dois deles, no centro, estavam embolados, um dos quais tendo algo na mão. Alan não podia ver o que era — cabia na mão do sujeito. Dinheiro? Algo bem pequeno. Chaves?

Um homem na extremidade viu Alan e chamou a atenção do que estava ao seu lado. Ambos o encararam, estupefatos. Um dos dois fez um gesto para que Alan se aproximasse, presumivelmente a fim de fazer cessar a luta, já que eram incapazes de fazê-

-lo. Alan deu um passo na direção deles, mas o outro sacudiu a mão, enxotando-o. Ele parou.

Alguns outros homens então o viram e, dentro de segundos, sua presença na sala se tornou evidente. Fez-se silêncio e o embate cessou. Todos os operários, mais de vinte, se imobilizaram como se Alan tivesse vindo inspecioná-los. O que de início lhe fizera sinal para avançar repetiu o gesto. Alan deu mais um passo na direção deles, porém não reparou numa fissura profunda no chão. Seu sapato se prendeu no buraco e ele começou a cair para trás. Retomou o equilíbrio por um instante, mas então escorregou no chão coberto de areia e cambaleou para a esquerda. Quase desabou de vez, porém esbarrou na parede e se firmou de pé. Os vinte e cinco homens acompanharam todas as suas peripécias.

Alan tinha agora duas opções. Podia simplesmente bater em retirada, havendo feito papel de babaca sem nem mesmo abrir a boca. Ou podia seguir em frente, já que ninguém tinha rido e todos pareciam ver alguma aura a seu redor. Algo em seu estranho comportamento, em suas roupas, sugeria que ele pertencia mais intimamente àquele lugar do que eles.

Alan ergueu a mão. "Bom dia."

Alguns o cumprimentaram com um aceno de cabeça.

Aproximando-se, Alan sentiu o cheiro de trabalhadores: suor, cigarros e roupas enxovalhadas.

"O que é que está acontecendo aqui?", Alan perguntou. "Que negócio é este?" Ouviu em sua própria voz um leve sotaque britânico. De onde tinha vindo aquilo? Ninguém disse nada, mas todos prestavam atenção nele.

Fortalecido pela aparente fé que depositavam em sua condição de mediador, Alan entrou no meio do grupo e pediu que os dois homens mostrassem o que tinham na mão. Um deles a mostrou vazia. Na mão direita do outro havia um telefone celular. Era um modelo antigo, com tampa, cuja tela estava quebrada. Parecia que alguém se desfizera dele. Alan teve então um estalo de reconhecimento, dando-se conta de que devia ser o de Cayley. O que ela jogara fora no primeiro dia.

"Onde você achou isso?", ele perguntou ao homem que o segurava.

O homem nada disse. Não tinha ideia do que Alan lhe havia perguntado.

"Alguém aqui fala inglês?", Alan perguntou.

Alguns entenderam a pergunta, mas sacudiram a cabeça. Ninguém falava uma palavra de inglês. Ia ser difícil. Não teria como descobrir de que modo haviam obtido o aparelho ou quem tinha direito de ficar com ele. Não saberia o motivo da briga, a quem cabia a razão, o relacionamento anterior dos dois homens ou dos que eles representavam. Talvez se tratasse de uma rivalidade, um feudo que já durava meses ou séculos. Não havia maneira de saber.

Esperava ter consigo uma moeda de vinte e cinco centavos. Enfiou a mão no bolso e encontrou uma. Um cara ou coroa: a forma mais justa de resolver a questão.

"Muito bem", ele disse, "quem acertar o lado que cai para cima fica com o telefone, certo?"

Mostrou os dois lados da moeda. Eles pareceram entender.

Atirou a moeda no ar, apanhou-a, cobriu com a outra mão e apontou para o homem que estava segurando aparelho.

"Escolha o lado."

O sujeito não abriu a boca. Não conheciam aquele jogo. Enquanto Alan tentava resolver como explicar o que eram a cara e a coroa, o outro homem agarrou o telefone e disparou escada abaixo. Por alguns segundos o homem pareceu não saber o que fazer, talvez esperando que Alan desse a solução. Mas Alan não tinha nenhuma solução e, quando isso ficou claro, o homem partiu atrás do primeiro e desceu a escada de dois em dois degraus.

O clima ficou pesado no aposento. Os outros operários cercaram Alan, gritando com ele. Puxaram sua manga, alguém o empurrou pelas costas. Queriam que fosse embora. Alan recuou, pedindo desculpas, indeciso se devia dar meia-volta e correr. Por fim foi o que fez, escapando do mesmo modo que os dois homens, embora soubesse que não podia descer imediatamente pois era capaz de encontrar o segundo homem, o que perdera o aparelho, voltando pela escada. Subiu às carreiras, ouvindo passos às suas costas. Ao menos alguns homens vinham atrás dele.

Saiu no quarto andar. Abriu a porta com um repelão e atravessou correndo o andar vazio. Lá só havia as colunas — nenhuma parede, nenhuma armação, nada. A porta não se fechou atrás dele. Ouviu quando os homens passaram por ela, ainda perseguindo-o. Será que lhe fariam mal? Ele estava vestindo calças cáqui e camisa branca! Não se voltou para vê-los. Chegou à outra escada na extremidade do andar. Abriu a porta de um golpe e subiu às pressas os degraus.

Precisava encontrar o apartamento 501. Passos mais abaixo ainda o seguiam. Ele estava cansado, ofegante. No quinto andar, abriu a porta de incêndio e depois se apoiou nela, para descansar e bloquear a entrada de seus perseguidores. Quando olhou em volta, viu que dera um salto no tempo. Parecia estar num prédio totalmente diferente. O quinto andar tinha sido concluído, era algo moderno, não faltando o menor detalhe.

Imaginou que os homens entrariam em disparada a qualquer momento, mas não ouviu nenhum ruído do outro lado da porta. Teriam se assustado com o fato de ser aquele o andar já acabado? Será que não tinham permissão de entrar ali? Fazia algum sentido.

Correu pelo longo corredor, fortemente iluminado por uma série de candelabros. O azul profundo do teto lembrava a cor do céu durante uma tempestade de verão, o papel de parede era uma sinfonia de listras ocre e amarelas. O tapete era espesso, cor de creme e ondulante como se varrido por uma aragem. Havia enfeites, tomadas elétricas, mesas de teca bem polidas, extintores de incêndio, todos os sinais de vida civilizada.

Pasmo e incrédulo, encontrou o 501 e bateu à porta. Ela se abriu no mesmo instante, como se o homem, vestindo terno e uma gravata larga, estivesse com a mão pousada sobre a maçaneta o dia inteiro.

"Clay, se não me engano." Tinha mais ou menos a idade de

Alan, era bem escanhoado, usava óculos e exibia um sorriso matreiro.

"Hasan?"

"Prazer em conhecê-lo."

Trocaram um aperto de mãos.

"Fiquei preocupado pensando que havia se perdido."

"Acho que me perdi mesmo."

"Entre."

O apartamento era amplo, com poucos móveis e banhado numa luz cor de âmbar. Ocupava toda a largura do prédio, de uma janela panorâmica à outra. Decoração sofisticada, com assoalhos de madeira reluzente, tapetes feitos sob medida, uma mistura de sofás e mesas baixas, uma ou outra antiguidade para dar um toque especial — um grande espelho com moldura dourada e uma rachadura em forma de relâmpago no meio. Em cima da lareira, quatro desenhos de Degas ou de alguém que pintava bailarinas com tanta precisão quanto ele. Música clássica fluía mansamente de cada canto.

"Está tudo bem?", disse Hasan. "Parece que correu alguns quilômetros."

Alan não ouviu nenhum ruído vindo do corredor e ficou seguro de que seus perseguidores não chegariam ali. Estava longe deles, estava a salvo num lugar inteiramente diferente.

"Tudo bem", respondeu. "Foi só a escada. Estou fora de forma."

Alan caminhou até a janela que dava para o mar e se postou diante dela contemplando a paisagem. Podia ver a tenda, logo abaixo, parecendo bem menor do que seria possível apenas cinco andares acima. Mais adiante a praia, e num instante viu o local onde passara horas na beira d'água.

"Chá?"

Alan se voltou, prestes a responder.

Hasan ergueu uma sobrancelha. "Ou algo mais estimulante?"

Alan sorriu, achando que era brincadeira, porém Hasan estava diante de um carrinho de vidro e metal dourado muito bem suprido de bebidas, mantendo a mão sobre um frasco de cristal.

"Sim, por favor."

Alan não entendia nada daquele país. Não tinha visto uma única regra ser obedecida de forma consistente. Momentos antes, fora cercado por um exército de paupérrimos operários malásios que aparentemente se acomodavam de modo precário num prédio inacabado. E agora, dois andares acima, se encontrava na moradia mais sofisticada possível. Além de estar bebendo na companhia de um homem que presumia ser um muçulmano de certa categoria.

Hasan lhe passou o que parecia ser um copo de uísque e fez menção de que se sentasse no sofá. Acomodaram-se nas pontas opostas de um conjunto em forma de U, forrado de couro branco e imaculado.

"Muito bem", disse Hasan, esticando a pronúncia do "bem" até insinuar uma série de coisas, todas de mau gosto. Cruzou a perna esquerda sobre a direita num gesto algo deselegante. Havia várias coisas em Hasan que incomodavam Alan, e ele se deu conta do que era: um tique facial, ou dois tiques que operavam em conjunto. O olho esquerdo fechava e a boca franzia, como se desaprovasse repetidamente a distração causada pelo fechamento do olho. Aconteceu de novo: piscadela, franzimento.

"Já conhece bem o prédio?"

Alan contou o encontro com os homens no terceiro andar.

Não falou sobre a briga dada a possibilidade de que todos os operários, sem dúvida considerados supérfluos, pudessem ser demitidos e rapidamente substituídos.

"Sinto muito. Como chegou a essa parte do edifício?"

"Por acaso."

"E o que viu lá?"

"Só vi um monte deles, sabe como é, andando de um lado para o outro."

"Surpreendeu-se de vê-los aqui?"

"Não, de fato não. Nada aqui me surpreende."

Hasan deu uma risadinha. "Ótimo. Realmente muito bom. Os outros operários estão alojados fora da área do projeto. Talvez tenha visto alguns trailers. Mais?"

Reabasteceu o copo de Alan. A primeira dose havia desaparecido mais rápido do que devia.

"Como vão os negócios?", Alan perguntou, considerando a pergunta retórica. O sujeito estava tentando vender os apartamentos na CERA. Sua resposta seria efusiva.

"Honestamente? Bem difíceis."

Hasan explicou a dificuldade em obter compromissos firmes de qualquer interessado, inclusive porque as cadeias de lojas que haviam se apresentado no primeiro momento, quando a cidade foi anunciada e se iniciaram os trabalhos, desde então tinham desistido. Havia receios sobre a viabilidade da Emaar, responsável pelo projeto. Havia preocupações com o fato de que a empreiteira da família Bin Laden estivesse envolvida. Acima de tudo, existia o receio de que a cidade morreria junto com o rei Abdullah. Que, sem seu espírito reformador, sua tolerância com respeito a pequenos progressos, tudo regrediria, e as liberdades prometidas na CERA se atolariam nas areias.

"Mas alguns restaurantes vão abrir em breve no térreo", Alan observou.

"Lamento, mas aquilo é um blefe. Não vendemos esses espaços. Outro drinque?" Alan já acabara o segundo.

Hasan voltou ao bar e preparou os drinques.

"Alan, aqui há bons negócios a fazer. Se você comprar um desses apartamentos, vai pagar uma fração do que as pessoas terão de desembolsar daqui a um ou dois anos. Você poderia revender e ter um lucro de dez vezes o capital investido."

Eram as previsões de Yousef que agora retornavam com maior força: cidade falida, Emaar falida, projeto que nunca seria implementado. Que toda a ideia morreria com Abdullah.

Hasan trouxe o drinque para Alan.

"Obrigado, amigo", disse Alan.

Hasan sorriu. "É um prazer contar com um companheiro de bebida."

Alan perguntou sobre o rei, por que ele simplesmente não gastava o dinheiro necessário para erguer a cidade, para vê-la pronta ou ao menos funcionando enquanto vivo.

"Temos uma expressão em árabe: 'É impossível bater palmas com uma só mão'. Não podemos construir esta cidade sozinhos. Precisamos de parceiros."

"Sem essa", disse Alan. "Abdullah poderia construir a cidade em cinco anos se quisesse. Por que fazer isso se arrastar por vinte anos?"

Hasan ponderou a pergunta por um bom tempo.

"Não tenho a menor ideia", respondeu.

E assim compartilharam a frustração de estarem à mercê de fatores que escapavam a seus controles, fatores demais na verdade. Hasan vivia na CERA havia um ano, pois decidira ser um pioneiro

228

da cidade, e já recebera dezenas de homens como Alan, tentando fazer com que eles também se visualizassem vivendo lá.

"Algum dia pode ser uma boa vida", disse Hasan. "Mas temo que não haja suficiente vontade para acabar o trabalho."

E, não tendo vontade suficiente para sair ou fazer qualquer outra coisa, Alan continuou na companhia de Hasan, jogando xadrez e bebendo uísque, durante muitas e muitas horas. Ao sair, estava quase bêbado e se sentia ótimo. Dirigiu-se à escada, tencionando descer, porém começou a subir. Passou por um andar fechado, mas a escada continuou até que se viu abrindo a porta que dava para o telhado. A paisagem era estupenda: praia, edifícios, canais e deserto impregnados de uma suave luz dourada. Precisava ir embora, mas não conseguia se mover.

26

Alan dormiu bem sem saber por que e, ao acordar, a luzinha vermelha do telefone voltara a piscar. Ouviu a mensagem, que era de Yousef. Ele iria se ausentar da cidade por algum tempo e queria passar para se despedir. Estaria lá pela manhã a menos que ouvisse algo em contrário. Alan sentiu um grande alívio. Durante a noite tivera a sensação terrível de que algo acontecera com seu amigo. Este é o eterno problema dos contatos constantes: qualquer silêncio que dure mais de algumas horas provoca pensamentos apocalípticos.

Alan se vestiu e desceu até o lobby pelo elevador do átrio.

"Você já estava aqui."

"É, já tinha chegado." Yousef não tinha uma boa aparência.

"Você está bem?"

"Sei lá. Estou meio perturbado."

"O marido?"

"Sim, e o capanga dele. Apareceram lá em casa."

"Pensei que você estivesse na casa do seu primo."

"E estava, mas ele ficou nervoso. Vive com a avó e não queria confusão por perto, por isso voltei para minha casa. Cheguei lá e, uma hora depois, eles apareceram."

"O que eles fizeram?"

"Podemos nos sentar um pouquinho?"

O garçom veio e Yousef pediu um *espresso*. "Na noite passada eu estava sentado lá, vendo o Barcelona contra o Real Madrid — você viu o jogo?"

"Yousef!"

"Está bem. Ouvi um barulho do lado de fora. Me levantei e vi três homens na janela. Quase caguei nas calças."

"E o que eles fizeram?"

"Só ficaram me olhando. Foi tudo. E bastou. Quer dizer que sabem onde eu moro e não têm medo de ir até lá, de ficarem grudados na minha janela me olhando. Tenho que sair da cidade."

"Que pena."

"É, uma pena."

"Onde é que você vai?"

"Para a casa do meu pai nas montanhas. Lá eles não vão. E a turma da aldeia vai me proteger. Temos armas e tudo."

Alan visualizou um tipo de impasse típico dos filmes de bangue-bangue. Aquilo o fascinou mais do que ele saberia explicar.

"Não, não", ele disse, "fique aqui. Reservo um quarto para você. O hotel tem seguranças. Você estaria protegido. Invisível."

Ao descrever a ideia, Alan a achou mais e mais viável. Mas Yousef a descartou.

"Não, não. Quero estar em casa. O fim de semana é uma boa hora para escapar."

"Quanto tempo você vai ficar lá?"

Alan teve um receio repentino de que não voltaria a ver Yousef.

"Não sei. Preciso me sentir seguro durante alguns dias. Realmente preciso estar num lugar onde possa ver tudo ao meu redor de uma posição favorável. Aí vou ficar sabendo, vou avaliar. É por isso que quis vir vê-lo. Talvez fique lá por um bom tempo e queria me despedir caso essa seja a última vez que nos vemos."

O rosto de Yousef não denunciou nenhuma emoção em particular. Ele não era esse tipo de homem. Mas Alan sentiu que precisava estar próximo de Yousef, que Yousef era a única pessoa mentalmente sadia num raio de milhares de quilômetros.

Dez minutos depois, Alan estava no carro de Yousef, sua mochila jogada no porta-malas, a caminho das montanhas. Após alguns minutos na autoestrada, Alan se sentindo eufórico, Yousef parou no acostamento.

"Temos de dar uma passada na loja do meu pai. Preciso pegar as chaves da casa, permissão para ficar lá, tudo isso."

"Você não tem sua própria chave?", Alan perguntou.

"Esse é o problema. Ele me trata como um adolescente."

Subiram seis andares num edifício-garagem no centro da cidade até encontrarem uma vaga.

"Esta é a Cidade Velha?"

Tudo parecia bem novo.

"A Cidade Velha fica a três quarteirões daqui", disse Yousef. "Derrubaram o resto na década de 1970."

A garagem fazia parte de um shopping center. Alan e Yousef desceram vários lances de escadas rolantes, passando por meia dúzia de lojas de malas e de joias, por grupos de moças vestindo *abayas* e carregando reluzentes bolsas nos braços enquanto bandos de ávidos rapazes as examinavam.

Chegando ao térreo, saíram do shopping center, e Yousef levou Alan a uma ruela, retrocedendo cem ou duzentos anos no tempo ao longo do caminho. Aquela parte da Cidade Velha era constituída por uma série de vielas interconectadas onde os comerciantes haviam instalado pequenas lojas. Vendiam nozes, doces, artigos eletrônicos e camisas de futebol, mas os produtos mais populares eram as roupas íntimas femininas, exibidas abertamente nas vitrines. Alan ergueu uma sobrancelha e Yousef deu de ombros, como se dissesse: "E aí, só agora você descobriu as contradições do reino?".

"Aqui estamos", disse Yousef, parando diante de uma loja de esquina cujas paredes de vidro deixavam à mostra mil sandálias no interior. Dois homens estavam postados atrás do balcão. Um tinha a idade de Alan, provavelmente o pai. Ao seu lado havia outro homem muito mais velho, encurvado, apoiando-se pesadamente no balcão como se não fosse capaz de se manter de pé sem tal amparo. Tinha pelo menos oitenta anos.

"Qual deles...", começou Alan.

"Surpresa, o velho", disse Yousef emburrado. "Vou te apresentar."

Ao se aproximarem, o velho examinou Yousef dos pés à cabeça com olhos semicerrados e lábios contorcidos. Yousef tossiu, encostando a boca no ombro para disfarçar a palavra *babaca*, que pronunciou baixinho. Entraram.

"*Salaam*", disse Yousef em tom alegre. Apertos de mão foram trocados entre pai, filho e empregado, algumas palavras

em árabe. Após o que Alan imaginou haver sido sua apresentação, o pai lhe lançou um rápido olhar. Alan estendeu a mão e o
homem deu duas pancadinhas nela como faria na pata de um
cachorro que pede alguma coisa. Yousef e o pai falaram por
menos de um minuto, depois o velho deu meia-volta e se enca-
minhou para os fundos da loja. O assistente o seguiu.

"Bom, agora você o conhece. Um grande homem", disse
Yousef.

Alan não sabia o que dizer.

"Falei que estava indo para as montanhas. Ele disse que
avisaria ao caseiro. Acho que não preciso da chave. Por isso,
podemos ir embora."

Viraram-se para sair. Yousef parou na porta.

"Espere, quer um par de sandálias? Você deveria ter um par."

"Não, não."

"Sim, Alan. Qual é o seu número?"

As sandálias cobriam todo o espaço disponível, do chão ao
teto. Todas feitas de couro, à mão, elaboradamente decoradas e
costuradas, mas com um acabamento tosco. Escolheram um par,
Yousef deixou algum dinheiro no balcão e em breve estavam de
volta à ruela.

"Pois este é meu querido paizinho", disse Yousef, acendendo um cigarro. "Em geral, não é muito amigável. E não gosta
nem um pouco do meu trabalho, sobretudo quando estou dirigindo para algum americano."

Retornaram a pé à garagem.

"Mas você está na universidade. O que ele quer que você
faça?"

"Quer que ajude na loja, imagine só. Trabalhei lá por um
tempo, mas foi terrível. Perdemos todo o respeito um pelo outro.

Ele é um péssimo patrão. Ofensivo. E me achava preguiçoso. Por isso fui embora. Devia aprender a não levar ninguém à loja."

"Sou obrigado a dizer...", começou Alan, porém se conteve. Estava prestes a reforçar as reclamações de Yousef contra seu pai, mas se deu conta de que não podia fazer isso. Agora que era o defensor de Ruby, se tornara o mediador entre todos os filhos e seus desconcertantes pais — não era mesmo?

Alan se preocupava com Yousef. Preocupava-se com sua vida, com seu pai. Ambos os problemas pareciam triviais para Yousef, porque, na idade dele, todos parecem mesmo solucionáveis ou indignos de ser solucionados.

"Sou obrigado a dizer", Alan recomeçou, "que respeito o que ele faz. Seu pai produz sapatos e os vende. É um trabalho limpo e honesto."

Yousef zombou de suas palavras. "Meu pai não fabrica esses sapatos. Compra todos eles. Outras pessoas os produzem. Ele simplesmente ganha uma comissão ao vender."

"Seja como for. É uma arte."

Joe Trivole chamava de uma dança, lembrou Alan.

"Tenho certeza de que poderia produzi-los, se quisesse."

"Não, não", disse Yousef. "Compra no atacado. São feitos no Iêmen. Nunca fez um sapato em toda a sua vida."

Alguns minutos na estrada e Yousef estava de novo jovial, aparentemente desejoso de mostrar a Alan sua fortaleza, o amplo conjunto de prédios que o pai construíra. Yousef já lhe dissera um sem-número de vezes que ele tinha nivelado o topo da montanha. Para Yousef, por mais que lutasse contra o pai, era motivo de imenso orgulho que ele tivesse sido forte, poderoso, rico ou visionário o suficiente para nivelar uma montanha.

Cruzavam rumo ao sul, atravessando a cidade à medida que o centro moderno dava lugar aos prédios de apartamentos cor de areia e às oficinas de automóveis tocadas por somalis ou nigerianos, quando Yousef recebeu uma chamada telefônica. Riu e trocou algumas palavras em árabe antes de fazer uma repentina volta em U.

"Salem vai também", ele disse, erguendo bem alto as sobrancelhas.

Yousef explicou que Salem, um de seus amigos mais antigos, trabalhava no setor de comercialização de uma fábrica de fraldas de capital americano. "Mas é um hippie, e não um desses caras que nasceram para ser vendedor", ele disse, parecendo preocupado de imediato que pudesse ter ofendido Alan. "Desculpe", ele disse, porém Alan não estava nem um pouco ofendido. Não havia contexto algum em que a palavra *vendedor* pudesse ofendê-lo.

Pararam numa ruela em meio a pequenos edifícios de apartamentos. Yousef buzinou, e um homem de uns vinte e cinco anos desceu aos saltos os degraus trazendo um violão acústico no estojo. Sentou-se no banco de trás, apertou a mão de Alan e partiram.

Salem era um tipo que não estaria deslocado em Venice Beach ou Amsterdam. Cabelos longos com fios grisalhos, barbicha também salpicada de branco cobrindo o queixo, óculos estilosos protegendo os olhos grandes. Usava uma camisa verde-amarelada e calças jeans. O sotaque era ainda mais americano que o de Yousef, o que Alan não julgava ser possível naquele lugar.

Salem passou os primeiros dez minutos com as mãos nos assentos da frente, seu rosto entre Alan e Yousef, contando a estranhíssima experiência que tivera recentemente — descobrira um escravo em seu prédio de apartamentos.

"Conta para ele como você o viu chorando lá", disse Yousef.

Salem contou que, alguns dias antes, encontrou um homem de meia-idade sentado nos degraus dentro do prédio. Ao contorná-lo, Salem notou que o homem estava muito perturbado, chorando inconsolavelmente.

"Perguntei o que havia de errado. Ele disse que era um escravo e que seus donos tinham acabado de libertá-lo. Mas ele não sabia o que fazer. Aquela gente era sua família."

"São moradores de seu prédio?"

"Do apartamento embaixo do meu."

Salem morava lá havia um ano e tinha visto as movimentações da família composta de cinco pessoas, assim como do homem de meia-idade. Porém, só então entendeu que o homem não era um amigo ou tio, e sim um escravo trazido do Maláui.

"Preciso arranjar outro apartamento", disse Salem.

"Somos dois", disse Yousef. Examinaram a possibilidade de morarem juntos em outra área da cidade ou outro país. Salem estava enfarado com o reino. Nada tinha a lhe oferecer.

"É uma chatura infinita", disse Salem.

Alan estava se recuperando da história do escravo quando Yousef e Salem começaram a falar sobre a depressão e o suicídio na Arábia Saudita.

"Provavelmente não é tão ruim quanto em sua terra", Salem disse a Alan, "mas você ficaria surpreso. Metade das mulheres toma Prozac. E para os homens, como nós, a energia se manifesta de formas perigosas."

Falou sobre a imprudência diante de uma acachapante falta de oportunidades, sobre como a morte não era muito temida. Os pegas no meio do deserto, onde homens jovens e ricos corriam com seus BMWs e Ferraris sem que as mortes e os ferimentos fossem noticiados ou sabidos. Yousef e Salem tiveram uma rápida discussão em árabe, debatendo, como Alan logo soube, se deveriam levá-lo para ver uma corrida.

"Talvez na volta", disse Salem. "Quem sabe também a um concerto", acrescentou.

Estes eram igualmente realizados nos desertos. Salem era músico, cineasta e poeta, mas sobretudo compositor. Como não podia tocar suas músicas abertamente, só se exibia em concertos clandestinos no deserto. Era bem pior em Riad, mas até mesmo em Jidá a vida de um compositor era uma luta constante. Esse tipo de vida, que no começo exercera certa atração romântica, perdera toda a graça. Salem estava pensando em se mudar para alguma ilha caribenha a fim de tocar numa banda de bar.

Deixaram a cidade para trás e em breve cortavam o deserto, plano e vermelho, só interrompido por ocasionais postos de gasolina ou formações rochosas. A autoestrada era larga e veloz, o sol brilhava impiedoso no céu, Alan estava cansado. Cochilou, com a cabeça acomodada no cinto de segurança, sendo embalado pelas animadas conversas em árabe de Yousef e Salem.

Foi acordado pelo som de uma porta batendo. O carro havia parado num vasto estacionamento circundado por lojas e restaurantes. Yousef não estava à vista, Salem manipulava o telefone. Alan apertou os olhos e viu Yousef entrando às pressas numa mercearia.

Alan se aprumou no assento e limpou a saliva do rosto.

"Quanto tempo fiquei apagado?", perguntou.

Salem não ergueu os olhos do celular. "Talvez uma hora. Roncou. Uma beleza."

Uma menina de uns sete anos, vestindo uma burca, se aproximou da janela de Salem. Ele imediatamente apertou um botão para trancar as portas. Ela se postou diante da janela dele, batendo no vidro e esfregando os dedos.

Alan percebeu então que dezenas de mulheres e crianças, na sua maioria meninas, todas vestindo burcas pretas, caminhavam até os carros, chegavam às janelas e depois se afastavam.

Alan começou a baixar seu vidro. Vendo um rosto mais simpático, a menina correu para o lado dele, as mãos estendidas.

"Não, não!", disse Salem. "Levante o vidro."

Alan obedeceu, quase prendendo os dedinhos da menina ao fazê-lo. Ela passou a bater no vidro com maior urgência, a cabeça inclinada num gesto inquisitivo, os lábios se movendo freneticamente. Alan sorriu e mostrou as palmas das mãos vazias. Ela não parecia entender ou ligar para aquilo. Continuou a bater no vidro.

Salem atraiu sua atenção e exibiu o indicador apontado para cima. Com isso, ela deu meia-volta e se afastou. Como se fosse um truque de mágica.

"Quando você aponta o dedo para cima, o que isso quer dizer?", Alan perguntou, imitando o gesto.

A atenção de Salem retornara ao celular.

"Significa que Deus há de prover."

"E isso funciona?"

"Funciona. Acaba com qualquer discussão."

Quando se aproximou outra criança, com olhos vidrados e amarelados, Alan apontou para os céus. Ela desapareceu.

"Não se preocupe. Elas se dão bem."

Alan olhou em volta do estacionamento, vendo por fim o que deveria ser óbvio: havia um número excepcional de pessoas de todos os tipos seguindo na mesma direção ao mesmo tempo. E então entendeu perfeitamente. Um homem, num Mercedes próximo, vestia apenas alguns panos brancos e sandálias. Famílias completas se abasteciam para a viagem.

"É a peregrinação?", Alan perguntou.

Salem mais uma vez examinava as mensagens no celular, os estalidos lembrando um contador de radioatividade.

"Não é a *Hajj* oficial. Essa se faz em novembro. Esta agora é a *Umrah*, uma peregrinação menor para quem não pode vir durante a principal."

Yousef saiu do supermercado empurrando um carrinho cheio de mantimentos. Salem abriu as portas e Yousef pôs tudo no porta-malas. Segundos depois estavam de volta à estrada e Alan mais uma vez cochilou. O asfalto negro e liso, combinado com o sol bem no alto do céu, o fazia dormir. Foi acordado por uma calorosa discussão entre Yousef e Salem.

"O que é que está havendo?", perguntou.

Yousef se voltou na direção dele e indicou um letreiro na estrada. A estrada ia se bifurcar, com as três pistas principais reservadas aos muçulmanos. Um sinal vermelho marcava a saída a ser usada pelos não muçulmanos para contornar a cidade de Meca. Yousef contemplava a ideia de passar com Alan pela estrada principal.

"Podemos fazer você vestir um *thobe*. E aí passa."

"Não vale a pena", disse Salem. Ele não estava feliz. "O desvio só aumenta a viagem em vinte minutos. Por favor."

Yousef olhou para Alan. "Quer entrar clandestinamente?"

Alan não queria. Não desejava violar uma regra daquelas. Mas eles se encontravam ainda na pista mais à esquerda, e a saída para não muçulmanos, três pistas à direita, já estava bem próxima.

Uma torrente de palavras em árabe jorrou de Salem. Yousef não respondeu. De repente, instalou-se o caos. O tronco de Salem estava no assento da frente e ele tentava alcançar o volante. Alan foi empurrado contra a porta. Yousef afastou com um tapa as mãos de Salem e lhe deu uma bofetada no rosto. Ouvindo a pancada, ele riu prazerosamente. Salem recuou para o assento de trás, desalentado.

E então, num movimento fluido, Yousef cortou a estrada para a direita e tomou a entrada para os não muçulmanos.

Pelo retrovisor, Yousef lançou um olhar desapontado para Salem. "Ei, cara, estava só brincando. *Brincando*. Relaxe."

Salem ainda estava furioso. "Você é que tem de relaxar."

Yousef sorriu. "Não, trate você de relaxar."

A noite caiu rapidamente à medida que subiram a montanha.

"A cordilheira de Sarawat", Salem explicou. "Espere até chegar ao alto. Você vai ver os babuínos. Gosta de babuínos?"

E lá estavam eles. No topo da cordilheira, Yousef parou num mirante, a uns mil e setecentos metros de altitude, de onde se descortinava o deserto num raio de cento e sessenta quilômetros. E por toda parte havia babuínos sentados, comendo ou andando de um lado para o outro, tão domesticados quanto gatos criados em casa.

* * *

Atravessaram rapidamente Taif, cidade de cores vibrantes e ventos frios, descendo para uma região mais agreste. A estrada foi ficando desolada à medida que se aproximavam da aldeia onde Yousef nascera. Ao chegarem, Salem dormia a sono solto e Alan cabeceava.

Yousef parou o carro de súbito. "Acordem, seus inúteis!"

Salem gemeu e deu um soco nas costas do assento de Yousef.

À frente, morros de contorno denteado circundavam um punhado de luzes aninhadas em um pequeno vale. O povoado não tinha mais do que algumas dezenas de casas, poucas centenas de pessoas.

"Essa é toda a cidadezinha", disse Yousef. "Vamos visitá-la amanhã."

Entraram numa estradinha particular e subiram mais um pouco pela encosta, fazendo duas curvas íngremes, até chegar a um enorme prédio. Não se parecia em nada com uma casa.

"É isto aqui?", Alan perguntou.

"É", disse Yousef. "A casa construída pelas sandálias."

Lembrava mais um hotel ou um edifício público. Três andares de adobe e vidro. Haviam parado num amplo estacionamento, suficiente para abrigar vinte carros. Havia até mesmo uma pequena mesquita na propriedade, um pouco abaixo no morro.

"Eu não tinha entendido…", disse Salem. Ele também desconhecia o lugar.

Enquanto Salem e Alan permaneciam pasmos, um homem saiu de dentro da casa e correu na direção deles. Era baixinho, menor do que Yousef, e mais gorducho. O rosto redondo exibia um largo e desdentado sorriso. Tomou a mão de Yousef e a apertou com força. Foi apresentado a Salem, que também cumprimentou com um aperto de mão. No entanto, quando Alan estendeu a sua, foi como se o homem tivesse de reaprender o gesto. Tomou-a e a apertou, soltando-a depois lentamente, como se a retirasse da boca de um animal que não desejava provocar.

"Este é Hamza, o caseiro", explicou Yousef. "Trabalha para meu pai há vinte anos. Mas não contei a meu pai que você estava vindo."

"Por que não?", perguntou Alan.

"Não se sinta ofendido, mas meu pai é muito orgulhoso. Ele não ia querer que a casa fosse conspurcada por... por você. Estou brincando."

Mas não era brincadeira.

Hamza deu meia-volta, levou-os até a porta e a abriu.

Yousef avançou um passo e se voltou no umbral.

"Prontos? Então vejam!", disse Yousef, sua postura passando rapidamente de adolescente desdenhado a filho orgulhoso.

A casa dava a impressão de ser uma série de salões de baile vazios e cobertos de tapetes, cada qual grande o bastante para receber cem ou mais pessoas. Enormes candelabros iluminavam vastos espaços sem nenhuma mobília com exceção dos bancos ao longo das paredes. Aparentemente, toda a casa se destinava apenas a abrigar recepções.

"Toda a aldeia cabe aqui. Ele se certificou disso. Todos os casamentos são celebrados aqui. Tenho de te trazer para assistir a um casamento", ele disse a Alan. "Você vai adorar. Podia usar uma das roupas tradicionais, carregar um punhal especial, tudo."

Alan tentou ajustar a imagem do homem que havia construído aquela casa com a do indivíduo rude e amargo que conhecera. Parecia impossível que tal indivíduo houvesse realizado aquele ato de grande visão e generosidade, coisas que o pai de Yousef não dera a impressão de possuir. Subiram para o terceiro andar. As escadas, de concreto não polido, eram irregulares, como se os operários não houvessem se preocupado com o acabamento lá em cima.

"Terminaram este andar meio depressa", disse Yousef, rindo. "Mas a vista compensa."

Chegaram a uma ampla varanda. O ar era límpido e fresco; a paisagem, magnífica. Alan, Yousef, Salem e Hamza contemplaram longamente o vale.

"Ah, tenho que mostrar a vocês", disse Yousef, descendo as escadas aos saltos.

Levou Alan e Salem a uma sala menor, vazia, exceto por um imenso cofre numa das paredes e uma pilha de colchões encostada em outra.

"Em algum lugar aqui", ele disse, pegando os colchões e os jogando ao chão. Alan sentiu o mesmo que sentia quando, na infância, os amiguinhos o levavam a seus quartos a fim de mostrar todos os brinquedos que possuíam, ficando mais entusiasmados com cada palavra de surpresa que ele pronunciava. Yousef derrubou sete ou oito colchões até encontrar o que procurava: um monte de rifles. Havia ao menos uma dúzia, alguns novos, outros velhos e feitos à mão, com coronhas de madeira e enfeites cuidadosamente entalhados.

"Este foi do meu avô", ele disse, segurando um rifle antigo com as duas mãos. Passou-o a Alan como se lhe entregasse um bebê recém-nascido. Era sólido e pesado, feito de madeira de lei.

"Este é mais novo." Yousef retomou o primeiro rifle e o passou a Salem. Substituiu-o por um novo modelo, semelhante a uma Winchester .44. Alan verificou e viu que estava certo. Salem examinou educadamente as armas, mas era difícil ocultar seu desinteresse. Alan, contudo, se mostrara fascinado. Bom atirador na juventude, mantinha a afeição por velhos rifles como aqueles. Queria muito apontar um deles, atirar, mas não sabia como solicitar tal coisa. Contentou-se em elogiar todos e imaginou que jamais os veria quando Yousef voltou a guardá-los entre os colchões.

Tinha alguma esperança de que Yousef falava a sério sobre a necessidade de repelir os capangas do marido de sua ex-esposa. A ideia de irem até lá e atacarem aquela fortaleza era ridícula, mas ao mesmo tempo dava a Alan uma injeção de ânimo, abria novas possibilidades. Visualizava-se encarapitado na varanda, mirando nos invasores. Desejava fazer algo dramático para proteger seu amigo.

"Qual é a chance de que aqueles sujeitos realmente venham até aqui?", Alan perguntou.

"Que sujeitos?"

"O marido, seus capangas."

"Está falando sério? Nem sabem que este lugar existe. Acha que iriam dirigir durante quatro horas no deserto para me seguir até aqui?"

Alan sacudiu a cabeça, afastando a ideia, mas algo se passara entre eles. Yousef compreendeu que Alan, em vez de temer o ataque, estava pronto a enfrentá-los, quase desejoso de que aquilo acontecesse. Pousou a mão no ombro de Alan, obrigando-o a fazer meia-volta, conduziu-o gentilmente para fora do depósito de rifles e apagou a luz.

Instalaram-se na varanda do segundo andar. Hamza levou tapetes e almofadas, arrumando-os em fileiras. Correu para dentro da casa e voltou com uma bandeja de chá, servindo a bebida com grande solenidade.

Alan tomou o chá, doce e com toques de menta, enquanto Salem afinava displicentemente o violão. Embora Alan não soubesse o que esperar, quando Salem começou a dedilhar as cordas e bater na caixa de ressonância, o que tocou parecia com qualquer canção popular do Ocidente, algo que se escuta ao fazer compras.

A temperatura caiu ao anoitecer, uma doce aragem subiu do vale e varreu a fortaleza. Como se tangido pela brisa, um farol brilhou lá embaixo. Outros dois logo a seguir. Eram uma motocicleta e um pequeno caminhão galgando a estradinha particular.

Yousef fez um aceno de cabeça na direção do violão, e Salem entendeu o sinal. Guardou-o no estojo, entrou rapidamente e voltou sem ele.

Pouco depois, três jovens entre treze e dezesseis anos apareceram na varanda. Tinham a constituição física de Yousef, baixos e com uma barriguinha acentuada. Usavam *thobes* brancos e *gutras* vermelhas — miniaturas de homens de negócio com largos e luminosos sorrisos. Correram para Yousef e o abraçaram.

"Estes são meus primos", Yousef disse a Alan. "Dois deles, em todo caso. O terceiro é amigo deles."

Alan apertou as mãos de todos, Yousef e os primos conversaram em árabe por algum tempo. Salem permaneceu na varanda, como se soubesse que aqueles homens da aldeia pertenciam a uma espécie diferente. Yousef era a ponte entre o cosmopolitismo de Salem e de Alan, de um lado, e os jovens que, Alan imaginava, tinham uma formação mais conservadora, longe de coisas tais como música pop e hóspedes americanos. Com o correr das horas, mais chá foi servido e, como aparentemente havia muitos assuntos a serem postos em dia e histórias a contar, Alan sentiu que estava sobrando ali. Quando Salem entrou, alegando se sentir exausto, Alan aproveitou para ir também. Yousef se despediu de ambos e instruiu Hamza a levá-los a seus quartos.

No quarto de Alan, tão grande quanto uma sala de jantar formal, um dos colchões finos e maleáveis que serviam para esconder os rifles estava agora posto no chão, coberto cuidadosamente com um lençol e um cobertor de lã. Sua mochila tinha sido trazida do carro e colocada sobre uma cadeira perto da cama. Hamza lhes mostrou o banheiro, distribuiu toalhas de banho e de rosto, até mesmo sandálias de couro flexível.

Alan se ajeitou no colchão e se cobriu com o pesado cobertor. A casa estava esfriando rapidamente.
Salem passou diante da porta.
"Boa noite", ele disse.
"Boa noite", respondeu Alan.

Devia ser quase meia-noite. Pela janela ele podia ver a face mais próxima da montanha, a não mais de dez metros de distância, e acima dela um céu cinza-chumbo e estrelas reluzentes. Agora que se encontrava deitado e bem aquecido, o que ele desejava era vagar pelas montanhas naquela noite, com Yousef ou Salem, ou mesmo sozinho. Não estava cansado. Olhou pela janela, a encosta da montanha tão azul ao luar. Estava mais desperto a cada minuto que passava.

Pensou em escrever uma carta, porém não tinha papel. Encontrou um grande envelope junto à porta e começou: "Querida Kit, Escrevo de um castelo. Sem brincadeira. Estou numa espécie de fortaleza moderna, nas montanhas da Arábia Saudita. O homem que construiu este lugar vende sapatos. Não é um grande fabricante de sapatos. É dono de uma loja de uns quarenta metros quadrados em Jidá e vende sapatos simples, sobretudo sandálias, a gente comum. E, com o dinheiro que ganhou e economizou vendendo sapatos, voltou à aldeia natal, nivelou o topo de um morro e construiu um castelo".

Pôs de lado a caneta. Caminhou lentamente até a porta, tomando cuidado para não despertar Salem. A casa estava em silêncio, embora a maioria das luzes continuasse acesa. Chegou à escada na ponta dos pés e subiu os degraus irregulares até o terraço. Lá, andou de um canto ao outro, contemplando a paisagem de todos os ângulos. Concluiu que seria capaz de viver ali, que seria um homem feliz caso construísse uma casa como aquela. Tudo de que precisava era algum espaço, um lugar distante de tudo, onde a terra fosse barata e houvesse facilidade em construir. Compartilhava os sonhos do pai de Yousef, a necessidade de retornar às origens, erguer algo duradouro, algo aberto e estranho como aquela fortaleza, algo passível de ser dividido com a família e com os amigos, com todos que ajudaram a criá-lo. Mas quais eram as origens de Alan? Não tinha uma aldeia ancestral. Tinha Dedham. Dedham podia passar por uma aldeia ancestral? Ninguém lá tinha a menor ideia de quem ele era. Seria ele de

Duxbury? Será que tinha alguma ligação com aquela cidade, será que alguém de lá se sentia ligado a ele?

Em Duxbury, Alan não tinha sido capaz de levantar nem ao menos um muro.

Alan não queria se lembrar do sujeito da comissão de planejamento urbano, mas lá estava sua cara untuosa. Tudo que Alan queria era construir um jardim, separado por um pequeno muro de pedra. Como o solo era pedregoso na parte do quintal que ele escolhera, imaginou construir o jardim uns trinta centímetros acima do nível do terreno. Tinha visto algo semelhante num livro e parecia fazer sentido, além de ficar bonito. O do livro havia sido cercado com madeira, como uma caixa de areia, porém Alan desejava imitar os velhos muros de pedra que limitavam algumas das propriedades na cidade — muitos deles erguidos havia centenas de anos. Vários não tinham nenhuma argamassa, consistindo apenas em pedras cuidadosamente empilhadas, mas Alan pensava usar cimento no seu. Por isso, após passar os olhos num livro sobre alvenaria na biblioteca, foi a uma loja de material de construção e comprou dois sacos de cimento.

Seguiu depois para um lugar, à margem da estrada, onde vendiam pedras. Essa era a melhor parte, sobre a qual nada sabia. Caminhou pelo terreno onde grandes volumes de pedras eram guardados dentro de cercados, um zoológico de pedras. Por fim, achou umas cinzentas e rosadas, de formato arredondado, que pareciam combinar com as que tinha na frente de sua casa.

"Como é a entrega?", perguntou a um dos vendedores. Era um indivíduo alto e magro, fraco demais para trabalhar num local cheio de pedras. Não parecia capaz de levantar nem as calças até a cintura, muito menos as pedras que vendia.

"Você mesmo vai levar?"

Alan não sabia. "Devo levar?"

"É melhor", disse o homem, "a menos que vá construir um castelo."

Alan deu uma risada. Parecia uma piada bem engraçada naquele momento.

"Neca, só um muro."

"Aquela é a sua caminhonete?", ele perguntou, fazendo um movimento com a cabeça na direção do carro.

"Sim, é a minha. Acha que vai dar?"

"Claro, mas antes precisamos pesar o material. A balança fica para lá."

Em breve Alan estava de volta ao carro, guiando na direção das duas marcas de rodas que conduziam à balança erguida numa plataforma. A balança ficava próxima ao escritório de vendas e, ao subir nela, Alan podia ver, no lado de dentro, um homem fazendo sinal de que estava tudo bem.

Alan regressou à área onde havia escolhido as pedras e começou a carregar a caminhonete. Não tinha ideia de quantas devia comprar e nada indicava o preço dos produtos. Mas estava se divertindo muito com a coisa toda — a balança, o ato de jogar as pedras dentro do carro e provocar uma reação dos amortecedores, o peso crescente do carro. Resolveu enchê-lo até que o para-choque traseiro ficasse bem baixo. Alcançado esse ponto, fechou a porta de trás e retornou à balança.

Recebendo mais uma vez através da janela o sinal de que estava tudo bem, desceu da balança e estacionou junto ao escritório. Entrou, e o sujeito atrás do balcão o recebeu com uma piscadela amigável.

"Cento e oitenta e oito quilos."

Alan calculou que, se o preço por quilo fosse mais de dois dólares, estava ferrado. Havia planejado gastar algumas poucas centenas de dólares em todo o projeto do jardim.

O sujeito fazia as contas numa calculadora e ergueu os olhos.

"Cimento também?"

Alan negou com a cabeça.

"Muito bem. Então deu cento e setenta dólares e sessenta e oito centavos."

Alan quase riu, embora tenha sorrido durante todo o trajeto de volta. Transação tão simples. Simples e boa. Encontrou as pedras. Encheu a caminhonete, pesou o carro, o sujeito calculou a diferença, determinou o peso das pedras e cobrou menos de um dólar por quilo. Beleza.

A construção do muro lhe deu um prazer que não sentia havia anos, apesar de não ter praticamente nenhuma noção do que estava fazendo. Como esquecera de comprar as ferramentas apropriadas, usou um carrinho de mão para misturar o cimento e uma pá para aplicá-lo. Tentou ajustar as pedras de uma forma racional, espalhando o cimento por cima e nas laterais. Não sabia quanto tempo levaria para secar ou se o muro ficaria firme ao final. Deveria ter esperado, implantado uma primeira fileira de pedras antes de empilhar mais pedras, porém estava se divertindo muito para ir devagar. Tal como ocorrera com outros projetos na casa e no jardim, queria acabar numa única sessão, e assim aconteceu quatro horas depois.

Afastou-se e viu que estava mais ou menos certo. O muro tinha uns noventa centímetros de altura e era totalmente medieval em sua simplicidade técnica. Quando pôs o pé sobre a primeira parte que havia terminado, a estrutura já se solidificara. Empurrou com o pé, o muro não cedeu. Trepou nele, era tão estável quanto qualquer chão de sua casa. Ficou profundamente emocionado com isso. Cimento! Não era à toa que os arquitetos o amavam. Em poucas horas construíra um muro que só poderia ser desmontado com uma britadeira. Em poucos dias, assim imaginou, provavelmente seria capaz de erguer uma casa usando o mesmo método. Sentiu-se exultante.

Mas então recebeu a visita de um agente do departamento de zoneamento urbano. Ao acordar no dia seguinte, descobriu um pedaço de papel vermelho grudado na porta de entrada. Ali dizia que precisava ir à prefeitura submeter o projeto de construção e pedir a devida autorização. Tudo isso para um muro de noventa centímetros. E então vieram as discussões com o filho da puta da comissão de planejamento urbano, todas absolutamente inúteis. Como Alan não obedecera às especificações municipais e não contratara um especialista licenciado, o muro tinha de ser destruído. Fizeram-no pagar dois operadores de britadeira para botarem abaixo seu muro e seu jardim, até só restarem entulhos. Pisaram em suas verduras; pedaços de pedra e cimento penetraram na terra. As plantas morreram. Era duro ver toda aquela sujeira. E então precisou pagar a dois outros homens para remover os restos da demolição.

27

Quando Alan acordou, o céu era de um cinzento tristonho. Desceu as escadas. Não ouviu vozes nem viu movimento algum, nenhum sinal de aurora. Os salões de festa estavam desertos, a cozinha vazia. Pensou em voltar para a cama, porém tinha certeza de que não serviria para nada.

Abriu a porta da frente e contemplou o vale azul e marrom na luz baixa. Sentou-se na amurada e notou pela primeira vez que, uns quinze metros abaixo mas ainda dentro da propriedade, havia um rebanho de ovelhas. Estavam num cercado, com chão de pedra e terra, exceto por algumas pequenas manchas de vegetação. Para além das montanhas, uma coluna de fumaça cortava em dois o céu azul. Alan entrou e pegou sua câmera fotográfica.

Foi até a estradinha particular e de lá tirou fotos do caminho montanha abaixo, dos morros que se erguiam nas costas da casa. Desceu até a estrada principal, seguindo rumo à cidade.

O vale estava em silêncio. Parou para tirar fotos de uma árvore com espigas, de um conjunto de flores brancas e de um velho ônibus paquistanês pintado com cores brilhantes, mas já sucateado na beira da estrada. Fotografou um cabrito perdido.

Uma nuvem de poeira se levantou num morro próximo. Era um pequeno caminhão branco. Veio em sua direção e parou ao lado. A janela foi baixada. Dirigia-o um homem de uns quarenta anos, vestindo um *thobe* limpo de cor cinza. Era um pouco parecido com Yousef, embora mais alto e mais magro.

"*Salaam*", ele disse.

"*Salaam*", disse Alan.

"Quer uma carona?"

"Não, obrigado. Estou só passeando."

"Tirando algumas fotos?"

"É, estou. Uma bela manhã."

"Eu o estava observando lá de cima", ele disse.

Alan olhou ao redor para ver de que ponto mais alto estivera sendo observado. O homem deu um sorriso mordaz.

"Você tirou muitas fotografias?"

"Acho que sim."

Algo estava acontecendo que ele não chegava a entender. Então compreendeu.

"Americano?"

Ah! Como sempre, Alan por um instante teve vontade de mentir.

"Sim", respondeu.

"Todas essas fotos. Trabalha para a CIA ou coisa parecida?"

O sorriso do homem, que parecia agora mais genuíno, deve ter liberado algo dentro de Alan.

"Uns trabalhinhos de vez em quando", respondeu Alan com uma piada. "Nada em tempo integral."

A cabeça do homem recuou alguns centímetros, como se ele tivesse sentido algum cheiro desagradável, algo pouco natural. Engrenou a marcha e foi embora.

Ao voltar à casa, Yousef e Salem estavam acordados e vestidos, enquanto Hamza já servira o chá. Salem se encontrava na varanda, como na noite anterior, tocando violão. Yousef viu Alan se aproximando.

"Alan! Pensamos que você tivesse sido sequestrado."

Yousef e Salem sorriam alegremente.

"Fui dar uma volta. Acordei cedo. É bonito aqui no amanhecer."

"Verdade, é mesmo. Vamos tomar o café da manhã ao ar livre, você concorda?"

Hamza abriu uma grande toalha branca na varanda e eles se sentaram. Trouxe mais chá, pão e tâmaras. Ainda estava fresquinho, mas o sol já começava a subir, e Alan podia sentir o calor que se avizinhava, impregnando as pedras que os cercavam. Permaneceram na sombra. Alan pensou em contar o encontro com o homem no caminhãozinho, pois sabia que havia cometido um erro e que em breve poderia ocorrer alguma confusão, ainda que na forma de uma chamada telefônica. Mas tinha alguma esperança de que o homem se esqueceria da coisa, que não tivesse nenhuma consequência, que sua piada estúpida fosse entendida como tal.

Terminado o café da manhã, Yousef correu para dentro de casa, inspirado. Voltou com dois rifles que havia mostrado na véspera. Alan imaginou que seria apenas outra exibição, até ver Yousef sacudir uma caixa de munição sobre a toalha. Eram balas de calibre .22, e Yousef introduziu uma na câmara do rifle.

Entre estranhos ou novos amigos, o ato de se carregar uma arma sempre provoca um momento de avaliação. Alan lidava com armas havia muitos anos e se sentia à vontade com elas, assim como com Yousef. Não obstante, fez uma breve reflexão sobre seu amigo, a arma, a relação entre eles, os motivos e consequências daquele ato. Estavam muito longe de qualquer pessoa que se interessasse pela vida de Alan. Confiava em Yousef, o considerava seu amigo, até mesmo um pouco seu filho, porém uma vozinha dentro dele dizia: *Você não conhece nenhuma dessas pessoas intimamente.*

Yousef colocou o rifle sobre a toalha e foi até a outra extremidade da varanda, onde o terreno dava para a montanha. Pegou uma lata em meio às plantas e a pôs sobre um muro baixo. Voltou a passos largos.

"Vamos ver se ainda estou bom", ele disse.

Alan esperava que Yousef se deitasse de bruços ou ficasse de pé, mas, em vez disso, ele sentou com os joelhos dobrados na frente do corpo. Apoiou os cotovelos nos joelhos, mantendo o rifle aninhado no ombro. Alan nunca vira ninguém atirar naquela posição, embora fizesse muito sentido.

Yousef mirou na lata — que se encontrava a uns vinte metros

de distância — e atirou. O ruído da detonação não foi muito alto, não tão alto quanto o de um .45. Essas armas de calibre .22 eram silenciosas, elegantes, quase corteses em suas exigências e manifestações sonoras.

A bala se perdeu na vegetação. Ele havia errado. Resmungou em árabe, esvaziou a câmara e recarregou. Mirou, disparou e dessa vez, após hesitar por um segundo, a lata caiu na estradinha como um caubói de cinema tombando do teto.

"Muito bem", disse Alan.

Hamza correu para repor a lata.

"Agora você", disse Yousef lhe passando a arma.

Alan pegou o rifle e o carregou com uma das pequenas balas douradas de calibre .22. O rifle era muito leve. Pensou em ficar de pé ou se deitar de bruços, mas achou que o protocolo exigia que usasse o método de Yousef.

Era bem confortável, imitando o formato de um tripé. Alan enquadrou a lata na alça de mira, soltou o ar dos pulmões e apertou o gatilho. Uma nuvenzinha de pó se ergueu um pouco à esquerda da lata. Yousef e Hamza deram a impressão de estar ligeiramente impressionados, mas também satisfeitos por ver que Alan não era um exímio atirador. Que pensariam eles se Alan, de meia-idade, pesadão e vestindo calças cáqui, pudesse sentar, pegar um rifle e superá-los?

Mas era o que Alan estava decidido a fazer.

"Posso tentar mais um?"

Yousef deu de ombros e acenou com a cabeça na direção da caixa de balas. Alan voltou a carregar a arma e fazer pontaria. Mirou, respirou, apertou o gatilho. Dessa vez a lata tomou o tiro bem no meio e caiu do muro.

Todos, inclusive Salem, emitiram murmúrios de aprovação. Alan entregou o rifle a Yousef, que sorria abertamente.

Continuaram a se revezar por vinte minutos, recolocando a lata e a enchendo de furos até que um caminhão chegou ruidosamente pela estradinha. Era o veículo branco que Alan tinha encontrado mais cedo. Tão logo o motorista desceu, com ar agitado, Alan soube que em breve teria de se explicar. Não ajudou o fato de Alan segurar o rifle quando o homem parou o caminhão. Ao se aproximar, Alan pôs a arma sobre a toalha, tão perto de Yousef quanto pôde, mas ainda a seu alcance. Como saber o que poderia acontecer? Precisava manter suas opções abertas.

O homem primeiro disparou uma salva de palavras em árabe contra Yousef, apontando todo o tempo na direção de Alan. Depois, Yousef se levantou, Salem se levantou e os três começaram a gritar, deixando Hamza sem saber o que fazer. O motorista do caminhão branco era sem dúvida alguém que Hamza via todos os dias, alguém que vivia na cidadezinha e a quem não podia desafiar de forma acintosa, assim como não podia se aliar cegamente a Yousef. Alan permaneceu sentado, procurando parecer tão inofensivo quanto possível.

Por fim, Yousef chegou perto de Alan.

"Você disse a esse cara que era da CIA?"

Alan olhou para os céus. "Ele me perguntou se eu era da CIA, e fiz uma piada dizendo que prestava alguns servicinhos para eles."

Yousef o olhou com os olhos apertados. "Por que você disse isso?"

"Estava brincando. Foi uma piada. Ele me perguntou. Foi uma pergunta ridícula."

"Não foi ridícula *para ele*. Agora tenho que convencê-lo de que você não é da CIA. Como é que faço isso?"

Alan queria estar longe dali, no terraço, em qualquer lugar. Mas teve uma ideia. "Diga a ele que, se eu fosse da CIA, não ia sair por aí dizendo a qualquer um que me perguntasse isso."

Yousef riu da explicação. Graças a Deus, pensou Alan. Tinha havido um momento em que a coisa estava escapando do controle de todos, prometendo muita confusão para Yousef, o pai de Yousef, o próprio Alan. Antes do almoço, Alan estaria num táxi voltando para Jidá. Mas a explicação de Alan tinha funcionado, fizera Yousef lembrar-se de quem era, de quem os dois eram. Eram amigos e havia entre eles uma confiança mútua.

Yousef voltou-se para o homem, passou o braço por seus ombros e o acompanhou até o caminhão. Ele entrou e ficou sentado em frente ao volante por cinco minutos enquanto Yousef lhe falava através da janela, com toda a calma e ocasionais gestos enfáticos na direção de Alan. Yousef conseguiu apagar as últimas brasas da fúria do sujeito.

Quando o caminhão foi embora, Yousef voltou, se sentou e suspirou dramaticamente. "Você não devia ter dito aquilo."

"Eu sei."

"As pessoas não gostam de piadas desse tipo."

"Me dei conta um instante depois de falar."

"É como brincar de ter uma bomba quando se está passando pela segurança do aeroporto."

"Foi a analogia que eu também fiz."

"Então estamos de acordo."

"Sempre estamos."

"A maior parte do tempo."

"Me desculpe."

"Tudo bem. Vamos dar mais uns tirinhos."

E assim fizeram, até que Salem disse querer ver ao menos alguma coisa da região ou da cidade. Por isso, embarcaram num dos utilitários do pai de Yousef, guiado por Hamza, e desceram para o vale atravessando a aldeia. Rodavam tão devagar na estrada esburacada que parecia inútil estarem num veículo. A pé iriam mais rápido e fariam um papel menos ridículo. Passaram defronte das habitações mais humildes e de uma série de casas bem-feitas, de adobe, além de edifícios de apartamentos. A aldeia não devia ter mais de duzentos habitantes, mas possuía uma escola decente, uma clínica, uma mesquita e até algo que Alan tomou por um hotel.

Passado aquele conjunto de prédios, seguiram pela estrada poeirenta até a outra extremidade do vale e, após vencerem uma estreita passagem entre duas enormes rochas, chegaram a um vale menor. Desceram por alguns minutos, até que a próxima aldeia ficasse à vista, quando Yousef mandou parar o veículo.

"Ali nasceram meus avós", disse Yousef indicando uma moradia velha e pequena. Fora erguida com o uso de alguns poucos milhares de pedras chatas, sem argamassa. Tinha provavelmente uns oitenta anos, mas não seria muito diferente em outras eras. Saíram do carro e, seguindo Yousef, Alan entrou por uma janela. Um único aposento de dimensões modestas. O teto se fora, mas as traves redondas permaneciam. Yousef tirou os óculos escuros e os pendurou em seu *thobe*. Tomou um gole da garrafa de plástico que trazia.

"Eu não saberia viver assim", ele disse. "Você consegue imaginar?"

Voltaram para o utilitário.

Nas horas seguintes, vagaram sem pressa pelos vales, subindo e descendo estradas pavorosas. No caminho, viram as mais estranhas formações rochosas. Pedras com dois andares de altura escavadas pela natureza, lembrando um capacete vazio. Galgaram o topo do vale do pai de Yousef e contemplaram a aldeia, muito abaixo. Daquele ponto, dava a impressão de ser extraordinariamente pequena e frágil, o tipo de povoado que seria varrido em segundos por uma cabeça-d'água, soterrada para sempre por qualquer avalanche de pequena monta. Parecia um lugar ridículo de se viver por um ou dois dias, muito menos durante séculos. Os moradores eram tremendamente vulneráveis à seca, ao fato de que a única estrada pudesse se tornar intransponível, ainda que por algum tempo, pela lama ou pela queda de rochas. Observando o vale, entendendo como a obra do homem era tão diminuta diante do trabalho do vento e da água, Alan como sempre se convenceu de que seres humanos não deviam viver ali. As pessoas não deviam se estabelecer num terreno rochoso carente de água ou de chuva. Mas, sendo assim, onde viveriam? A natureza diz ao homem que o matará aonde quer que ele vá. Numa área plana, o matará com ciclones. Perto da costa, mandará tsunamis que apagarão séculos de esforço. Os terremotos zombam de qualquer feito de engenharia, de todas as noções de permanência. A natureza quer matar, matar, matar, rir de nossas obras, se livrar das sujeiras que criamos. Mas as pessoas viviam onde queriam, como viviam ali, naquele vale impossível, e prosperavam. Prosperavam? Viviam. Sobreviviam, se reproduziam, mandavam os filhos para as cidades a fim de ganhar dinheiro.

Os filhos faziam dinheiro, voltando para nivelar o topo de montanhas e construir castelos no mesmo vale impossível. A obra dos homens é feita às escondidas da natureza. Quando ela se dá conta e acumula a energia necessária, volta a limpar o terreno.

Retornando à fortaleza, passaram por dois homens que erguiam um muro de pedra. Recursos bem semelhantes aos usados por Alan: uma pilha de pedras, um carrinho de mão cheio de argamassa.

"Podemos dar uma paradinha?", Alan perguntou antes de saber de todo a razão.

Hamza parou. Os dois trabalhadores acenaram com as mãos. Yousef os cumprimentou de dentro do carro, fazendo alguma piadinha em árabe. Os dois riram e se aproximaram.

"Pergunte se eles precisam de ajuda", disse Alan.

"Eu não vou ajudá-los!" Yousef ficou momentaneamente surpreso. "Você quer mesmo ajudá-los?"

"Quero. Na verdade quero."

E, após alguns minutos durante os quais Yousef e Salem tentaram argumentar com Alan, Yousef fez o oferecimento e os homens aceitaram. Puseram Alan para trabalhar, enquanto Yousef, Salem e Hamza iam embora.

A principal função de Alan era impedir que a argamassa endurecesse, devendo misturá-la e acrescentar água de tempos em tempos; além disso, devia ajudar a encontrar as pedras apropriadas e colocá-las perto do muro. O trabalho era lento e a barreira da linguagem gerava frustrações de ambos os lados, porém

Alan se sentia bem por estar ao ar livre, usando braços e pernas, suando por todo o corpo. No fim do dia, tinham completado seis metros do muro. Com uns noventa centímetros de altura, era sólido e bem melhor do que aquele que erguera em seu quintal. Os trabalhadores o cumprimentaram com um gesto de cabeça e apertaram sua mão marcando o fim da jornada.

O sol se punha quando ele caminhou de volta para o castelo. Impossível se perder: a fortaleza podia ser vista de qualquer ponto do vale. Vinte minutos depois Alan chegou lá, encontrando Yousef e Salem encarapitados como sempre na amurada da varanda, Salem dedilhando o violão.

"Divertiu-se?", perguntou Yousef.

"Por algum tempo, sim. Depois foi um saco", ele respondeu.

Yousef e Salem riram. Estavam diante de um idiota.

Os olhos de Yousef brilhavam. "Depois do jantar, tenho uma novidade para você. Vai amar."

Salem, que sabia de tudo, ergueu as sobrancelhas, concordando que Alan em breve ficaria muito feliz.

"O que é?"

"Quer caçar lobos?"

"Por quê? Onde?"

"Pelo jeito, alguns lobos andam matando as ovelhas. O pessoal está organizando uma caçada. Precisam de gente que saiba atirar bem."

Fazia anos que Alan não recebia um convite tão fascinante.

"Isso eu quero", ele disse.

"Não te disse?", Yousef se dirigiu a Salem.

"Não discordei", Salem respondeu. Pegou o violão e compôs uma canção, ali mesmo, sobre Alan e a caçada.

Não era das piores.

28

Depois do jantar, chegaram à casa duas caminhonetes abertas. Mais uma vez Salem correu a fim de esconder o violão. Ambas eram brancas, mas nenhuma delas dirigida pelo sujeito para quem Alan era um agente da CIA. Havia quatro homens em cada, da idade de Alan ou mais velhos, com alguns adolescentes no meio.

Ofereceram a Alan o assento da frente na primeira caminhonete, mas ele preferia ficar do lado de fora. Era uma noite límpida, de ar revigorante, e ele queria ver tudo. Houve uma discussão acalorada, porém por fim Yousef os convenceu de que aquilo era o que Alan de fato desejava, que a hospitalidade deles se expressaria cabalmente ao aceitar seu desejo. Em condições normais, ele não insistiria, mas naquela noite o fez porque, após passar tanto tempo num hotel estéril, queria respirar o ar da montanha, ver as estrelas, ser jogado de um lado para o outro na caçamba.

Por isso, acomodou-se na parte de trás com os dois primos mais moços e um homem de certa idade. Os três carregavam rifles. Yousef seguiu no assento do passageiro.

"Você vem?", Alan perguntou a Salem.

"Está brincando comigo?", respondeu Salem. "Te vejo mais tarde."

O motor foi ligado e a caminhonete desceu lentamente a estradinha. O homem sentado à frente de Alan, que tinha mais ou menos sua idade e compleição física semelhante, sorria para ele. Alan lhe estendeu a mão, pronunciando seu nome.

O homem a apertou, dizendo: "Atif".

Um buraco os atirou para o alto. Todos riram quando aterrissaram. Alan esperava que Atif não tivesse sido informado da possibilidade de que ele fosse um agente da CIA. Queria a simplicidade de ser o que era: ninguém.

Atif ergueu o queixo e se dirigiu a Alan: "Já caçou lobos, sr. Alan?".

Alan negou com a cabeça.

"Mas já..."

Não encontrando a palavra para "atirar", fingiu que estava disparando sua arma. "Já fez isso?"

"Sim, muitas vezes", disse Alan.

O homem inclinou a cabeça, sem entender perfeitamente.

"Mas não matar o *animal*?"

"Não", disse Alan.

Atif sorriu. Faltavam-lhe quase todos os dentes.

"Matar o *homem*?"

Alan riu. "Não."

"*Comer* o animal?", perguntou.

"Sim", respondeu Alan.

Atif pareceu satisfeito por alguns instantes, depois seus olhos exibiram um quê de malícia. "Comer o *homem*?"

Alan preferiu rir. "Não!"

O sujeito sorriu. "*Nunca* comer o homem?"

Alan continuou a preferir o riso.

Atif se curvou para a frente e tomou a mão de Alan, voltando a apertá-la.

"Bom", ele disse.

As estradas eram horrorosas e se tornaram piores à medida que subiam a montanha. A caminhonete gemia e resmungava, fazendo com que Alan se perguntasse se algum lobo permaneceria — mesmo a léguas de distância daquele barulhento comboio.

Por fim, no alto de uma cordilheira, pararam e os primos desceram, ajudando Alan a fazer o mesmo. Yousef apareceu, vindo da outra caminhonete. Carregava sua arma.

"A última vez que pegaram as ovelhas foi naquela fazenda ali embaixo."

Alan viu o curral e calculou que estava a setenta metros de distância.

"Qual é o plano?"

"Acho que é só esperar aqui."

"Mas eles não vão sentir nosso cheiro?", Alan perguntou. Como ninguém respondeu, viu que a pergunta era irrelevante.

"Você e eu vamos para lá", disse Yousef.

Caminharam uns cem metros até um aglomerado de grandes pedras arredondadas, baixas e lisas, e Yousef se deitou sobre uma delas. Tendo Alan feito o mesmo, os dois apontaram seus rifles para o curral. Tinham um campo de visão desimpedido. O dono deixara uma luz acesa — explicando que aquilo não detivera os lobos no passado. Como havia pouco vento, era um tiro que ele poderia acertar caso o lobo estivesse se deslocando devagar e num rumo previsível. Alan não tinha muita experiência em atirar num ponto à frente de onde se encontrava a caça, porém, sem obstáculo algum, num local aberto e iluminado, achava que seria capaz de acertar em alguma parte do animal.

Observou os demais caçadores se espalharem em torno do perímetro do curral. Contou nove atiradores, incluindo os primos mais moços. Caso um lobo penetrasse no perímetro, haveria um bom número de armas prontas a abatê-lo.

Alan não queria matar nenhum animal. Sentia horror do momento em que o lobo, atingido por uma bala, ia estremecer, cambalear e, uma vez imobilizado, tomar várias descargas de chumbo. Horrorizava-o ouvir sua respiração penosa enquanto esperavam ao redor que ele morresse. Mas parecia pouco provável que qualquer animal, por mais estúpido ou desesperado que fosse, entrasse no curral naquelas circunstâncias, com tantas pessoas por perto, com uma luz tão forte. Por outro lado, Alan não entendia nada de caçada a lobos, em especial nas montanhas do centro da Arábia Saudita.

O pai de Alan o ensinara a atirar, ou pelo menos o levara em algumas caçadas. Não ensinou muito. Quando Alan tinha dez anos, lhe deu uma antiquada Winchester .22 e disse: "Faça o que eu fizer". Ron usava um rifle semiautomático .45, e Alan seguiu em seus calcanhares. Quando Ron levantava o rifle, Alan levantava o seu. Com o tempo, Ron o ensinou como respirar no momento do disparo, a manter o rifle tão próximo do corpo e do rosto quanto possível. Mas Alan não mostrou a habilidade que Ron almejava e, após algumas tentativas, os convites cessaram.

* * *

No outro lado do vale surgiram dois faróis, parecendo um nascer do sol azul por trás da silhueta entrecortada da cordilheira. Alan olhou para Yousef, que deu de ombros. "Este é um grande acontecimento. Todo mundo quer participar. É como o Natal." Yousef considerou por um momento o que havia dito. "Talvez não como o Natal."

Alan olhou na direção do curral e não viu nada. As ovelhas estavam em segurança sob o teto corrugado, e o lobo não ousara ainda fazer sua entrada no palco. Yousef baixou o rifle, massageando os ombros e o pescoço.

Olhou para Alan. "Ei, como está seu pescoço?"

"Bem. Um pouco dolorido."

Yousef, sorrindo, observou Alan deitado na pedra, pronto para atirar.

"Você já serviu o exército?", perguntou.

"Não, já lhe disse que não."

"Você disse que não trabalhou para a cia."

"Também não servi o exército. Meu pai sim."

"E ele lutou em alguma guerra?"

"Na Segunda Guerra Mundial."

Yousef emitiu um som de admiração. "Onde?"

Segundo a mitologia da Segunda Guerra Mundial, os veteranos preferiam não falar sobre o conflito, porém Ron nunca hesitava. Disparava a falar por qualquer pretexto. Um sotaque italiano num show de televisão o punha a dissertar sobre os dois soldados de Mussolini — não os chamava de italianos, porque, a seu juízo, os verdadeiros italianos não seguiam aquele maníaco ou lutavam a seu favor — que ele havia matado ou ajudado a matar. A visão de um hospital o fazia discursar sobre as enfermeiras alemãs que conhecera, as inglesas no navio que o trouxe de volta aos Estados Unidos, a polonesa de quem se tornara íntimo. Essa história ele passou a contar após a morte da mãe de Alan. Ron tinha se tornado uma figuraça depois de velho, não era mesmo? Mas havia todas aquelas histórias, melhores do que as que Alan tinha ou jamais teria, histórias que brotavam quando ele ouvia Schubert ou Wagner, quando assistia aos documentários do History Channel.

Alan contou a Yousef a melhor parte. Seu pai tinha sido capturado pelos nazistas e aprisionado em Mühlberg. Quando os soviéticos tomaram a região, eles esperavam ser soltos, mas não foram. Tinham a impressão de que Stálin estava barganhando com a libertação dos prisioneiros, mantendo-os enquanto avaliava suas opções. Ron e seu companheiro de beliche sabiam que havia algo errado e, embora tivessem ordens de ficar tranquilos, de ser pacientes e respeitar os procedimentos, queriam se ver livres da prisão. Queriam voltar para casa. Por isso, certa noite roubaram duas bicicletas russas, correram em direção à cerca, encontraram um buraco, passaram por ele e saíram pedalando pelo campo alemão.

Yousef estava amando a história.

"Ah, isso explica por que você foi trabalhar com bicicletas", ele disse.

"O que você está dizendo?"

"Porque seu pai fugiu numa bicicleta."

Alan ponderou aquilo por alguns segundos. "É", disse por fim, "nunca havia ligado uma coisa à outra."

Yousef não acreditou nele. Nunca ter feito a ligação com o fato de seu pai ter escapado numa bicicleta, o único meio de transporte que poderia levá-lo em silêncio e com tamanha velocidade? Será que *havia* mesmo uma conexão? Alan não se esforçou para entender.

"Mas você não quis entrar para o exército?"

"Não."

"Por quê? Não havia guerras boas?"

"Exatamente."

"Mas você teria lutado na Segunda Guerra Mundial?"

"Não teria escolha."

"E se tivesse?"

"Uma escolha?"

"Sim."

"Teria ido. Teria tentado evitar o Pacífico."

"E se fosse moço agora?"

"Se eu me alistaria? Não."

"Por quê? Ainda faltam as boas guerras?"

"Por quê todas essas perguntas, Yousef? Você está pensando em entrar para o exército?"

"Talvez. Gostaria de ser piloto."

"Bem, esqueça isso."

"Por quê?"

"Porque você deve simplesmente voltar à universidade e tirar o diploma. Tem uma excelente cabeça. Não se arrisque, vá para a universidade, se dê o máximo de opções."

"Mas não há opções aqui. Já lhe disse isso."

"Então vá embora."

"Eu poderia ir embora."

"Então vá."

"Mas seria melhor ficar aqui e mudar as coisas."

Ficaram em silêncio por algum tempo. Yousef o encarou.

"Alan, você lutaria por nós?"

"Por quem?"

"Gente como eu, na Arábia Saudita."

"Lutar por vocês como?"

"Como teu pessoal lutou pelos iraquianos. Ou pelo que vocês disseram que estavam lutando. Para lhes dar *oportunidades.*"

"Você quer saber se eu lutaria pessoalmente?"

"Sim."

"Talvez. Quando era moço, teria lutado."

"Alguém mais lutaria?"

"Yousef, isso é uma loucura. Ninguém vai invadir a Arábia Saudita."

"Eu sei. Só estou curioso. Sobre as pessoas."

"Quer saber se americanos viriam aqui para lutar a seu lado?"

"Exatamente."

"Não sei. É possível. Acho que temos muita gente desejosa de lutar para apoiar os povos que querem se libertar. Os americanos gostam de uma causa. E não pensam muito sobre ela."

Alan riu de sua própria piada. Yousef não.

"Quer dizer que, se eu começar uma revolução democrática aqui, você me apoiaria?"

"É este o seu plano?"

"Não. Só estou perguntando. Apoiaria?"

"Claro."

"Como?"

"Não sei."

"Mandaria tropas?"

"Eu, pessoalmente?"

"Você entende o que eu estou dizendo. Os Estados Unidos."

"Mandar tropas? Nem pensar."

"Suporte aéreo?"

"Não, não."

"Choque e pavor."

"Aqui? Esqueça."

"Conselheiros de algum tipo, talvez. Espiões."

"Na Arábia Saudita? Já existem de sobra."

"E pessoalmente? Você viria me apoiar pessoalmente?"

"Sim", disse Alan.

"Resposta rápida."

"É mesmo, tenho certeza."

"Com seu rifle calibre vinte e dois."

"Exatamente."

Yousef sorriu. "Ótimo, ótimo. Quando eu começar a revolução, pelo menos vou ter você ao meu lado."

"Garantido."

"Você é louco." Yousef sacudiu a cabeça, com um sorriso largo, e apanhou o rifle, preparando-se de novo para atirar. Voltou-se mais uma vez na direção de Alan.

"Sabe que eu estava brincando, não?"

"Sobre o quê?"

"Sobre querer que os Estados Unidos invadam nosso país."

Alan não sabia o que dizer. Yousef continuava sorrindo.

"Você estava pronto a acreditar! É engraçado, não acha?"

"Não sei se é engraçado", Alan respondeu. "Sinto muito. Não sabia que você estava de gozação."

"Tudo bem. Fico feliz em saber que você iria trazer sua espingarda para lutar ao meu lado. Mesmo que eu não esteja pensando em começar uma revolução."

Voltaram a observar o vale abaixo, mas Alan estava confuso. Yousef fizera as perguntas num tom jovial, porém havia algo muito sério e muito triste sob seu sorriso, e Alan sabia do que se tratava. Era o conhecimento de que não haveria nenhum combate e nenhuma posição seria assumida, e de que os dois, por não sofrerem carências materiais, porque apesar das injustiças em seus países eram beneficiários de uma absurda riqueza, provavelmente nada fariam. Estavam satisfeitos, tinham vencido. A luta seria conduzida por outros, em outros lugares.

Algo se moveu lá embaixo. Alan ergueu o rifle e apertou o rosto contra a madeira lisa. Mas era uma das ovelhas. Desgarrada do rebanho, queria agora se unir a ele no curral. Estava sob a mira, e Alan sentiu vontade de atirar. Nada tinha contra o animal e sem dúvida arranjaria uma bela confusão caso atirasse, porém possuía uma arma e já vinha esperando havia quarenta minutos. Só esperando, observando. A arma desejava ser usada, a espera precisava acabar.

Um sopro de vento varreu o vale e subiu até onde todos se encontravam. Embora houvesse levantado uma fina poeira que prejudicou a visibilidade, o vento trouxe a Alan a certeza, estranha porém absoluta, de que ele mataria o lobo.

Não era dado a premonições e nunca se sentiu sintonizado com o destino, porém agora, com o rosto colado à fria coronha do rifle, teve a certeza de que, ao apertar o gatilho, dispararia uma bala que ia atravessar o coração do lobo. Era tão grande a convicção que foi invadido por uma calma maravilhosa, refletida num largo sorriso.

Isso vai ser bom, ele pensou. Ser o primeiro a ver o lobo e a atirar. Matar um lobo nas montanhas da Arábia Saudita é alguma coisa digna de respeito. Aquele que apertar o gatilho terá feito algo de notável.

* * *

Esperou assim durante algum tempo, contente e convicto, até mesmo quando ouviu vozes que se aproximavam às suas costas. Não olhou para trás, conquanto tivesse a impressão de que alguns caçadores haviam abandonado seus postos e iam esperar ali pela chegada do lobo, se é que não tinham vindo buscá-los. No entanto, como se intuindo que Alan estava concentrado, que sabia de algo de que eles não sabiam, guardaram distância. Por conta do vento, agora constante, suas vozes soavam longínquas e, para Alan, irrelevantes.

Que fariam quando ele matasse o animal? Apertariam sua mão, lhe dariam tapinhas no peito. Todos diriam saber que seria ele. Desde que o viram, souberam que caberia a ele o feito de matar o lobo.

De repente, novo movimento lá embaixo. Um vulto passou diante de sua mira: grande, escuro, rápido. Alan tocou no gatilho. Cano estável. O vulto se tornou mais claro, Alan viu a cabeça de um lobo.

Havia chegado a hora.

Expulsou o ar dos pulmões e apertou o gatilho. O rifle lançou o projétil na noite com um ruído seco, e Alan soube que seria o atirador. Que seria o matador.

Viu então uma cabeça. Uma massa de cabelos pretos. Não era o lobo. Era um menino. O pastor. Saíra do curral a fim de trazer a ovelha para dentro. Numa fração de segundo Alan entendeu que a bala poderia acertar o menino, poderia matar o menino.

Esperou. O menino olhava na direção deles, seguindo o som

do disparo, e Alan imaginou que seu corpo recuaria num espasmo ou cairia ao chão.

Mas o garoto não caiu. Não tinha sido atingido. Acenou com a mão.

Com o coração aos pinotes, Alan afastou o rifle do rosto e o colocou ao seu lado sobre a pedra. Como não quis mais ver o menino nem quis que ele o visse, deu as costas para o vale. E então reparou nos homens.

Yousef estava lá, assim como os jovens primos e o sujeito a quem dissera que trabalhava para a CIA. Todos de pé, com as armas junto ao corpo. Todos tinham visto Alan atirar no pequeno pastor, e ninguém parecia surpreso.

Durante a viagem de volta, Yousef sentou-se na cabine da caminhonete ao lado de Alan. Não trocaram uma palavra até chegarem à fortaleza e entrarem.

"Você deve dormir um pouco", disse Yousef.

Levou Alan a seu quarto.

"Sinto muito", disse Alan.

"Vou arranjar um carro para te levar de volta de manhã."

"Muito bem."

"Boa noite", disse Yousef fechando a porta.

Alan não dormiu. Tentou acalmar os nervos, porém retornava ao que quase tinha feito. Porque nada realizara durante anos ou durante toda a vida, quase tinha feito aquilo. Por não possuir histórias de bravura a contar, quase tinha feito aquilo.

Por haverem fracassado seus esforços para criar algum tipo de herança, quase tinha feito aquilo.

Pouco depois do amanhecer chegou um carro.

Alan caminhou até a estradinha, onde Yousef o aguardava.

"Este é Adnan. Vai te levar a Jidá."

Adnan permaneceu no carro, parecendo cansado e infeliz. Yousef abriu a porta de trás e Alan entrou.

"Sinto muito mesmo", ele disse.

"Eu sei", disse Yousef.

"É importante para mim que você seja meu amigo."

"Me dê algum tempo. Vou ter que me lembrar por que gosto de você."

Alan tentou dormir no trajeto de volta mas não conseguiu. Fechou os olhos sob o sol branco e viu apenas o rosto do menino, os rostos dos homens, a expressão plácida de Yousef quando Alan virou as costas para o vale e deparou com todos eles. Uma expressão que falava de suspeitas confirmadas.

No entanto, retornando a Jidá ele veria a dra. Hakem, que abriria seu tumor. Ficaria então sabendo o que havia de errado com ele e o que a doutora poderia extirpar.

29

Alan se encontrava nu sob um levíssimo avental azul na sala de espera de um hospital saudita sobre o qual nada sabia. Estava prestes a retirar um caroço do pescoço que ainda desconfiava estar conectado à espinha, sugando uma parte substancial de sua alma, de seu elã vital e de sua capacidade de julgamento.

Deitado sobre uma cama de ferro num quarto branco, Alan se sentiu feliz em estar longe da fortaleza nas montanhas. Desde que saíra de lá, havia passado um dia e uma noite se perguntando: "O que foi que eu fiz?".

A resposta era: "Nada". Não tinha feito nada. Mas isso trazia pouco alívio. O alívio ficaria por conta da dra. Hakem.

Estava no Hospital Especializado e Centro de Pesquisa Rei Faisal, onde lhe pediram para se despir e guardar seus pertences num saco plástico. Sentado na cama, sentindo frio naquele avental feito de papel, contemplava suas coisas, lia a inscrição no bracelete de plástico que lhe haviam dado e olhava para fora da janela, imaginando se tinha chegado a hora da verdade, depois da qual ele seria um enfermo para sempre, um moribundo.

Esperou vinte minutos no quarto vazio. Depois quarenta.

"Alô!"

Alan ergueu os olhos. Um homem entrou, empurrando uma maca. Posicionou-a ao lado da cama.

"Vamos agora", disse o homem, indicando que Alan deveria acomodar-se na maca.

Alan assim fez, e o auxiliar de enfermagem, talvez um filipino, o cobriu cuidadosamente com um cobertor.

"Pronto?", ele perguntou, empurrando-o para fora do quarto. Percorreram vários corredores pintados de cinza antes de chegar a um aposento humilde, com luzes presas a um trilho no teto e paredes de laje de concreto pintadas de azul. Ele não havia contado com uma mesa de operação, mas lá estava ela, e ele foi convidado a sair da maca para ocupá-la. Imaginara alguma coisa parecida com o consultório de um dentista — pequeno, privado, a um passo da sala onde a dra. Hakem o atendera. Agora o inquietava ver que tudo se tornara mais grave. Mais uma vez teve a sensação de que suas preocupações eram justificadas: o caroço nas costas era muito sério, os resultados da operação, extremamente cruciais.

Mas onde estava ela? Só havia uma pessoa na sala: um homem vestindo um avental de cirurgião, talvez um saudita, de pé num canto. Ele olhara para Alan com uma expressão que lhe pareceu de esperança, como se achasse que o homem trazido na maca era seu amigo pessoal. Vendo que era apenas Alan, seu rosto se fechou numa careta de desprezo. Retirou as luvas, jogou-as num recipiente de plástico e foi embora. Alan ficou sozinho.

Momentos depois a porta se abriu e um asiático ainda moço entrou, empurrando uma máquina sobre rodas. Acenou com a cabeça e sorriu para Alan.

"Bom dia, meu senhor", ele disse.

Alan sorriu e o homem iniciou o complexo processo de preparação da máquina.

"O senhor é o anestesista?", Alan perguntou.

O homem sorriu, seus olhos luminosos e felizes. Mas, em vez de responder, começou a cantarolar com os lábios fechados, bem alto, quase num delírio.

Alan se recostou e olhou para o teto, que não lhe disse nada. Fechou os olhos e em segundos se viu próximo de cair no sono. Não fosse pelo cantarolar alucinado do anestesista asiático, teria adormecido de imediato. Há pessoas que morrem durante a cirurgia, pensou. Ele tinha cinquenta e quatro anos, idade bastante para morrer sem causar muita consternação. Sua mãe morrera de um derrame cerebral aos sessenta. Aconteceu quando ela dirigia o carro em Acton, a caminho da casa de uma prima. Perdendo a direção, o carro colidiu com um poste de telefone, não causando maiores danos a ela ou ao veículo — batera apenas de raspão. Mas só foi achada na manhã seguinte, quando já não havia retorno. Morrer sozinha, no meio da noite, tombada fora da estrada. Alan viu naquilo uma mensagem: podemos ter a esperança de morrer com dignidade, mas devemos nos preparar para enfrentar a maior desordem.

"Bom dia, Alan. Como está se sentindo hoje?"

Conhecia a voz. Abriu os olhos. A cabeça da dra. Hakem bloqueava a luz. Viu apenas um borrão de seu rosto.

"Bem", ele disse, olhando ao redor. De repente, sabe-se lá como, a sala estava cheia de gente. Contou seis ou sete, todos usando máscaras.

"Bom te ver", ela disse, sua voz como água fresca. "Temos aqui um grupo internacional para ajudar com o procedimento. Este é o dr. Wei, da China, que será nosso anestesista. O dr. Fenton, da Inglaterra, vai observar." Ela apresentou os demais, vindos da Alemanha, Itália e Rússia. Acenavam com a cabeça, somente os olhos sendo visíveis, e rápido demais para que Alan guardasse quem era quem. Deitado de costas, nu exceto pelo avental azul com a abertura nas costas, Alan fez o possível para sorrir e cumprimentar com a cabeça.

"Quando você estiver pronto, pode se deitar de bruços", disse a dra. Hakem.

Alan girou o corpo, o rosto agora sobre o travesseiro engomado e com cheiro de desinfetante. Sabia que estava exposto, mas imediatamente uma enfermeira cobriu suas pernas e a parte inferior das costas com um lençol e depois com um cobertor.

"Está bem agasalhado?", perguntou a dra. Hakem.

"Sim, obrigado", disse Alan.

"Muito bem. Você se sente confortável virando a cabeça para um lado?"

Virou-a para a esquerda e estendeu os braços sobre a mesa.

"Vou preparar a área em volta do caroço", ela disse.

Sentiu quando ela desatou o laço de cima do avental. Depois algo úmido na pele. Uma esponja, alguns toques. Um fio d'água descendo pela clavícula.

"Muito bem. O dr. Wei agora vai injetar um anestésico local na área. Você vai sentir algumas picadas da injeção."

Alan sentiu a fisgada da agulha pouco abaixo do cisto, seguida de nova penetração à esquerda. Depois outra e outra. A dra. Hakem prometera algumas, porém o dr. Wei já o havia picado quatro, cinco e por fim seis vezes. Se não soubesse como eram aquelas coisas, daria para pensar que o sujeitinho estava se divertindo.

"Sente alguma coisa? Estou pressionando seu cisto."

Ele sentiu alguma coisa, mas disse que não. Não queria ser sedado em demasia. Queria sentir uma versão da dor, embora abrandada.

"Muito bem. Pronto?", ela perguntou.

Ele disse que sim.

"Vou começar agora."

Ele gerou imagens mentais que correspondessem às pressões que sentia, aos sons e movimentos das sombras acima da cama. Aparentemente houve uma série de pequenas incisões. O movimento do braço da dra. Hakem indicava isso. Após cada incisão, ela aplicava algum tipo de esponja na área. As sensações eram claras: corte, toque, corte, toque. Como pano de fundo, o cantarolar de boca fechada do anestesista e, vindo do alto, uma música que parecia ser de Edith Piaf.

"Muito bem, fiz as incisões", disse a dra. Hakem. "Agora você é capaz de sentir que alguma coisa está sendo puxada porque vou extrair o cisto. Às vezes eles estão bem grudados."

E, naquele momento, o instrumento que ela estava utilizando agarrou algo dentro dele e puxou. Seu peito se contraiu. A pressão era extrema. Ele imaginou uma espécie de gancho penetrando suas costas, prendendo-se a alguma coisa com a consistência de uma bala puxa-puxa e tentando arrancá-la de onde se encontrava fixada. Deu-se conta de que nada jamais havia sido retirado de seu corpo. Aquilo era algo novo e nem um pouquinho natural. Meu Deus, ele pensou. Como é estranho ter mãos dentro de mim. Instrumentos agarrando, raspando. Meu Deus. Alan se sentiu oco, seu corpo, uma cavidade cheia de coisas úmidas, uma confusão de sacos e tubos, tudo embebido em sangue. Meu Deus. Meu Deus. A raspagem continuou. Os repuxões. Sentiu que um pano recolhia os filetes de sangue que corriam por seu pescoço em direção à cama.

Se saísse daquela são e salvo, jurou que seria uma pessoa melhor. Teria de ser mais forte. Sua mãe tentara fazê-lo mais forte, inspirá-lo. Lia passagens do diário de uma parente distante, uma mulher que morava nas florestas do que era agora a parte ocidental de Massachusetts. Ela vira os índios matarem seu marido e dois filhos, tendo sido sequestrada. Viveu com os captores durante quase um ano até voltar à sua gente. Reuniu-se com a filha, única sobrevivente do ataque, com quem tocou uma próspera fazenda de gado leiteiro de duzentos e quarenta hectares em Vermont. Sobreviveu a um duro inverno em que a neve fez afundar o telhado da casa e derrubou uma trave sobre sua perna, que precisou ser amputada logo depois. Sobreviveu a uma epidemia de varíola, embora igual sorte não tivesse sua filha, que havia ficado noiva pouco antes. O noivo se mudou para a fazenda e passou a dirigi-la depois que ela morreu aos noventa e um anos. *Você gostaria de estar aqui agora*, a mãe de Alan costumava dizer, ou *sequestrado e vivendo no meio do mato com uma perna só?* Ela não tolerava nenhuma choramingação, nenhuma lamúria em meio à vida confortável que levavam. *Quarenta milhões de mortos na Segunda Guerra Mundial*, ela dizia. *Quinze milhões na guerra anterior. Do que você está reclamando agora?*

Alan podia ouvir conversas em várias línguas. Um pouco de italiano murmurado à sua direita. Palavras em árabe perto dos pés. Além do alegre cantarolar do anestesista chinês. Era curioso que todos aguentavam aquele cantarolar louco e frenético sem lhe dizerem nada. O anestesista parecia estar num mundo à parte, satisfeito consigo próprio e apenas superficialmente ligado à cirurgia em curso.

"Alan, vou mais fundo agora", disse a dra. Hakem.

O movimento passou a ser o de um vendedor de sorvetes, escavando, girando, puxando. Seguido de mais toques da esponja, de algo sendo esfregado. Alan imaginou seu sangue vindo à tona, espalhando-se pelas costas, por fim libertado.

Podia ouvir a respiração da dra. Hakem, mais pesada à medida que puxava e aplicava a esponja. Houve uma série de estalidos, como se a substância pegajosa dentro dele só cedesse às tentativas mais vigorosas de extirpação. Alan considerou a possibilidade de que o silêncio dela significasse que havia descoberto alguma coisa. Sob a massa benigna do lipoma, encontrara algo mais. Algo funesto e capaz de mudar seu destino.

* * *

Alan tentou enviar sua mente a algum outro lugar. Pensou no mar, na tenda, no que estariam fazendo os jovens. Visualizou--os recebendo a notícia de sua morte naquela mesa, no centro da sala com paredes de lajes de concreto pintadas de azul. Que diriam eles? Diriam que ele gostava de dar longos passeios na praia. Que gostava de dormir nas horas de trabalho.

Pensou em Kit. Kit sozinha sem ele. Isso seria mais problemático. Ruby precisava de um contrapeso. Ele se apoderara de Kit há um ano, quando as duas estavam brigando muito. Apanhou-a na universidade e a levou para cabo Canaveral a fim de verem o ônibus espacial. Só haveria algumas poucas viagens no futuro.

No dia anterior ao lançamento, visitaram todo o complexo. O estado de espírito dos funcionários da NASA era claramente sombrio, amargo, impaciente, defensivo. Um vídeo promocional insistia que a agência não estava *apenas gastando bilhões de dólares para construir foguetes e atirá-los no espaço*. O guia principal deles era um homem chamado Norm, que acabara de fazer oitenta anos. Trabalhava na NASA desde 1956. Subiu no ônibus com a bengala na mão, se sentou na frente, pegou o microfone e, num forte sotaque do Texas, disse com a voz embargada: "Esta é minha última excursão, mas é um prazer estar aqui com vocês".

Kit falou o tempo todo, como era comum quando estavam juntos. Passaram horas no ônibus. Indo e voltando do centro espacial, indo e voltando do lugar onde se observava o lançamento, talvez umas dez horas juntos naquele ônibus, e falaram de tudo. Ela contou sobre a companheira de quarto maluca, o campus bonito mas insosso, como precisava arranjar amigos em breve porque se sentia desenraizada e descolada de tudo. Alan tentou lhe passar confiança, como sempre fazia.

"Eu sou o olho no céu", ele disse. "Posso ver onde você começou e para onde está indo, e tudo parece muito bem aqui de cima." Ele havia usado essa metáfora desde os tempos do ginásio. *Você está quase lá. Quase lá.*

Norm os levou ao prédio onde os mecânicos reparavam e preparavam os ônibus espaciais, antes e depois dos voos. O *Atlantis* lá estava, sendo preparado para sua derradeira missão, a última de todas. Vários grupos animados circulavam por ali, porém Norm se mostrava taciturno.

"Está na hora de eu parar", ele disse, "não quero ser o sujeito que fica dizendo: 'Antigamente a gente fazia isso, *antigamente* a gente fazia aquilo'."

A maioria dos funcionários da NASA que encontraram naquele fim de semana perderia em breve seus empregos. Não eram os tecnocratas metidos a besta que Alan esperava. Não, era gente simples, pronta a conversar fiado, a contar o que acontecera em determinado voo, como estava o tempo naquele dia em que o lançamento teve de aproveitar um buraco no meio das nuvens.

Algo perfurou seu tórax. Parecia um vergalhão, grosso e de ponta rombuda. Seu corpo ficou tenso.

"Me desculpe, Alan", disse a dra. Hakem.

A dor amainou. Os movimentos retomaram certo ritmo, mais confiáveis porque sistemáticos. Escavar, raspar e puxar, seguidos por um momento de alívio quando Alan imaginava que algo fora retirado. Toque da esponja, pausa, mais escavação.

Era interessante ser aquilo, um cadáver, um espécime experimental. Quem declarou que *o homem é matéria*? Ele sentia ser algo menos do que isso.

* * *

À noite, no hotel de Orlando, ele e Kit comeram coisas compradas numa máquina de corredor e viram filmes, tentando não falar de Ruby, dos ferimentos causados por Ruby.

Pela manhã, tomaram o ônibus para a Banana Beach, o local mais próximo de onde se podia assistir ao lançamento. Tudo lá, tudo associado à NASA, era mal conservado, humilde. As cercas estavam enferrujadas, o asfalto, rachado. No entanto, do outro lado da língua de mar, uma nave espacial estaria deixando a Terra com um trovejar feito pelo homem.

À espera do lançamento, conheceram um astronauta de verdade, Mike Massimino, acompanhado da filha. Ele se revelou engraçado, franco, modesto. Participara de duas missões, inclusive a primeira depois que o *Columbia* se desintegrou ao reentrar na atmosfera. Era o astronauta típico, enxuto de corpo, cabelos prateados e ar resoluto no macacão azul, porém mais alto que a média; tinha provavelmente sessenta e dois anos, um nariz romano e sotaque nova-iorquino carregado. Falou sobre o que era caminhar no espaço a fim de consertar o telescópio Hubble, sobre os dezesseis ocasos e auroras que se viam lá de cima num período de vinte e quatro horas, como isso criava dificuldade para certas religiões — preces matinais, vespertinas e noturnas, tudo muito difícil. Mas era bom para um católico, ele disse. Só querem que você bata ponto uma vez por semana.

Kit riu. Contou como as estrelas, vistas do espaço, não bruxuleiam, porque, na ausência da atmosfera, são pontos de luz perfeitos. Como sua tripulação, num momento de folga, havia apagado todas as luzes no ônibus para vê-las melhor. A NASA estava cheia de gente romântica.

Agora a dra. Hakem estava penetrando mais fundo. Alan se encolheu, o corpo estremeceu.

"Alan?" A voz dela preocupada, surpresa.

"Estou bem."

"Vou pedir ao dr. Poritzkova que ajude a te estabilizar."

Alan concordou com um grunhido e logo sentiu o que parecia ser todo o antebraço de um homem pressionando sua cabeça. O peso era grande, grande demais para o que dele se esperava. Alan tentou em vão se mexer a fim de aliviar a pressão.

A dra. Hakem continuou a raspar e repuxar enquanto a dor aumentava. Que tipo de idiota pede que lhe deem menos anestesia? Tarde demais para corrigir a situação. Ele aguentaria. Tinha de ir até o fim. Seu pai riria de seu desconforto, fazendo questão de mostrar o estilhaço de granada ainda cravado na parte inferior de suas costas, sessenta anos após a guerra. Alan não poderia jamais escapar à diferença entre aquilo que seu pai suportara e tudo o que ele próprio já aguentara ou iria aguentar. Não dava nem para empatar.

"Alan? Tudo bem contigo?"

Resmungou que estava bem.

Viu então um céu noturno. Talvez estivesse morrendo. Morrendo ao som do cantarolar de boca fechada de um asiático louco. Que música era aquela?

A pressão na cabeça pareceu aumentar. Como se o russo

quisesse demonstrar alguma coisa. Deixe ele empurrar. Alan podia cuidar disso. Forçou-se a abandonar seu corpo ao ataque, a se dissociar dele.

Alan nunca havia sido esfaqueado, atingido por uma bala, perfurado ou fraturado. Seriam as cicatrizes a melhor prova de que alguém vivera? Se não sobrevivemos a alguma coisa, tendo assim a certeza de que estamos vivos, nós próprios poderíamos criar cicatrizes em nossos corpos, não é mesmo? Seria essa a resposta a Ruby?

"Ainda acordado, Alan?"

"Sim", ele disse para o chão.

A pressão do antebraço cresceu. Foi demais.

"Pode pedir ao homem que está me segurando para aliviar um pouco a pressão?", ele pediu.

A pressão foi reduzida, o homem emitindo um som de surpresa. Como se não soubesse o que vinha fazendo.

O alívio foi grande.

Tinha havido atrasos nos lançamentos anteriores. As pessoas vinham de todo o mundo e o lançamento não se fazia durante dias, semanas. Mas daquela vez Alan e Kit estavam lá, sentados na arquibancada de alumínio com milhares de outros espectadores, acompanhando a contagem regressiva e esperando que fosse interrompida. Esperando que o voo fosse adiado. Havíamos cometido tantos erros, a contagem parecia dizer, que não podemos cometer outro. Mas a contagem prosseguiu. Ele segurou a mão de Kit. Se isso acontecer, ele pensou, eu sou um bom pai. Se puder lhe mostrar isso, terei feito alguma coisa válida.

E a contagem não parou. Quando chegou a dez, depois

nove, ele ficou certo de que aconteceria, embora não pudesse acreditar. Então um e por fim zero. A quilômetros de distância, mais além das águas, o ônibus espacial se elevou silenciosamente. Nenhum som. Só uma luz amarela o empurrando para cima, e ele já parecia estar a meio caminho das nuvens quando o ar explodiu.

"Papai!"

"Rompeu a barreira do som."

Quando a nave desapareceu em meio ao dossel de nuvens brancas, Alan chorou, e Kit riu ao vê-lo chorar; mais tarde, procurou freneticamente por Massimino, desejando se oferecer para qualquer coisa de que ele necessitasse. Vendi bicicletas, ele diria. Vendi o capitalismo a comunistas. Deixe-me vender o ônibus espacial. Vou ajudar vocês a ir à Marte. Me dê algo para fazer.

Mas não encontrou Massimino. O estacionamento estava apinhado de gente feliz, orgulhosa, muitos chorando e sabendo que aquele era o fim. As estradas estariam congestionadas, levariam o dia inteiro para voltar a seus hotéis.

"Alan?"

Ele tentou dizer sim, mas só saiu um chiado.

"Estamos dando os pontos agora. Correu muito bem. Tiramos tudo."

30

Uma hora depois, no quarto onde se despira, ele retirou as roupas do saco de plástico em que as enfiara. Ao dar o laço nos sapatos, a dra. Hakem entrou na sala.

"Bom, foi um pouco mais difícil do que eu imaginava."

Ela se sentou num banquinho à sua frente.

"Foi duro. Está se sentindo melhor agora?"

"Como assim?"

"Sabendo que não passava de um lipoma."

"Acho que sim. Tem certeza de que não estava grudado na medula nem nada?"

"Não. Não tinha nenhum impacto sobre os nervos."

Alan se sentiu aliviado, mas sua confusão aumentou. Se não havia um tumor ligado à espinha que o estivesse levando para o buraco nos últimos tempos, então qual era a explicação?

"Como está se sentindo? Alguma dor?"

Alan se sentia enfraquecido, tonto, desorientado. A dor era aguda.

"Me sinto bem", ele disse. "E *você*?"

Ela riu. "Estou bem", respondeu se erguendo.

Mas Alan não queria que ela se fosse. Parecia importante mantê-la ali por mais alguns minutos.

"Os outros médicos te respeitam pra valer."

"Bem, é um ótimo grupo o que temos aqui. A maioria deles, pelo menos."

"Você tem outras operações agora?"

"Como?"

"Hoje. Vai fazer outras operações ou…"

"Você pergunta muito, Alan."

Ele gostou de ouvi-la pronunciar seu nome.

"Só tenho algumas consultas", ela respondeu. "Nenhuma cirurgia."

Alan reparou nas unhas dela, grossas e curtas.

"O trabalho é muito estressante?", perguntou sem muita convicção.

Ele esperava que a doutora fosse embora, terminasse com aquela conversa idiota, porém ela se mostrou compreensiva e voltou a se sentar no banquinho. Talvez fosse parte da relação médico-paciente, algo que ela entendesse que devia fazer.

"Ah, antigamente era. Quando eu trabalhava na emergência. Agora, só de vez em quando."

"Quando?"

Seu rosto expressou certa surpresa de que aquela conversa continuasse. "Quando? Acho que quando estou no limite da minha capacidade."

"Não com um lipoma."

Ela sorriu. "Não, não. Mais provável com uma traqueotomia. Não faço traqueotomias. Cometi alguns erros quando era residente. Em geral fico nervosa. Quando a coisa complica, entro em parafuso."

"Entra em parafuso?"

"Uns parafusinhos de insegurança. Você nunca sente isso?"

Até que ponto devia revelar? Podia falar durante dias.

"Sinto", respondeu, satisfeito com seu comedimento.

"Aliás, precisa de alguma coisa? Para a dor?"

"Não, estou bem."

"Tem aspirina? Tylenol?"

"Tenho."

"Tome alguma coisa, pelo menos por causa do inchaço."

Levantou-se para ir. Ele saltou da cama.

"Estou muito agradecido", ele disse, estendendo a mão.

Ela a apertou. "Bem, o prazer é meu."

Ele olhou no fundo de seus olhos, oferecendo-se um instante de contemplação. Havia algo terno em volta dos cantos dos olhos: uma linha para baixo dizia que ela vira coisas terríveis e estava preparada para ver outras.

"Queria dizer que acho você uma pessoa muito forte", ele continuou. "Sei que não deve ser fácil fazer o que faz aqui no reino."

A postura dela perdeu a rigidez. "Muito obrigada, Alan. É importante ouvir isso."

"Então posso voltar a vê-la?"

"Como é?"

"Uma nova consulta."

"Ah, claro", ela respondeu. Parecia se recuperar de outra linha de pensamento. "Dentro de uns dez dias vamos dar uma olhada. Ter certeza de que os pontos foram absorvidos, tudo isso. Se sentir alguma coisa antes, é só me chamar."

Entregou-lhe um cartão de visita onde escrevera seu número de telefone. Saiu do quarto na ponta dos pés, como se Alan estivesse dormindo e ela não quisesse despertá-lo.

31

Nos três dias que se seguiram à cirurgia, Alan conseguiu acordar na hora exigida, a tempo de comer e se vestir para tomar a van na companhia de Brad, Cayley e Rachel. Passavam o dia à espera, com a apresentação pronta, os jovens vendo seus laptops, jogando cartas ou dormindo. Yousef telefonou algumas vezes da montanha, onde permanecia, certo de que sua ausência de Jidá era proveitosa, pois as ameaças se tornavam menos frequentes. Alan o incentivou a continuar por lá até que os capangas se convencessem de que havia morrido ou deixado o país. E todos os dias, às cinco, eles pegavam a van e retornavam ao hotel, onde Alan jantava e dormia sem dificuldade. Nesses dias, contudo, coisas novas aconteceram.

Certo dia, após passar a tarde na praia, Alan voltou à tenda para encontrar os três jovens adormecidos no longo sofá branco, dessa vez numa nova configuração. Brad e Rachel se encontravam numa ponta, ela enroscada nele como um casaco jogado em cima de uma cadeira. A cabeça de Cayley estava na extremidade oposta, as mãos unidas sob o rosto, como uma criança, as pernas entremeadas com as de Brad. Alan preferiu não imaginar o que havia acontecido ou poderia acontecer, decidindo não acordá-los.

Uma noite, no hotel, sabendo que era uma péssima ideia mas nada tendo a perder, Alan enviou uma mensagem de agradecimento à dra. Hakem. Embora julgasse isso impossível, obteve uma resposta.

Caro Alan,
Fiquei tão feliz quanto você ao saber que era apenas um lipoma. Eu tinha certeza, mas há sempre uma ou outra dúvida a esclarecer. Agora que está saudável e não corre o risco de morrer de uma hora para outra, espero vê-lo em Jidá por esses dias. Sabendo que não se encontra à beira da morte por causa de um tumor maligno, imagino que esteja num excelente estado de espírito!
Haha,
Dra. Zahra Hakem

Alan passou a maior parte do dia seguinte à beira-mar pensando numa resposta, algo inteligente e espirituoso, capaz de fazer as coisas avançarem. O que também lhe parecia impossível.

Cara dra. Hakem,
Meu estado de espírito está nas alturas — talvez até alto demais. Estou me sentindo um pouco tonto. A causa é misteriosa, porém é como se tivesse alguma coisa nova e estranha nas minhas costas. Não sou médico, mas tenho a impressão de que é uma luva de borracha. Existe alguma possibilidade de que você tenha deixado

uma dentro de mim? Às vezes as pessoas deixam coisas como luvas com alguém de quem gostam esperando que, ao recuperá-las, tenham uma desculpa para um novo encontro.

Atenciosamente,

Alan

Sabia que a mensagem era audaciosa, mas, ao escrever aquelas palavras, teve a sensação estranha de que ela queria vê-lo de novo — e estava certo.

Caro Alan,

Eu de fato devo ter deixado alguma coisa. Uma esponja? Talvez parte de um sanduíche que comi durante a cirurgia? Estávamos todos comendo, por isso não tenho certeza. Acho que preciso vê-lo outra vez. Talvez fora do hospital? Não queremos assustar nossa seguradora.

Dra. Zahra

Essa mensagem chegou à noite, tarde demais para ter uma origem vagamente profissional, e por isso continuaram a se corresponder durante horas até planejarem o encontro. Como Alan não fazia ideia de que forma isso podia ser organizado no Reino da Arábia Saudita, deixou tudo a cargo dela.

Ela escreveu dizendo que o pegaria na quarta-feira ao meio-dia. Que procurasse por um utilitário. As iniciais dele constariam em um cartão que ela colocaria no limpador de para-brisa.

No dia seguinte, Alan não conseguiu permanecer sentado na tenda e também não se satisfez em passear pela praia. Em vez disso, entrou na área da futura cidade passando por operários que vestiam macacões e a quem ele cumprimentou como se fosse um capataz. Caminhou por horas ao longo de estradas vazias, sua energia crescendo a cada quilômetro. Voltou por fim e encontrou o canal em que navegara. Percorreu parte da margem do canal, estarrecido com sua limpidez e as cores que exibia. Em meio à poeira e aos edifícios que talvez nunca fossem erguidos, em meio à areia que tentava tudo reconquistar, via-se aquela extensão imaculada de cor turquesa, uma cor irracional, desnecessária. Ninguém a havia criado, mas a tinham ajudado a estar ali. Haviam construído algo e a água penetrara, trazendo com isso uma beleza atordoante a um lugar ao qual ela não pertencia.

Alan caminhou por muito tempo ao longo do canal desnecessariamente azul e, voltando à tenda, se surpreendeu não tanto com o fato de Rachel estar sentada no colo de Brad — um de frente para o outro, empapados de suor, suas bocas se devorando mutuamente —, mas ao ver Cayley trabalhando em seu laptop a cinco metros de distância.

Cayley o notou na entrada e acenou com a mão. Mas Brad e Rachel não estavam dispostos a parar. Olharam para ele, desejosos de saber se tencionava ficar. Alan não tinha o menor interesse no que os dois estavam fazendo e, como no dia seguinte começava o fim de semana e Zahra o levaria para almoçar na casa de praia do irmão, não viu nenhum motivo para interferir. Saiu da tenda e ficou andando até o fim da tarde.

32

Um enorme utilitário se aproximou da entrada do Hilton. Reluzia, todas as janelas e luzes do hotel refletidas em sua superfície negra. Sob o limpador de para-brisa, as iniciais AC, como se o carro estivesse anunciando seu sistema de refrigeração. Ele sorriu e a porta de trás foi aberta.

A primeira coisa que Alan viu foram suas pernas. Ela vestia uma *abaya*, mas os tornozelos e pés, calçando sandálias, estavam diante de seus olhos. Ergueu a vista e deparou com o rosto iluminado por um sorriso de satisfação.

Entrou no carro diante de uma dúzia de carregadores e porteiros, para todos os efeitos um homem ocidental convidado a entrar no carro de uma mulher saudita. Como isso seria possível?

Alan se sentou e fechou a porta. Dentro era bem escuro. Cumprimentou o motorista com um sorriso e um aceno de cabeça. O carro circundou o jardim na frente do hotel, passando depois pelo guarda em cima do tanque a fim de tomar a estrada.

Zahra usava um lenço de cabeça que deixava os cabelos bastante soltos, mas o rosto estava descoberto. Na luz dourada, seus olhos pareciam maiores e mais castanhos que no hospital, realçados por uma fina linha de sombra azul. Os cabelos, com os quais ela disse lutar eternamente, eram tão grossos que pareciam haver sido esculpidos, e não penteados. Na frente, entretanto, caíam cortinas que necessitavam ser afastadas. Com dois dedos ela voltou a revelar seu rosto.

Alan queria dizer alguma coisa significativa. Havia muitas coisas que desejava dizer, porém todas precisavam ser bem pensadas. O que ele poderia falar na frente do motorista?

"Como está a CERA?", ela perguntou.

Tal qual Yousef, Zahra achava engraçado o investimento em reflexão e esperança que ele havia dedicado à cidade embrionária. Ela pronunciou CERA de uma forma que insinuava se tratar de algo canhestro e bobo, uma perda de tempo quando comparada a coisas mais essenciais.

"Acho que vai bem. Estão progredindo."

Sua expressão era de ceticismo.

"Estão mesmo", ele insistiu. "Toma tempo."

"*Muito* tempo", ela disse.

Atravessaram velozmente a cidade, com seus shopping centers resplandecentes e condomínios de altos muros. O motorista apontou para fora da janela e disse algumas palavras por sobre o ombro.

"Está dizendo que aquela é a casa do Maradona saudita. Acha que isso nos interessa. Te interessa?", ela perguntou.

Alan não conseguia saber a que casa o motorista se referia,

298

porém se encontravam numa área estranha e ao mesmo tempo comum em Jidá, onde de um lado da rua havia sofisticados condomínios fechados, com casas pintadas de cores pastel e valendo milhões, enquanto, do outro, se viam enormes terrenos baldios onde centenas de caminhões tinham despejado as sobras das construções. Montinhos de entulho por toda parte. Alan pensou em perguntar a Zahra sobre eles, mas imaginou que poderia soar ofensivo. Não sabia em que medida ela era orgulhosa ou não de seu país, supondo que aquele fosse seu país. Ainda não sabia.

"Água?"

Havia dois copos cuidadosamente acondicionados nos porta--copos.

Ele tomou um gole.

"Boa?", ela perguntou.

"Obrigado."

Ela levou o copo aos lábios e, ao vê-la assim de olhos fechados, Alan foi assaltado por uma série de pensamentos audaciosos. Zahra baixou o copo, a língua recolhendo rapidamente uma gota que ficara para trás.

"A viagem leva mais de uma hora", ela disse. "Quando chegarmos lá, já saberemos tudo de importante sobre nós."

O que não estava distante da verdade. Ela contou sobre a escola secundária em Genebra. Um ex-namorado que agora tentava derrubar o governo da Tunísia. A época em que havia experimentado LSD. Um período na Islamic Relief, trabalhando em campos de refugiados no Curdistão. Um ano num hospital de Cabul. Ouvindo-a falar, Alan teve a sensação de pertencer a uma espécie menos necessária.

* * *

"Quer dizer que você vai se encontrar com o rei", ela disse. Esperou que ela ficasse impressionada. "Esse é o plano."

"Quer dizer que você pessoalmente faz a apresentação ao rei Abdullah, ou…"

Alan desejava poder dizer que sim, porém, acostumado demais a deflacionar sua importância, explicou que seria apenas parte da equipe. "Na verdade não entendo muito da tecnologia. Estou aqui porque conheço o sobrinho dele, ou já conheci."

"E quem são os concorrentes?"

"Não sei. Por enquanto somos os únicos na tenda."

"Na tenda?"

"Não pergunte."

"Não vou perguntar."

Ela se voltou para a janela, como se buscasse inspiração. "Vai ser interessante agora que os chineses compram mais petróleo do rei."

Alan não sabia disso.

"Me pergunto o que vai acontecer no futuro, se Abdullah e o resto da turma não vão de repente trocar de aliados. Talvez vocês já não sejam os favoritos."

Alan subitamente foi transportado para muito longe do carro, muito longe de Zahra. Num piscar de olhos se encontrava numa sala de Boston, onde Eric Ingvall lhe perguntava o que tinha dado errado, por que ele não previra aquilo, não introduzira tal fator em sua equação. E então pensou em Kit, na sua universidade. E no dinheiro que devia a todos os conhecidos.

"Sinto muito", disse Zahra. "Não se preocupe. Tenho cer-

300

teza de que não há razão para preocupações. Vocês ainda terão alguns anos de tratamento preferencial."

Ela sorria timidamente, o indicador golpeando de leve a beira do copo. Mas será que tinha razão? Ninguém era capaz de suplantar a Reliant em matéria de preço ou tecnologia. Quem mais possuía um holograma? Na verdade ele não sabia.

"Desculpe, Alan. Te deixei preocupado."

"Não, não. Nem um pouquinho."

"De repente você ficou tenso."

"Não, não. Desculpe."

"Você tem uma boa chance com o sobrinho. Tenho certeza de que será muito útil. Abdullah é muito leal, você sabe. E qualquer pessoa que faz negócios no reino deve mesmo conhecer um ou dois membros da família real."

Conversaram sobre Abdullah. Zahra gostava muito mais dele que dos monarcas que o precederam. Alan mencionou algo sobre como parecia bom contar com um reformista na posição de Abdullah e logo se viu comparando-o a Gorbatchóv e De Klerk. Ao terminar, sentiu que tinha ido longe demais. No entanto, Zahra preferiu deixar de lado aquele monte de erros de visão e abriu um novo tópico.

"Tenho filhos", ela disse.

"Imaginei", ele respondeu.

"Imaginou?"

"Talvez não tenha dado como certo. Mas achei que era possível."

"Pensei que você havia depreendido alguma coisa vendo meus quadris. Você sabe, como essas pessoas que podem dizer se uma mulher teve filhos pela maneira como elas andam."

"Não sou tão observador."

"Bem, eles já são adolescentes. Vivem comigo."

"Como se chamam?"

"Raina, Mustafá. Ela tem dezesseis; ele, catorze. Estou tentando evitar que meu filho se torne um imbecil como o pai. Você tem algum conselho a dar?"

"Ele te conta alguma coisa?", Alan perguntou.

"Você contava alguma coisa à sua mãe?"

Alan não contava. Com quem os jovens conversam? Não têm ninguém com quem conversar e, mesmo quando têm, não sabem o que dizer nem como. E é por isso que cometem a maior parte dos crimes no mundo.

"Pegue ele sozinho em algum lugar. Por exemplo, num acampamento."

Zahra soltou uma gargalhada.

"Alan, não posso ir com meu filho para um acampamento. As pessoas aqui não acampam. Não vivemos no Maine."

"Vocês não vão para o deserto?"

Ela suspirou. "Acredito que alguns vão. Os rapazes vão, para fazer corridas de carro. Arrebentam os carros e aparecem nas unidades de emergência dos hospitais. Já salvei dois. Mas, na maior parte das vezes, eles morrem."

Alan disse ter ouvido falar nisso.

"De seu guia?"

"Yousef. É um moço excelente."

"E não tem nada a fazer aqui."

"É também o que ele diz."

Zahra abriu as cortinas de seus cabelos e, dessa vez, porque estavam viajando ao longo da costa com reflexos do sol iluminando o interior do carro, ele perdeu momentaneamente o fôlego.

"O que houve?", ela perguntou.

Alan sorriu para si próprio.

"Você está rindo do que eu faço com meus cabelos. Meu marido zombava desse gesto."

"Não, não. Gosto dele."

"Não minta."

"Gosto sim. Você não imagina o quanto eu gosto."

Ela contorceu o rosto numa careta de quem acredita duvidando.

A estrada seguia costeando o mar. Ele tinha a impressão de que a luz do sol podia ser provada, podia ser tocada. Estava adorando tudo, os terrenos baldios cheios de entulho. A faculdade de medicina com instalações separadas para homens e mulheres — nas extremidades de um só prédio, que lembrava vagamente Monticello.

"É quase cômico, não?", ela perguntou.

"Não peca pela ambiguidade."

Ela riu e voltou a avaliá-lo.

"Você não tem razão para estar nervoso."

"Acha que estou?" Estava apenas felicíssimo.

"Você não olha para mim."

"Estava vendo a paisagem. Me lembra muitas outras costas. O adobe cor-de-rosa refletido nas águas. Os iates brancos."

Ele se recostou no banco e ficou observando o colar de casas banhadas de sol que corriam paralelas ao mar.

"Onde você nasceu?", ele perguntou.

"Quer dizer, de onde eram meus pais? Os pais deles?"

Ele se deu conta de que seria alguma combinação inédita de pessoas.

"Sim. É estranho perguntar isso?"

"Não, não. Na verdade, são de toda parte. Do Líbano. Algum sangue árabe, mas minha avó era suíça. Um bisavô era grego. Tem alguma coisa de holandês na mistura e, obviamente, muita gente da família vive no Reino Unido. Tenho de tudo dentro de mim."

"Também queria isso para mim."

"Provavelmente tem."

"Não conheço o suficiente."

"Bem, Alan, pode descobrir."

"Eu sei, eu sei. Quero saber de onde vem todo mundo. Cada lado da minha família. Vou começar a perguntar."

Ela sorriu. "Já é tempo." Dando-se conta de que isso poderia parecer uma repreensão, acrescentou: "Quer dizer, você tem tempo de sobra".

Alan não ficou nem um pouco ofendido, concordava inteiramente com ela.

"Como é que você acha que seus filhos reagiriam a isso?", ele perguntou.

"O que você quer dizer com isso? Você e eu? Porque representamos um grande conflito de culturas?"

"Acho que sim."

"Ora, por favor. O que nos separa é um fio."

"Muito bem, é como eu penso."

"É assim que é." Ela lhe lançou um olhar severo. "Não vamos entrar nesse tipo de joguinho. É muito cansativo. Coisa para estudantes universitários."

O caminho particular para a casa era barrado por um portão de aço, que o motorista abriu apertando um botão no mostrador do carro. Revelou-se uma modesta residência de um andar, pintada de creme e branco. Tinha janelas em arco, as portas e cortinas eram cor-de-rosa.

Quando entraram, o motorista ficou na sala da frente enquanto Zahra conduziu Alan para os fundos, chegando a um aposento que dava para o mar. Serviu suco para os dois e se sentou ao lado dele no sofá. O mar era de um azul estridente, polvilhado de pequenas ondas brancas. Do outro lado da sala, um quadro que parecia representar os Alpes suíços.

"Estranho numa casa de praia", Alan comentou.

"Todo mundo quer estar em algum outro lugar", ela disse.

Contemplaram a pintura.

"Horrível, não é mesmo? Meu irmão compra quadros onde quer que vá. Em qualquer cidade de veraneio. Tem um gosto pavoroso."

"Você já viu neve?"

Zahra voltou o rosto para o teto e deu uma gargalhada trovejante.

"O quê? Alan, você é mesmo um enigma. Tão sabido para certas coisas e tão obtuso para muitas outras."

"Como eu poderia saber se você tinha visto neve?"

"Sabe que estudei na Suíça. Eles têm neve lá."

"Depende de onde."

"Já esquiei milhões de vezes."

Ele não sabia o que dizer.

"Ah, Alan."

"Muito bem, então você viu neve. Me desculpe."

Ela o olhou, cerrou as pálpebras e o perdoou.

Ela tomou o resto do suco, rindo sozinha.

"Hora de nadar."

"O que você quer dizer com nadar?"

"Vamos nadar. Você vai tomar emprestado um calção do meu irmão."

Alan usou o banheiro para vestir um calção azul, após o que esperou junto à porta de vidro que dava para uma estreita faixa de areia e o que parecia ser uma rampa conduzindo diretamente à água. Como uma pista de concreto, da varanda dos fundos até o mar, daquelas usadas para lançar navios recém-construídos.

Sentiu um toque nas costas.

"Está pronto?"

Só os dedos dela, e Alan perdeu toda a compostura.

"Claro. Vamos embora", ele disse, se odiando.

Não ousou olhar para trás. Muito em breve teria tempo para vê-la de maiô. Ela se manteve às costas dele, os dedos ainda o tocando, e Alan decidiu não se mover. Zahra viu que ele examinava a estranha rampa.

"Meu tio gostava de fazer mergulho submarino, por isso construiu a rampa. É cruel e abusivo, mas funciona. Os peixes ainda estão por aqui."

Seu tio havia na realidade escavado o fundo do mar a fim de entrar facilmente na água sem andar sobre o coral.

"Entre primeiro", ela disse, lhe passando um tubo e uma máscara. "Eu já vou. Tenho de mandar o motorista fazer alguma coisa."

Alan abriu a porta e caminhou até a água. Ali era mais frio que na cidade embrionária do rei Abdullah. Terminada a rampa, o fundo era rochoso e caía abruptamente.

Mantendo-se na superfície, ajeitou o equipamento no topo da cabeça. Desceu o rosto até a água e viu de imediato que o mar era límpido e o coral, abundante. Uma nuvem veloz de peixes cor de laranja brilhante passou diante de seus olhos. Afastou-se um pouco mais, seguindo a linha do coral gloriosamente vivo: embora não fosse intocado, sustentava uma notável variedade de peixes. Em poucos minutos viu um grande peixe-palhaço nadando em círculos, e um baiacu se deslocando para cá e para lá com suas pequenas barbatanas. Um cardume de peixes-cirurgiões, um bodião enferrujado. Um mero de coral com sua expressão de eterno desgosto.

Voltou à superfície para respirar. Havia muito a ver, cores demais, formatos irracionais. Olhando para a casa na esperança de deparar com Zahra, não viu nada. Não querendo parecer ansioso, deu as costas para a praia e, seguindo o coral, avançou mar adentro, quando avistou os peixes maiores, aqueles que se deslocavam livremente entre as partes rasas e as profundas. À frente, a queda era vertical. A água abaixo dele tinha a coloração de tinta, o fundo era invisível. Um vulto passou diante de sua máscara. Brilhante, ofuscante, imenso. Ele bateu os pés e subiu à tona, tentando vê-lo de cima. O vulto também subiu. Era Zahra.

"Alan!"

O coração dele estava disparado.

"Queria te dar um susto, mas não tão grande."

Ele tossia.

"Desculpe."

Finalmente conseguiu falar. "Tudo bem. Eu não devia ter me assustado."

Olhou para ela. Viu sua cabeça, os cabelos presos, o queixo exposto — bem mais delicado do que imaginava. Ela era bonita assim toda molhada. A cabeleira negra brilhando, os olhos acesos.

Tudo mais, porém, estava submerso.

"Tenho de voltar nadando abaixo da superfície", ela disse. "Os vizinhos."

Indicou com a cabeça as casas que margeavam a pequena baía.

"Mas preciso te avisar. Estou vestida como você. Se alguém nos vir nadando e usando o tubo de respiração, vai pensar que são dois homens. Só duas costas nuas, usando calções de homens. Entendido?"

Ele achou que tinha entendido, mas não era verdade. Não até que pôs a máscara de novo e mergulhou. Então ficou sabendo. Ela não usava a parte de cima do maiô, apenas um calção masculino de listras azuis. Teve um sobressalto. Meu Deus. Seguiu-a, observando as pernas longas e fortes, os dedos compridos colados ao corpo, o sol tocando todo seu corpo, flashes pipocando.

Ela se voltou para trás, rindo gostosamente por baixo da máscara, como se perguntasse: "Eu estou te surpreendendo?". Ela tinha uma boa ideia de seus atributos, do quanto lhe agradava. Olhando mais uma vez adiante, agora em plena ação, Zahra apontou para baixo, para os milhares de peixes e anêmonas com as cores mais improváveis, todos ativos e vorazes.

Ele estava morrendo de vontade de chegar mais perto, de ter tudo. Queria se esfregar contra ela por acidente, rolar na água agarrado a ela, gritar em sua boca. Limitou-se a segui-la, ignorando os peixes e o coral mais abaixo a fim de ver seus seios, pendurados ao corpo, reluzentes, balançando.

Ela tentou fazer com que ele nadasse a seu lado, porém Alan permaneceu atrás com a esperança de assim ficar menos exposto. Nadaram ao longo da costa, e ele tentou a sorte agarrando seu tornozelo, fingindo que queria chamar sua atenção para um peixe-palhaço maior do que o normal. Ela se aproximou, agarrou-lhe o braço e apertou. Por fim, a resposta que ele buscava. Estava no caminho certo. Mas então, o que fazer? Havia estímulos demais naquelas águas, sob aquele céu, a luz criando desenhos cambiantes e quadriculados sobre sua pele lustrosa. Ele nunca vira algo mais bonito que seus quadris subindo e descendo, as pernas batendo, o tronco nu e ondulante. Ela nadou para mais longe, até o ponto onde o fundo mergulhava a perder de vista.

Ela voltou à superfície e ele a seguiu.
Zahra tirou a máscara.
"Respire fundo", ela disse.
Ele assim fez. E ela mergulhou, com as mãos esticadas acima da cabeça.

Alan foi atrás. Ela mergulhou uns cinco metros. Quando se encontraram lá embaixo, ela o agarrou e puxou para perto. Beijou-o de boca fechada e beijou depois o peito de Alan, seus mamilos. Ele beijou a barriga de Zahra, sugando cada um de seus mamilos enquanto os dedos dela lhe sulcavam os cabelos. E então ela se foi, subindo como uma bala rumo à superfície, seguida por ele.

Quando Alan voltou a respirar e sentiu o sol no rosto, ela já se distanciava, de costas para o céu, ajustando o tubo. Ele foi atrás. Regressaram lentamente rumo à casa, fingindo que eram homens, dois amigos. Ao se aproximarem da rampa, ela se voltou na direção dele, indicando que ficasse por ali. Alan obedeceu, acompanhando-a com o olhar. Ela subiu, embrulhou-se numa toalha e correu para dentro da casa.

Alan nadou para um lado e para o outro, fazendo de conta que observava o coral, porém atento a qualquer movimento na casa. Por fim viu a mão que saía de uma das janelas e o chamava. Subiu a rampa correndo e abriu a porta.

"Vem aqui", ela disse.

Alan a encontrou em outro quarto, sentada no chão de pernas cruzadas e com almofadas a seu redor. Vestia um short e uma camiseta regata, ambos largos, ambos brancos. O ímpeto se perdera, ao menos para ele, ao se sentar diante dela com um sorriso sem graça.

"Então...", ela disse.

Ela lhe tomou a mão, entrelaçando seus dedos nos dele. Ambos olharam para as mãos unidas. Ele não era capaz de avançar a partir daquele ponto, não sabia o que fazer. Viu-se contemplando uma tigela de tâmaras.

"Quer uma?", ela perguntou em tom jocoso, exasperada.

"Quero", ele respondeu, sem saber minimamente por quê. Pegou uma, mastigou a polpa, se sentindo como sempre devastado por sua incapacidade de fazer o que lhe cabia.

* * *

Quando terminou, depositando com cuidado o caroço num prato, ela chegou mais perto e se reclinou de lado. Ele fez o mesmo, espelhando a forma tomada por seu corpo. Zahra estava tão próxima que ele podia sentir o bafo de sua respiração, o tênue cheiro da água salgada em sua língua.

Sorriu para ela. Sabia que aquele movimento tinha sido um convite, porém ele não havia correspondido.

"Estava gostoso", ele disse, incapaz de pensar em coisa melhor.

Ela sorriu pacientemente. Ele se recompôs. Sabia que precisava beijá-la. E depois se pôr em cima dela. Visualizou as etapas, onde colocaria o ombro dela, onde poria suas próprias mãos. Tanto tempo havia passado. Oito anos desde que tomara decisões desse tipo.

Avistou pela janela o céu impregnado de sol, o mar incognoscível, encontrando forças na vastidão de um e de outro. Um milhão de mortos naquelas águas, bilhões vivendo sob aquele sol, o sol uma dura luz branca em meio a bilhões de outras iguais — e por isso nada era tão importante, nada tão difícil. Como ninguém os estava observando, como ninguém além dele e de Zahra se importava com o que acontecia naquele quarto — quanta força nascida da insignificância! —, ele poderia fazer o que quisesse, o que no caso era beijá-la.

Aproximou o rosto do dela, para perto daqueles lábios exuberantes. Fechou os olhos, correndo o risco de errar. Ela exalou pelas narinas, o calor pincelando sua boca. Seus lábios encontraram os dela. Tão macios, macios demais. Faltava lastro, eram almofadas sobre almofadas. Ele teve de fazer pressão para ganhar mais terreno, para forçá-los a se abrir. Ela os descerrou, abriu para ele a boca com gosto de mar, frio e profundo.

Alan tomou a cabeça de Zahra em suas mãos, os cabelos mais quebradiços do que imaginava. Nada tinham de macio. Enfiando os dedos em meio aos fios, ele encontrou seu pescoço e, amparando a cabeça, trouxe-a para mais perto. Ela suspirou, as mãos agora na cintura de Alan. Aqueles dedos longos, aquelas unhas. Ele queria que elas o agarrassem, apertassem e puxassem.

Sua boca desceu para o pescoço de Zahra, a língua correndo do ombro ao queixo, e ele montou sobre ela. O cheiro de pele quente — recompensa suficiente. Ela murmurou sua aprovação junto ao ouvido de Alan num bafo cálido. Ela era muitíssimo indulgente ou misericordiosamente fácil de agradar. As preocupações dele se esvaíram.

A mão de Zahra tateou em busca de uma almofada. Ele encontrou uma e a colocou sob sua cabeça semierguida. Por um instante seus olhos voltaram a se encontrar, sorridentes, tímidos, surpresos. Alan queria que aqueles olhos — tão grandes quanto planetas — se fechassem agora para que ela não o visse e mudasse de opinião. Ela veria seus dentes amarelados, as obturações, as muitas cicatrizes, a pele cansada, a colcha de retalhos que retratava uma vida desordenada e de poucos cuidados. No entanto, talvez ele fosse mais que a soma das partes avariadas. Ela o vira por dentro, não é verdade? Tinha extraído matéria morta de dentro dele, cortando, repuxando e aplicando uma esponja — e ainda assim desejava estar ali.

Zahra o puxou mais uma vez, recebendo de boca aberta sua boca, os movimentos dela agora ganhando maior urgência. As unhas penetraram nos cabelos de Alan, se cravaram em sua nuca. Com a outra mão, agarrou-lhe as costas.

Havia um espelho do outro lado do quarto. Ambos podiam ser vistos, seus braços a cingindo. Ele parecia forte, os braços bronzeados, as veias rijas. Não era repugnante. *Não quero fazer amor que ninguém tenha vontade de ver*, Ruby dissera certa vez, presumindo que tudo estaria acabado aos trinta e cinco anos. Uma repentina pontada de dor percorreu o corpo de Alan, um frio relâmpago de desgosto, tudo que haviam feito um contra o outro, o erro fundamental de sua vida, o tempo perdido em feri-la e ser ferido por ela, as coisas terríveis que roubam o pouco de vida que nos é dado. Voltou a olhar para Zahra, os olhos negros que o perdoavam e se iluminavam ao vê-lo sorrir.

Apertou-se contra ela, soltando uma espécie de gemido.

"Obrigada", ela disse.

Ele riu junto ao ouvido de Zahra e a beijou da orelha à clavícula.

"Você está demorando de propósito?", ela perguntou.

"Não, não. Você acha?"

"Então entra em mim", ela sussurrou.

E ele tentou, porém descobriu que não estava preparado.

"Quero tanto isso", ele disse.

"Que bom", ela disse.

Mas os dois se viram pedindo desculpas por várias falhas, pelas partes de seus corpos que se recusavam a cooperar, ou só o faziam às vezes. Quando ele estava pronto, ela não estava, e isso o retraía. No entanto, se acariciaram desesperadamente, desajeitadamente, com rendimentos sempre decrescentes. Em certo momento, ao tentar passar para trás de Zahra, o cotovelo de Alan lhe atingiu a testa.

"Ai!"

Ele se deixou cair de costas e olhou para o teto.

"Zahra, sinto muito."

Ela se sentou, com as mãos no colo.

"Você está preocupado?"

Ele não estivera preocupado, nem um pouco. Na verdade, era tão forte seu desejo por ela, a vontade de provar seu corpo, sua boca, seu hálito e sua voz que nenhum outro pensamento havia penetrado em sua cabeça.

"Talvez", respondeu.

Não tinha escolha senão mentir. Contou-lhe as coisas que pesavam em sua mente, a casa que não era vendida e cheirava a mofo, o homem que se afogara no lago, o dinheiro que devia a tanta gente, o dinheiro de que necessitava a fim de cumprir suas obrigações com a filha, a filha magnífica que não teria tudo que merecia a menos que algo milagroso ocorresse ali no deserto.

"Não precisa ser hoje", ela disse, embora para ele parecesse que não precisava ser nunca.

"Merda", ele disse. "Merda merda merda merda merda merda."

"Está tudo bem", ela disse.

"Merda merda merda."

"Psiu", ela disse, e se abraçaram como pugilistas exaustos enquanto viam o sol se fundir com o mar.

33

O crepúsculo havia colorido de azul as paredes brancas da casa e de violeta as cortinas cor-de-rosa. O mar estava inquieto e sombrio.

Alan e Zahra se sentaram à mesa da cozinha, bebendo vinho branco. Ele acabara com as tâmaras.

"Eu tenho que ir a Paris por algumas semanas", ela disse.

Alan estava preparado para isso.

"Quanto tempo você acha que vai ficar na Arábia Saudita?"

Ele não sabia.

Beberam uma garrafa e abriram outra. Estavam tão apaixonados pelo mundo e tão desapontados com o que ele lhes fizera, que o fato de beberem outra garrafa sentados na cozinha era a forma mais óbvia de prestarem homenagem a tudo.

Zahra lhe serviu outro copo.

Alan tinha a impressão de que Zahra esperava que ele se fosse. No entanto, havia chegado lá com o motorista dela e não podia partir antes de ser mandado embora.

"Posso te contar uma história?", ele perguntou.

"Claro", ela respondeu.

"É uma história para seu filho. Como ele se chama mesmo?"

"Mustafá."

"Mustafá, muito bem. Um bom nome."

Alan estava bêbado e queria que Zahra soubesse disso.

"Esta é uma boa história para Mustafá."

"Fico satisfeita. Devo tomar notas?"

"Não precisa, você vai se lembrar do essencial."

"Vou tentar."

"Muito bem. Meu pai e eu fizemos excursões juntos algumas vezes."

"Ah, as excursões outra vez."

"Não é sobre excursões. Ouça por favor."

"Estou ouvindo."

Ele voltou a encher os copos. Mal podia ver, mas se sentia muito forte.

"Eu tinha uns dez, doze anos. Daquela vez ele me levou para New Hampshire. Fomos de carro para um parque nacional qualquer. Florestas a perder de vista. Estacionamos, descemos do carro e penetramos no mato. Andamos pelo menos por quatro horas. Não vimos uma única alma nas últimas três. Basicamente, tínhamos saído do mapa. Era de manhã cedo, havíamos começado ao nascer do sol. Trazíamos aquelas coisas com formato de raquete para andar na neve, que usávamos às vezes quando ela era mais fofa. A caminhada foi incrivelmente cansativa. Parávamos de tempos em tempos para beber e comer, carne-seca e nozes, esse tipo de coisa. Depois continuávamos a subida. Por volta das três da tarde, paramos porque o sol já estava se pondo. Não se via o menor sinal de civilização em nenhuma direção. Imaginei que então iríamos descer. Estava ficando frio e a temperatura ia baixar para alguma coisa entre sete ou doze abaixo de zero. Nossas roupas não eram suficientes para nos manter aquecidos."

"O que é que ele estava pensando? Vocês tinham tendas?", Zahra parecia horrorizada.

"Perguntei a ele. 'Nós temos tendas?' Pensei que ele tivesse algum tipo de plano, mas estava agindo como se só naquele momento se desse conta da situação. Que não conseguiríamos voltar antes de escurecer e que poderíamos morrer congelados durante a noite. Sem falar na possibilidade de lobos e ursos."

"Lobos e ursos?", ela perguntou, com uma expressão cética.

"Acredite em mim."

"Não tenho escolha."

"Aí ele me disse: 'Então, o que vamos fazer?'. E compreendi que aquilo era algum tipo de teste. Algo em seu olhar dizia que estava me testando. Por isso pensei no que tinha aprendido quando era escoteiro e disse: 'Construímos um abrigo'. E era isso que ele tinha em mente. Abriu a mochila, tirou de dentro um machado e cordas. Planejava construir um abrigo de troncos de árvores, amarrados como numa jangada."

"Ah, não!"

"'Quanto tempo você acha que nós temos?', ele perguntou, querendo dizer antes que o sol se pusesse e a temperatura caísse abaixo de zero. 'Umas duas horas', respondi. 'Acho que você tem razão, é melhor começarmos logo', ele disse."

"Era um sujeito durão", disse Zahra.

"Ele gosta que o considerem durão. Por isso, começamos a trabalhar, nos revezando com o machado e as cordas. Amarramos dois conjuntos de uns vinte troncos finos de bétula. Feito isso, limpamos um quadrado de seis metros por seis na neve, montando ali uma tenda em formato de A bem decente. Juntamos ramos de pinheiro e forramos o chão com eles."

"Parece confortável."

"Era surpreendentemente confortável. Levantamos então uma parede em volta do abrigo. Noventa centímetros de altura, para cortar o vento. E pusemos, como isolamento térmico, uns trinta centímetros de neve no teto."

"E não vazava?"

"Não a dez abaixo de zero. Era o melhor isolamento possível."

"Vocês tinham sacos de dormir?"

"Não, não tínhamos."

"Esse homem era um louco."

"Talvez. Então ele perguntou: 'Meu filho, e o que é que precisamos agora?'. Eu sabia. Precisávamos de agulha e linha, ou de um rolo de fita adesiva, algo assim. Digo isso, e ele tira da mochila um rolo de fita."

"Para quê?"

"Para fazer um saco de dormir com nossas roupas."

"Você está brincando!"

"Nem um pouco. Cortamos nossos casacos e os juntamos com fita para formar um saco de dormir grande e largo. E dormimos vestindo as ceroulas."

"Dividiram o saco de dormir?"

"É, dividimos. E, devo dizer, quando nos acomodamos lá dentro, ficou bem quentinho."

"Vocês não tinham fogo?"

"Nenhum fogo. Só nós dois dentro do saco."

"E de manhã?"

"Refizemos os casacos com a fita e fomos para casa."

"Quer dizer que se salvaram construindo alguma coisa. Compreendo. Mas ele quase matou vocês dois para dar essa lição."

"Acho que sim", disse Alan, e riu.

"Tenho permissão de rir, não é mesmo?", Zahra disse.

"Perfeitamente."

"Bom. Porque acho tudo isso", ela disse — varrendo com a mão o quarto e abarcando a casa, o mar lá fora, todo o reino, o mundo inteiro e o céu —, "muito, muito triste."

34

O rei visitou a Cidade Econômica Rei Abdullah onze dias depois. A visita foi anunciada às nove horas da manhã e a comitiva de carros chegou pouco depois do meio-dia. Ele deu um giro pelas ruas vazias durante vinte minutos e passou quinze no centro de recepção, seguindo depois com seu séquito para a tenda de apresentações.

Alan e os jovens estavam prontos. O rei se sentou numa cadeira semelhante a um trono, trazida naquele dia, enquanto os acompanhantes se instalaram nos sofás brancos. Brad, Rachel e Cayley começaram a apresentação, que transcorreu de forma impecável. Brad, vestindo um terno elegante, deu as boas-vindas aos presentes, explicou a tecnologia e apresentou outro homem, que estava em Londres mas — surpresa! — surgiu dos bastidores do palco vestindo um *thobe* e uma *gutra*. Parecia estar na tenda, sobre o palco, andando e falando em inglês e árabe. Ele e Brad trocaram algumas palavras, enfatizando que aquele tipo de tec-

320

nologia constituía apenas um aspecto da vasta capacitação da Reliant e que tinham grandes expectativas de sucesso na colaboração com a CERA. O homem em Londres então agradeceu a todos e desapareceu, seguindo-se os agradecimentos de Brad, que ao descer do palco desenhou com os lábios para as jovens e para Alan a palavra *Perfeito!*

Quando tudo terminou, o rei Abdullah bateu palmas educadamente, porém nada disse. Não houve nenhuma pergunta. Nem ele nem nenhum membro de seu séquito falaram com qualquer representante da Reliant, embora Alan estivesse posicionado junto à porta caso alguém manifestasse interesse em discutir a proposta. Ninguém se interessou. Alan não teve a menor chance de mencionar o sobrinho do rei: havia quatro camadas de homens entre ele e o soberano, que partiu minutos depois junto com toda a comitiva.

Alan observou os carros se afastarem, porém não foram longe. Desapareceram na garagem subterrânea da Caixa Preta. Do lado de fora do prédio, Alan viu três vans brancas estacionadas em fileira. Durante todo o tempo que estivera lá, nunca vira veículos daquele tipo parados na frente do edifício. Aproximou-se e reparou que em cada van havia duas inscrições nos lados, uma em árabe e a outra em chinês. Ele não era capaz de decifrar nenhuma delas.

Esperou por quase duas horas do lado de fora do prédio, procurando não chamar a atenção, até que o rei surgiu com seu séquito e um contingente de chineses vestindo ternos. Todos trocaram apertos de mão, rindo efusivamente. O rei retornou à Caixa Preta, e após alguns minutos a comitiva de carros saiu da garagem e se afastou de vez. Os homens de negócio chineses entraram nas vans e também partiram, deixando para trás uma nuvem de poeira que só baixou horas depois.

Quando se foram, Alan subiu correndo as escadas da Caixa Preta e se aproximou de Maha no balcão de recepção.

"Bom dia, Alan", ela disse.

"O que estavam fazendo aqueles homens aqui?", ele perguntou.

Dinheiro. Romance. Autopreservação. Reconhecimento.

"Uma apresentação para o rei", ela respondeu. "Igual a vocês."

"Quer dizer, de tecnologia da informação?"

"Acho que sim."

"E fizeram aqui? Dentro do prédio?"

Maha sorriu. "E onde mais iriam fazer?"

"E como é que sabiam que o rei viria hoje aqui?"

Maha olhou longamente para Alan e então disse: "Acho que deram sorte".

Naquela tarde, os jovens da Reliant desmontaram e embalaram o equipamento, acondicionando-o na van em que voltaram para o hotel. Não vendo motivos para ficar, deixaram a Arábia Saudita no dia seguinte.

Alan permaneceu. Voltou à tenda nos três dias seguintes na esperança de se encontrar com Karim al-Ahmad. Maha disse a Alan que o sr. Al-Ahmad tinha ficado ocupadíssimo depois das apresentações.

322

＊ ＊ ＊

Por fim, encontrando-se certo dia sozinho na tenda e sentado na cadeira de plástico branco, Alan ouviu uma batida na porta e a abriu. Era Karim al-Ahmad, que o informou, pesarosamente, que o contrato para prover tecnologia de informação à nova cidade tinha sido fechado com outra empresa que, segundo ele, era capaz de fornecer os equipamentos e serviços com muito mais rapidez e pela metade do custo.

"Uma empresa chinesa?", Alan perguntou.

"Chinesa? Não tenho certeza", disse Al-Ahmad.

"Não tem *certeza?*"

Al-Ahmad fingiu que fazia um esforço mental.

"Olha, acho que devem ser chineses. Isso mesmo, acho que sim. Faz alguma diferença para você, Alan?"

"Não", Alan respondeu.

Na verdade, não fazia a menor diferença.

"Pelo menos ele gostou do holograma?", Alan perguntou.

"Quem?"

"O rei."

"Ah, gostou, *gostou muito*", disse Al-Ahmad, num tom bem próximo da compaixão. "Achou *excelente.*"

Alan olhou pela janela de plástico as águas azuis, o sol poente. "Você acha que há alguma razão para eu continuar aqui?", ele perguntou.

"Na CERA?"

"Sim. Há outros serviços da Reliant que acredito possam ser úteis para vocês. Além disso, trabalho para outras empresas que poderiam ajudar a erguer esta cidade."

Al-Ahmad fez uma pausa, o dedo indicador sobre os lábios.

"Bom, deixe-me pensar alguns dias sobre isso, Alan. Eu certamente gostaria de ajudá-lo."

"De verdade?"

"Claro, por que não?"

Alan podia pensar em tantas razões! Mas tinha de presumir a presença da boa vontade. Tinha de torcer pela existência da amnésia.

"Então talvez eu fique", disse Alan.

Afinal de contas, não estava sendo mandado embora e não poderia voltar ainda para casa, não de mãos abanando como agora. Por isso, iria ficar. Precisava ficar. De outro modo, onde estaria quando o rei voltasse?

Agradecimentos

Sempre e acima de tudo, a vv.

Sou muito grato aos funcionários da McSweeney pelo trabalho feito com relação a todos os aspectos deste livro. Obrigado Adam Krefman, Laura Howard, Chris Ying, Brian McMullen, Sunra Thompson, Chelsea Hogue, Andi Mudd, Juliet Litman, Sam Riley, Meagan Day, Russell Quinn, Rachel Khong, Malcolm Pullinger, Brent Hoff, Sheila Heti, Ross Simonini, Heidi Julavits, Alyson Sinclair, Scott Cohen, Eli Horowitz, Walter Green e Chris Monks. Em-J Staples e Daniel Gumbiner ajudaram muitíssimo em mil tarefas, amplas pesquisas e a sempre difícil reta final, mantendo-me forte com seu entusiasmo. Agradecimentos especiais aos editores da McSweeney Ethan Nosowsky, Jordan Bass, Andrew Leland e Michelle Quint, que leram este livro várias vezes e cujas sugestões foram cirúrgicas e brilhantes.

Este livro teve origem numa conversa nos idos de 2008 com meu cunhado Scott Neumann, que visitou naquele ano a Cidade Econômica Rei Abdullah com uma corporação multinacional. Conquanto o romance guarde muito pouca semelhança com a estada de Scott na CERA, fui imensamente ajudado pela grande generosidade com que ele compartilhou sua experiência comigo. Vanessa e Inger, obrigado também pela amizade e espírito de família.

Há muitos amigos na Arábia Saudita a quem eu desejaria agradecer, a começar por Mamdouh Al-Harthy, guia e amigo, perito e filósofo. Sua hospitalidade jamais poderá ser recompensada. Sou grato também a Hasan Hatrash, poeta, rebelde e amigo, bem como a Faiza Ambah, jornalista corajosa e autora de roteiros cinematográficos. Ela leu as primeiras e as últimas versões deste livro, oferecendo comentários relevantes e encorajamento.

Pelas observações cruciais feitas de várias formas, agradeço profundamente a Noor Elashi, Wajahat Ali, Lawrence Weschler, Nick Hornby, Tish Scola, Alia Malek, Roddy Doyle, Brett O'Hara, Stephen Elliott, Brian Gray, e meus irmãos Bill e Toph. Leituras heroicas e repetidas foram feitas pelos fenomenais editores-romancistas Peter Ferry, Tom Barbash e Peter Orner.

Por sua amizade e conhecimento em matéria de vendas, produção industrial e consultoria, grandes agradecimentos a Paul Vida, Thomas O'Mara, Eric Vratimos, Grant Hyland, Scott Neumann, Paul Scola e Peter Wisner.

Por suas orientações e apoio ao longo de muitos anos, profundos agradecimentos a Andrew Wylie, Sally Willcox, Debby Klein, Lindsay Williams, Jenny Jackson, Kimberly Jaime, Luke Ingram, Sarah Chalfant, Oscar van Gelderen, Simon Prosser, Helge Machow, Kerstin Gleba, Christine Jordis, Aurélien Masson, a equipe da PGW, e muitos outros editores e tradutores que levaram livros como este a novos leitores.

Na gráfica Thomson-Shore, de Dexter, Michigan, agradecimentos a todos os funcionários: Kevin Spall, Angie Fugate,

Josh Mosher, Heather Shultes, Kandy Tobias, Sue Lube, Jenny Taylor, Mike Shubel, Rich McDonald, Andrea Koerte, Rick Goss, Christina Ballard, Frankie Hall, Bill Stiffler, Mike Warren, Anthony Roberts, Tim King, Tonya Hollister, Deb Rowley, John Bennett, Paul Werstein, Jennifer Love, Alonda Young, Sandy Dean, Matt Marsh, Renee Gray, Adnan Abul--Huda, Sue Schray, Jenny Black, Debbie Duible, Steve Landers, Connie Adams, Pat Murphy, Rob Myers, Al Phillips, John Harrell, John Kepler, Darleen Van Loon, Shannon Oliver, Diane Therrian, Mary McCormick, Dave Mingus, Sandy Castle, Sherry Jones, Steve Mullins, Bill Dulisch, Ryan Yoakam, Doris Zink, Ed Stewart, Robert Parker, Terri Barlow, Thoe Tantipitham, Cody Dulish, Dave Meacham e Vanessa Van De Car.

NOTA: Este livro inclui parte da história da Schwinn, uma fabricante de bicicletas estabelecida em Chicago durante muitas décadas. As datas e a trajetória da companhia aqui apresentadas são fidedignas, embora esta seja uma obra de ficção, porém nenhum homem chamado Alan Clay trabalhou para a Schwinn e suas experiências não são verídicas. Os interessados em conhecer um livro incrivelmente bem pesquisado e escrito sobre a Schwinn devem ler *No Hands: The Rise and Fall of the Schwinn Bicycle Company, An American Institution*, de Judith Crown e Glenn Coleman, publicado em 1996 pela Henry Holt. Meu romance se valeu imensamente desse excelente livro.

ESTA OBRA FOI COMPOSTA EM ELECTRA PELO ESTÚDIO O.L.M./ FLAVIO PERALTA
E IMPRESSA EM OFSETE PELA GRÁFICA BARTIRA SOBRE PAPEL PÓLEN SOFT
DA SUZANO PAPEL E CELULOSE PARA A EDITORA SCHWARCZ EM JULHO DE 2015